骆宾基全集

大上海的一日

骆宾基 著

山西出版传媒集团　山西人民出版社

图书在版编目（CIP）数据

大上海的一日/骆宾基著 . —太原：山西人民出版社，2022.7

（骆宾基全集）

ISBN 978-7-203-12215-9

Ⅰ . ①大… Ⅱ . ①骆… Ⅲ . ①报告文学—作品集—中国—当代 Ⅳ . ① I25

中国版本图书馆 CIP 数据核字（2022）第 038652 号

大上海的一日

著　　者：骆宾基
责任编辑：赵晓丽
复　　审：武　静
终　　审：姚　军
装帧设计：张镤尹

出 版 者：山西出版传媒集团·山西人民出版社
地　　址：太原市建设南路21号
邮　　编：030012
发行营销：0351 - 4922220　4955996　4956039　4922127（传真）
天猫官网：https://sxrmcbs.tmall.com　电话：0351 - 4922159
E — mail：sxskcb@163.com　　发行部
　　　　　sxskcb@126.com　　总编室
网　　址：www.sxskcb.com

经 销 者：山西出版传媒集团·山西人民出版社
承 印 厂：山西出版传媒集团·山西新华印业有限公司

开　　本：720mm×1020mm　1/16
印　　张：20.25
字　　数：300 千字
版　　次：2022 年 7 月　第 1 版
印　　次：2022 年 7 月　第 1 次印刷
书　　号：ISBN 978-7-203-12215-9
定　　价：98.00 元

如有印装质量问题请与本社联系调换

好的文字越经过岁月沉淀，才越彰显价值

何鲁丽

骆宾基，一九一七年出生于吉林珲春，山东人的淳朴本性、东北人的豪爽民风，家乡独特的多民族聚居环境和文化传统，特别是特定的历史时期，都给骆宾基以深深的影响。面对时代的变幻和人生的挫折，骆宾基始终坚持自己的信仰，坚守为人的底线，为艺术创作和金文研究奉献出毕生心血。

骆宾基的文学创作具有独特的风格，那就是在现实主义细腻描写中交织着浪漫主义，尤其是其中鲜明的地域特色正是属于我们这个民族的灵魂，而这也恰恰构成了他作品扎实厚重的底蕴，使其具有了鲜明的美学特色和艺术品格。除了纪实报告，中篇、长篇小说，他还创作了剧本等。读骆宾基的作品，我们可以深切地感受到作家内心的精神气韵。新中国成立后，骆宾基走进乡村，体验生活，写了一些小说，多角度展现了新农村的面貌。在金文研究方面，骆宾基能独立思考，敢于争鸣，不囿于旧有的金石学理论，自己独创了一套新的。

骆宾基是个爱故乡、爱祖国的战士，是个有担当、有责任感的优秀作家，他专心写作、严谨治学，他有理想，有抱负，他的作品与国家、民族的命运联系起来，几十年后看，依然是很有特色、很有贡献的，正所谓"好的文字越经过岁月沉淀，才越彰显价值"。希望年轻的作家，也能传承前辈的精神，从人民中汲取营养，创作出受到民众喜爱的作品。

二〇二一年十二月

他的根深深地扎在黑土地中，
深深地扎在他的时代和人民中间

铁 凝

骆宾基，一九一七年出生在吉林省珲春县城。广袤、雄浑而又生机勃勃的黑土地，绵延在骆宾基的精神底部，成为他后来文学创作的内在背景。骆宾基的早期作品充满大时代的霜雪风雷。对他那一代作家来说，文学从一开始就是国家和民族伟大历史斗争的一部分，他的命运在时代激荡中起伏跌宕。一九三八年，他在浙东因积极参加抗日救亡工作，加入中国共产党；流亡香港期间，在太平洋战争的隆隆炮声中他陪伴着挚友萧红度过了萧红生命中最后的四十四天。萧红对文学的深刻理解和执着追求，对骆宾基产生了持久的影响。一九四二年到一九四四年，骆宾基身处大后方，在沉闷压抑的气氛中陷入深深的寂寞，这促使他专注于反省自我、深思人性，从人性的弱点导向对社会的批判。和那一代东北流亡作家一样，失去的故土成为他创作中的一个根本情结，他回望童年，追溯生命的根源，在温情回忆中实现自我的认定。

作为小说家，骆宾基的风格经历了多次变化，一番风雨一重新，在时代与心灵遇合的各个阶段，他敏感地调整着自己的艺术风貌。在创作生涯之初，经历着战争与漂泊，骆宾基是一个正面强攻的斗士，从《边陲线上》《东战场别动队》到《罪证》《仇恨》，他直接描写抗战中的英雄和抗战熔炉中的国民精神。进入二十世纪四十年代，他以平民视角凝望日常人生，进行多向度的艺术探索。《北望园的春天》

《生活的意义》《寂寞》《贺大杰的家宅》等短篇小说，别开生面地写出了平民生活的"大后方"，写出了它的平凡、寂寞与诗意。《老爷们的故事》《一个奉公守法的官吏》《一个坦白人的自述》等篇什，既是对世态泥泞的嘲讽，又融入优容与理解，形成了现代文学中少有的轻喜剧风格。《老女仆》《红玻璃的故事》关注下层女性的命运轮回，写出了艰难时世对人性的消磨。《姜步畏三部曲》《乡亲——康天刚》《蓝色的图们江》则专注于家园往事与生命体悟。他的题材宽阔，风格多变，从宏壮的高歌，到细密的写实，再到寓言传奇、童话幻想，多向度地拓展了乡土书写的意蕴空间。新中国成立后，骆宾基热情书写新生活、新人物。在《父女俩》《王妈妈》《山区收购站》等小说中，他努力探索将纯熟的写实技法与浪漫主义精神结合起来。

此同时，他还深入研究《诗经》《左传》，写出了《〈诗经〉新解》《〈左传〉批注》，综理传统而别出新解。在生命最后的二十年里，骆宾基左半侧肢体不遂，视力衰退，老朋友们劝他不要再写，但他不但坚持研究工作，还陆续创作了一批回忆散文。回顾自己的创作生涯，他曾这样总结："就我所掌握、思索的材料来说，我写出的仅仅是其中一小部分。"今天，这"一小部分"已经铭刻在现代文学史上，我们也不禁为那未及写出的更为广大的部分而感到深深的遗憾。

在多种风格的探索中，他逐渐形成了鲜明的"骆宾基式"的特色：抒情的、略带忧伤的回忆性语调，北方壮阔寂静的风景与朴实亲切的世态人情。他是含蓄的、节制的，他的作品如引而不发的绷紧的弓，有着契诃夫式的沉着、幽默和微妙。他曾追求幽默，但并没有流于油滑，他直面残酷的现实，但他的作品中却少见血淋淋的描写，在那些充满了人生辛酸的场面中，也从未失去对人生的肯定。在他的创作中，始终不变的是那份黑土地的情结。黑土地就像是一种精神，或明或暗、或深或浅、或远或近地沉潜在他的作品中，激发和召唤着他充满灵性的笔触。他是一个有根的作家，他的根深深地扎在黑土地中，深深地扎在他的时代和人民中间。

　　骆宾基先生在抗战的烽火中登上文坛，最初以迅捷反映抗战斗争的报告文学而广为人知。终其一生，他的创作历程与国家、民族的命运密不可分，他紧随着时代步伐，从他作品中，我们可以清晰地感受到时代的风云变幻，以及时代在人们心灵中的投影。特别是他对抗战时期大后方各色人等心路历程深刻的多角度的刻画，为抗战文学史书写了别开生面的一页。

　　今天，我们纪念和缅怀骆宾基先生光辉的创作成就，就是要学习他对祖国矢志不渝的忠诚和热爱，学习他对土地和人民的深长情义，学习他从时代巨变中汲取艺术创造活力的探索精神。

二〇二一年十二月

大上海的一日（代序）

茅 盾

短篇集，骆宾基作，烽火小丛书第五种，文化生活出版社发售，定价一角二分。

这里共收救护车里的血，《"我有右胳膊就行"》《在夜的交通线上》《难民船》《拿枪去》《大上海的一日》《一星期零一天》等七篇，都曾在《烽火》（周刊）上发表过。

作者是一个青年的战士，这里的七篇就是他生活的一部分。但是《救护车里的血》虽然是作者的第一个短篇小说，却还不是他的"处女作"。他的处女作是一个中篇《边陲线上》。"七七"前一年，作者由东北到上海写成了这中篇，曾经给我看过，和我商讨过中间几点，——关于思想的，也有关于技巧的。作者并且接受了我的意见，将其中一二章加以改写。"七七"前一月光景，好容易有一家书店愿意印这本作品了，不料上海战争又使它不能出世。那时候，作者就投效了上海市防护团，干着真正艰苦的工作；这短篇集里的前四篇，就是作者在那时期生活的实录。

当《救护车里的血》这一篇到了我手里时，我知道他是在怎样的环境下写成的：终日奔波乃至夜间也要出发几次，嗅的是血腥和火药气，看的是断肢破腹的尸体，只要有几分钟的时间，抓到了任何纸笔，他就写；——他是用他的心血来写，为控告敌人的残暴而写。写成后是个什么东西，他是无暇计及的。可是他写得真不坏！《在夜的交通线上》，是这样写成的第三篇，但进步是显然的，即使只从技巧上说。

作者在防护团约一月，就又转入了那时上海新组织的别动队，开到莘庄附近受军事训练；《拿枪去》中的东北老哥，恐怕就是他自己，"真想不到图们江见面后，又和这些屠手们将在黄浦江见面……"是他得了一支盒子炮后踌躇满志的话！未出版的中篇《边陲线上》中就是作者在图们江参加义勇军的一部实录！

《一星期零一天》又是作者实践了《和这些屠手们在黄浦江见面》的血的记录。别动队是光荣地流了多量的血，作者却是少数幸存者之一，他被作为难民收容在法租界的一个收容所，后来又一机缘，使他能够到浙东去再干民众工作，前些时得他来信，他愉快地说，还有机会拿一杆枪！

我不必多说，这里的七个短篇写得如何好；这样用血用怒火写成的作品，读者自能认识它们的价值。至少，《一星期零一天》这一篇将在我们的抗战文艺史上站一个永久的地位罢？这是散文，但也是诗；这是悲壮的但也是胜利的欢呼！"小杜"这人物，将使读者永久留一深刻的印象！

带便说一句，未出版的《边陲线上》几乎被毁于炮火（因为愿意印行的那家书店在苏州河以北），幸而王任叔把它抢救出来，仍旧交给我，现在文化生活出版社打算把它印出来。（玄）

　　　　　　　　　　　　　　　　　《文艺阵地》第一卷第九期
　　　　　　　　　　　　　　　　　一九三八年八月十六日

目录

001 / 好的文字越经过岁月沉淀，
　　　才越彰显价值
　　　　　　　　　　　　何鲁丽

002 / 他的根深深地扎在黑土地中，
　　　深深地扎在他的时代和人民中间
　　　　　　　　　　　　铁　凝

005 / 大上海的一日（代序）
　　　　　　　　　　　　茅　盾

001 / 救护车里的血
004 / "我有右胳膊就行"
007 / 在夜的交通线上
011 / 阿　毛
014 / 拿枪去
017 / 大上海的一日
020 / 一星期零一天
027 / 在庙宇里
033 / 失去了暖巢的人们
038 / 意外的事情
044 / 落伍兵的话
047 / 东战场别动队
094 / 两只箱子

100	/	海上人间
		——从上海到塘沽
103	/	少年英雄何畏
		——记东北抗日联军一战士
106	/	当轧钢厂在香坊诞生的时候
125	/	草原上
142	/	一九六二年秋天在苇河
152	/	春天的报告
167	/	轻工业中的一枝花
		——访松花江胶合板厂人民工程师刘秀丽
174	/	白衣指挥者和十六条生命
		——关于哈尔滨医科大学附属医院门诊部的报告
183	/	八十年代一座农业里程碑
		——窦店纪行
197	/	《初春集》编后语
202	/	关于我的报告文学及其他
		——《诗文自选集》编后记
207	/	骆宾基年谱
241	/	骆宾基作品年表
298	/	骆宾基著作版本目录
306	/	《骆宾基全集》编后语

救护车里的血

急救车开足了马力，冲着气流的阻力，飞似的向前奔驰。插在车厢前的红十字旗，也激忿般抖摆不止。惊讶的眼光，窥探的眼光，一排一排，闪过去了。随着喇叭连续不断的急鸣，像海船样，车子劈开人群的波浪，而在车过后，人们重又拥到了一起，三五成堆。

"先到哪？"司机边转动驾驶盘，边迅急地按着喇叭。

"不知……"我这时只感到惶惶不安。

"董家渡，快……越快越好，董家渡，……听清楚！"短小精悍的童子军切望着前方，急喘地说。

"不，先到车站！快……快些！"防护团员秦挥起裹红十字臂章的胳膊。

"站住！"

"怎么？快开！不管他……"

"快些开。"

"站住！这里伤人很多……"警察站在车前，平伸着两手。

"不，回来再说，……快开，车站去。"

"停下，停下……"小珍跳下了车，"快……拿担架床。"

"别慌，要沉着。"正当我拉起担架时，急救车的喇叭又急雨样密响起来。

"小珍，小珍，快上来，快……开呀，到车站。"

"停下，停下……"大批军警围阻在车前，一个满面油汗的守卫兵，扯下了车前的红十字旗。

秦终于拖了担架床跳下来。小珍从车沿蹦下时，钢盔甩掉，作掩护物的柳枝,在她嫩脸上划了条微痕。

"同志!不要慌呵……沉着,极力沉着。"飞跑向沿街的墙角,呵,红血与鲜肉一排排摆在眼前,自己感到慌了手脚了,虽是这些残伤者们自己陷入晕迷状态,没有啼号。

小珍打开急救袋,正将止痛片取出,向一个半身赤血淋漓的少妇的苍白如灰的嘴唇里送,一手擎着热水瓶。

"别忙,先看看,我……快死的不救……"秦跑过来,手按着少妇的胸膛,"完蛋了!……"这时从少妇屁股后,突然现出一个不满周岁的小孩,小拳塞进嘴里,惊啼起来。及至我跑到一个还能嘶哑低吟的老妇身旁,向小珍招手时,她已蹲下用酒精消毒棉在替少妇洗涤,刺目的紫血继续在流。

"……耶稣……耶稣……"老妇迟滞的眼神望向我。一阵麻酸刺遍了我的神经,但依然在勒着绷带。

"耶稣……救……"颤抖着手画了十字后,惨黄的两唇微启,舌头不住在搅动。

"小珍!小珍!"我喊着。然而小珍、受伤的少妇和小孩,都已不见,只遗下满地的血水。于是我转向身后的红十字会救护员:"同志!水……热水瓶……快些。"

"呀,耶稣,……我的菩萨……救我……"

回头不见了担架床,一个巨大惊慌,震撼了整个身子,因为我是与担架床共存亡的一名担架员。

撇下老妇,跑向急救车,红十字臂章杂乱地在眼前起落不停,鲜血染了每人的鞋袜,我晕眩了。

——我来做什么……头脑迷乱成一团,我又跑向老妇僵倒处。

"呵!……呵!……"白发上的绷带,已染透了浓血。

"喂!同志!担架起她来,快……"我向红十字会救护员叫。

"老骆,快来……开车了。"秦喊。

"这里还……"

"快跑……快……"

车轮已转动,我狂奔着追去,在抓到车篷绳索时,秦拉了我一把。在横卧的血肉模糊的残骸中,第一眼我看到的,是那满身紫血的少妇,不满周岁的孩子伸着小指头,探入她那姜黄的嘴唇里去。不知谁掷过来一只口罩,这时才感到一股燥热而腥膻的气味直冲进了鼻孔。一群群苍蝇,开始哄来哄去。

"……不……"秦挪过来,又将手按在那重伤的少妇的胸口:"小珍,我不让你,你,看!这不是死了?——停下车!"

小珍默然低着头,不声不响!

抬下了尸体,我认识了那血染的担架床是"失而复得"了。车子又急驰起来,剧烈的喇叭声和失去了母亲的孩子哭声,在我仿佛没听到;我只听到好像是从远方传了来的"耶稣"的微吟,神经又透过一阵颤栗。

"我从前常干这救护营生,甚至抬死尸,然而没有这次所给的……真的,我这样老练的人都措手不及了。"我默望向秦。

"嘘!"秦感喟般摇了摇头。

"组长,"小珍激昂的调子,使每个同志都向她掉过眼去,"我不干了!"

"怎么的,你……"

"我要到前线去,我要到前线去!我不愿再看这些野兽所造成的惨剧,我要到前线去讨这笔血债!……"

"耶稣"两字又在耳旁响起了,车子停在海格路红十字会门前。

"我有右胳膊就行"

当当……警钟追切地鸣叫，冲破了深夜的沉寂。从梦中翻过了身子，健民匆促爬起来，连眼睛没来得及揉，挂上了急救袋。

跑到院心，眼前一片黑，从二卯星的高度推测，是下半夜了。人影在苍茫夜色中，哑静地排起了队伍。健民晃了晃军用水壶，又迅速地结起钢盔帽带来。随着同志们敏捷而静悄的动作，跳上了救护车。队长瑾吹过一声哨子，车就驶出防护团大门，沿伸长的土道奔驰起来。除了车轮激起的风响，一切都是肃静的。

"队长！我们是到……"健民向司机间闪着香烟红光处低声问着。

"罗店前线……刚才得到的电报，伤兵很多。"

其实车上没有奸细，然而严肃的低声，还是由障蔽嘴唇的手指空隙间透出来。接着像受了秋风吹动的树叶，队员们互相沙哑地窃议起来。兴奋贯穿了每人的心腔，呼吸都感到了急迫。

车到三角地，会同约好的××大队运输车，又转向×桥急驶着。车灯熄灭了，在漆黑夜色中，眼瞳失去了本能，就是健民手里握的电筒，也不敢让它轻易亮那么一瞬间。

"口令！"北新泾的夜哨兵，像霹雷样一声喊，震动了每人的神经。接着从沙袋防护垒旁，闪了一下手电筒的光芒。

队长瑾以同样声调答了句，汽车一前一后，像追逐着，闪电般驶过去了。沿路的稀树，呼哨出风响，健民感到了一种寒栗。而默望了望包扎组的微吟，小声说："越过防线，就快到×××了。"她微微点了点头，手正按住在剧烈跳动的胸口。

轰轰……呜……轰……重炮发出的巨声，越来越听得清晰了。静穆中配合着车轮旋起的风响，使健民焦灼而又兴奋。

车停到了××师伤兵登记处草棚前，队长瑾和事务员打着招呼下了车。

队员们各自摸索着担架，纷纷跑向草棚间，在纵横侧卧的伤兵中，匆忙地工作起来。微吟在替一个为机关枪扫射而伤了左臂的中年汉子，捆扎起绷带来。

"我伤了……"不知为了什么，他神志不清地喃喃起来，"我伤了……什么地方？"

"左胳臂。"健民向他嘴里送了片止痛锭，安慰地说，"不要紧，你别看——到后方医院马上会治好的，不要紧。"

"胳膊！"他突然现出惊讶而激忿的微笑，"胳臂，"他又重复了一句接下去说，"左胳膊！我不是怕……只要留着右胳膊就行，我还是会到前线去使枪打敌人的。"

"你……"健民心胸燃烧起火焰，血管扩张起来，敬慕地望向他的眼，一面传递着微吟在缠的绷带。在交错着红纸蒙罩的电筒光的昏暗中，他们是如何紧张地工作呀！

"我的枪呢？"这家伙猛地坐起来，"嗳！我的枪呢？"

"你安静些吧！枪……你知道，你是受伤了。"健民制伏下绝大的冲动，两手扶持着他那为枪弹擦伤的胸部。

"他的头脑准模糊了，……"微吟还没说完，——轰轰……近处剧烈的一阵重炮响，震得草棚抖起来。墙上的暖水壶被震落在伤兵卧的乱草旁，跌得粉碎，红纸遮掩的电筒光都一齐熄灭，一切动作停止下来，在肃穆中蕴着大的恐怖，同时缩小了每个人的呼吸。

"快抬到车上，快！"队长瑾低声催促着。

"在时间上特别要注意，靠近五点天亮时，在路上会发生危险的。"那个在黑影里现出粗长身量的登记员说。

被炮弹炸断了腿的老兵和小腹连中三粒机关枪弹的瘦脸汉子，被装上了××大队运输车,七个重伤兵及左胳膊吊绷带的汉子,也在炮声隆隆中,由健民担架着上了急救车。

像荒野中的惊马,汽车沿了煤屑路奔腾向大场后面,重炮闪着红光,宏雷般响声里还夹了登记员的高叫:"喂!……谁的……丢到这里了。"

"什么……没拿上来……"队长瑾嚷了声。

"不管,快开……"不知谁在黑影中说。

突然路后驶过两辆大板汽车,在队长瑾同车上人打着招呼时,车迅速地闪过去,只有"调防的运兵车"这语音遗在了后面。

随着消逝的那两辆汽车的风响,上空发出了敌机的嗡嗡音。猛地一声轻响,照明弹爆炸在路沟旁,瞬闪间附近亮成了一片。

"停车……"队长瑾急切地说,"同志们,别忙!沉……沉静地跳下来,……别挤。"

"还有伤兵……来抬下去。"健民抓起了担架杠。

"快呀!……快……来,来……"从杂乱声音里传来飞跑的脚步声。

轰——照明弹又闪出了雪亮的光圈。奔跑在荒草和田垄间的队员,赶快卧下了身躯。健民抬起担架床向壕沟里伏下。

轰!……轰!约摸百磅的炸弹在三十米外爆发了。

"健民,健民……"微吟在草丛里高叫起来。

"怎么……我……我……"伤了左胳臂的汉子从担架上跳下来,"我还有右胳膊,我还有右胳膊,日本飞机还他娘的赶尽杀绝……我不到后方了,我到前线去……我到前线去!"

"呀!"健民蹲伏的双腿软瘫,扑倒下了,"日本军是毒辣的,就是失掉手脚的残废伤兵也不让他再活着,再……"

"我还回到前线去,我有右胳膊就行。"吊着左臂的家伙疯狂样向罗店防线跑去。

在夜的交通线上

绿焰的照明弹在空中动荡不止。星球般,一时亮一时暗地闪着光的圈子,于是在夜的土路上,逐渐明亮起来,照出一个踽踽慢行的,绷带捆掩了整个脸,只露出一只眼睛的汉子。

他现在已沉入晕迷的状态,意识和感觉模糊成一片。虽然他的脚还在很费力地机械般拖动,然而他自己不知究竟是在走,或是潜伏在战壕里了。一种历来未有的沉醉精神,麻痹了整个神经。除了脑袋感出膨胀,和低沉的机关枪扫射夹了重炮的声浪,在耳际作响外,他完全知觉不到。即使他是从那条阵线出来,以及"师部"医务处军医所嘱咐他的"……在路上碰着汽车要紧爬上去……"这一类的话,也全被麻木作痛的炮弹伤所蒙蔽了。

照明弹消逝了,眼前又变成漆黑,但他并没觉到,随着腿的迈动,他还在神智迷惘中彳亍前行。

"口令!"黑暗中一声喊。

"咳……咳……"这绷带遮满头颅的汉子,像中暑的病人般呻吟着。

"不说话,我开枪了……他妈的汉奸!"

"不……一定是逃兵。"语音在枪栓响动中透过来。

"哎……哎……"模糊的喉音,一声接一声地响。

"谁!……我过去看看……他妈的这家伙……"从蓬茂而自由高长的掩没了谷类的草丛中,一个枪柄挟在腋窝下的哨兵,弓着身子奔到这仅露出一只痴滞眼睛的家伙面前来了。

"第几旅的,同志?"将枪垂直提着,换了赞叹的音调问,"在前方受的伤吗？"

"哎……哎……哎……"

"你走到荒地来了，同志。到××的道离这里有三里多地呢！同志。"这家伙的胳膊扶持起他的肩臂来，"我搀着送你到大道上去吧！同志"。

"……先给他点水喝……"另一个哨兵也提着枪跑来了，并且开了军用热水瓶的木塞，在黑影中摸索着那伤兵。

"哎……哎……"滞重的舌头不住地卷动。满挂尘土的胸间，又流滴下多量的水。

这家伙稍微清醒点了，那只迟缓的眼睛瞥视一下两个哨兵的轮廓后，又望向空间的繁星，和在秋风中抖擞的玉米细梗。

"第几师的，同志？"垂直提着枪的那哨兵，搀扶着他向大道处慢慢走着。

"A 师……独立 M 旅。"从不清的语音里，猜得出他仍是沉在神智昏盹的迷境。然而剧烈急切的炮声，还是在他耳里轰隆交响。他嗫嚅道："日本军冲进……咱们阵线了吧？……听！这……机关……枪。"

"没有什么声响！"那扶着他的哨兵谛听了一下，"你安心吧！……神经是错乱了。"

于是除了受伤汉子的低喘和沙沙作响的哨兵脚步声，一切都很肃静。草里有时跳出只青蛙，掀起微小的声音，但瞬间又恢复了原有的沉寂。哨兵精心地挽着他，辨识着炸弹坑，仔细地伸着脚步。

越过岔路口，平坦的草径向远方曲展开去，看看头上的"三星"，许是下半夜了，绷带裹头的伤兵却没觉得冷，依旧在自我宇宙里迷眩着。同时机械地伸屈着两腿，也觉不到疲劳。

"口令！"突然哨兵站住了，向前方喊。

"哎……哎……"哨兵这一声喊又搅起伤兵的呻吟。

"我们是慰劳×××师弟兄们的。"前面传来了这低低的音调。

"过来一个人!"命令的语气,严肃地。

"我们是教育界救亡团体代表。"说话的向前走来。

"一个人过来!"

"哎……哎……"伤兵在模糊的意识中,不住地惊愕地呻吟。

"是。"逐渐现出轮廓的代表们都伛偻着身躯,肩膀上好像背负着大量的慰劳物,这时,闪过去两个骑脚踏车的传令兵,并且穿黑衣裤的三位慰劳者也来到了跟前了。

哨兵拧亮手电筒,向他们巡视了一回,善意地指示了他们走的路向,又搀起了呻吟不止的伤兵。

咫尺外的大道上,一辆树枝掩护了车身的大卡车奔驰过来。哨兵撇了受伤者,飞跑起来:

"停下,停下,这……"

"我们是'旅部',开到××前线去的,开……开……"声音闪留在车后了。一些挑着饭担子默然急走的伙夫们,都扭了扭头。但迎面又响起哎哎的声音了,担架员三五成群地涌来。

"同志,这里还有伤兵,要到××的……"那哨兵又打起了招呼。

"……就只有这三架担架床啦……这也是从前方抬回来的。"于是互相替换着担架员,又走过去了。

哨兵扶着昏迷的伤者蹲下来,默然向夜空吁了口气,燃起了一支作为慰劳品得来的香烟。

"哎……哎……"短促的微喘,使哨兵涌起了一阵悲怆,低语着:

"同志!我还得换班回去挖战壕呢!并且一天也没吃点东西。同志!我回去了,你……看到来的汽车要紧挡住,不管是什么车。"

猛地黑影中冲来一辆向后方开的小型汽车。哨兵急速地跑到路当中举起手电筒,喊:"停下,这里有个伤兵!"

"这是到医院的,再也挤不下人了,……开,开!……"一边回答，一边车又过去了，扬起的沙尘，扑了哨兵一嘴脸。

"停下，停下！……"哨兵又截住一辆横路里出来的大卡车。

"什么……这是运输车呢！"又将哨兵撇在后面。……

阿　毛

第三批挤满难民的木船被小汽艇拉着，像蚂蚁拖着一串米粒，艰困而迟缓地，离开了招商码头。

这时，蹲、坐、跪、立的难民们，在木船上，还固执地为了破夹袄、小布包袱等零碎破乱物件安放的不适当，而纠缠着，争吵着，抱着小孩的阿毛则因为失掉只破布鞋，在人群的一角上掀起了骚动。于是咒诅连同女人们的说笑，孩子们的哭啼，吃东西人们的推让，交组成一片喧噪。谁也没对这号称东方巴黎的上海，在别离前稍送以惋惜或留恋的一眼。这和初来上海时，惊叹那高耸云霄的危楼大厦，或一排排像鸽子笼那样奇小窗户——的心情，正相反。都在顾忌着自身的安全，盼望早一些平稳到家。

"救济会派的这个小王倒蛮好，他是不是能送我们到家？"阿毛早已找到那只破鞋，这时满面正经地问。胸前针钉的有紫色印的长布条难民证，在不住地飘动。

谁也不答话。大饼咸菜在他眼前晃来晃去。半个身子挤到阿毛的半跪的大腿上那个有发髻的女人，倚老卖老地渐渐把全身倚靠拢来。并且左面一位两眼朦胧的老头子，又将肘臂紧压在他肩膀上。阿毛摇了摇身子，猛然想起自己那份大饼来，于是发觉他的挂着洋瓷饭碗的小行李卷不见了。

"老乡！借光……闪一闪，我的东西丢了。"他一边从人们交错的腿骨间伸入手去探索着，一边又用蛮壮的身子挤挣起来。接着倒睡在他右胳臂间的小孩惊啼了。

"这江西老表，总是……"不知谁在嘟哝。大概是徽宁同乡会遣送来那个老头子。

"怎么的……船都要……你看……"坐在船头上的黄脸汉子嚷。

"别动……坐稳了。"乱哄哄的吵声。

船身已向左歪侧,大量浪花扑向人们脸上,有的竟是全身水淋淋的了。

"操他娘,谁再动,就……"船头上坐的黑脸汉子猛地站起来。

"他妈的……不想活了。"谁又加了句。

阿毛喘了口闷气,焦灼地晃动着头,想想找不到的小行李卷,咒骂起在臂间啼喊的小孩来:"他娘的……你妨死了你娘,让你娘炸死了,你又他娘的妨我,你又他娘的……"算是出了口气。虽然小孩子更加猛烈地哭叫起来。

阿毛向贴近他大腿的女人瞥了下,于是想起了四天前还活生生的老婆来,这时那女人正在说笑什么,那笑声也极像自己老婆的笑,就是嘴里多了只闪光的金牙齿。

"我娘准老了,五年没有回家……这回我们经过二婶娘家的村子,先到那去看看,再雇驴到我三妹夫家去住一天。明天……后天……五天就到家了。"小发髻上满染了尘土,她摇晃着它说。坐在他背后、两膝当胸的麻脸汉子,扭着头,和她继续攀谈下去。

"……谁叫我想从南车站走,你炸死了……抛下孩子这个累赘……"阿毛眼里又充满了泪水,默瞅着臂间的小孩。

突然,飞机在上空出现了,嗡嗡地。因为飞得过低,那翼上的红圆圈显得更刺目。一转眼间,前面在拖的那条小汽轮已经解掉了拖船的绳索,自由自在迅速地向前驰去。

"小王!小王!"

"小王……"喊声嚷成一片。

"小王!……跳水吧!……快!淹死比……"黑脸汉子喊。

"对……比炸死好……"阿毛叫。

轰——后面的木船,有一条粉碎了,尸体和伤者在血水中翻滚。

扑通——阿毛抱着小孩跳入江流里。

轰!轰!

扑通!扑通!扑通……混杂着哀叫急喊声音,难民像青蛙样跳进水层。

轰轰!

身子、胳膊、大腿,拢作了一团,在水里上下滚动。每人最后的意识在争求活命,不管是亲属是爱妻,彼此推着,拉着,企求浮上来喘口气。

阿毛两手抓住一块破船板,于是脚蹬了下别个身子,蹿了一下,头露出水面,哇地吐出口灌进去的血水。

神经错乱中,阿毛终于依了破船板的浮力,跳上岸来。那里,黑脸汉子扯了他一把。

"你的小孩……"

"呀……我去……"

阿毛刚跳进水里,又被黑脸汉子扯上来:"……已经找不到了。走……家也是回不去的……"

"走!"阿毛回头望了下漂散在水面的尸身和在水中窜动的人头,挪动两只脚板向前走。走到哪里去,他并没想起,然而这时不但小行李卷已经离开他的脑子,连老婆孩子也无暇想起;他走,要活,要复仇,凭他九死一生后的一个光身!

北新泾难民船被炸后追记

拿枪去

紧急集合哨子吹着,声浪在夜空飘荡开去,悠长而单调,呜呜地。

接着每个屋子里,慌促地用半跑半走的姿势蹿出来睡眼迷离的人群。哑静已成了习惯,迅捷排起了连横队。分队长们捏着电筒,时亮时灭地照着队伍中每个同志的胸腿,在这交错的长条光线还没临到油漆匠荣根之前,他摸索着用细麻绳结扎起斜背在身上的军用毯,在两手放下时,顺便揉了下眼皮。

"'夜训'带的东西拿下来,白衣裳、白衬衫换有色的……爽快!"纺织工人出身的柴中队长用低平音说。

"不出操啦?"一个东北老哥扯了下齐班长的衣角。齐没有答话,也许声音过低,加之他是被炮声震得听觉不灵敏的迫击炮手的原因,只忙着照料同志们衣服及军用毯的更换。

一阵忙乱夹着悄悄走动的响声过后,队员们依然恢复了静穆,两手直垂,胸部前挺。

夜空灰云满天,显得很低,紧压在人们头上,棉花地和稻田占据了四周平原,在其中伸长的弯曲小径,现着白色,每个人都低垂下头,辨别着横划道间的黑色沟渠。

油漆匠荣根的睡意,不知不觉中为兴奋所代替。斜探出头望了望长蛇似的蜿蜒于田间的队头,那里远远地闪着手电筒,真如神话里的蛇眼。

"桥!"东北老哥在他身前晃了下背影。

"当心桥!"荣根又向身后传了句。

沙沙作响的步伐踏着秋虫的颤音,越过一段田野,越过一片竹林,越过一些村庄,小狗在无力地吠叫,远方天空的边缘逐渐显出一线暗光,于是人们又沙哑地互询起来。

"天亮了吧?"齐班长似乎在自问。

"鸡还没叫呢!"不知谁在黑影里说。

"吊儿郎当地说什么!"显然是柴中队长的粗嗓,于是人们闭了嘴唇,可是柴中队长又低声说:"那是上海,八成只有三四十里地了。"

突然队伍停下来,因为出乎意外,油漆匠荣根撞在了东北老哥背上。"哎哟!"笑意的低吟,是在他自己又被身后两个家伙撞了下而呼出。

当一百多人全数挤进A村角落里的一间有草房的院里时,队头的几个壮家伙已搬出了木壳枪和步枪。手电筒光在其间晃动着。队员们纷纷坐在稻草上,接着是咳嗽、低语、搬运者的招呼,和被这些轻微骚动诱起的狗吠。

"步枪像是捷克式的。"荣根贪婪地瞅着那五支一捆的枪杆说。

"都是他妈的旧家伙!你看,枪筒一点亮都没有!"东北老哥似乎颇为失望。

"匣枪是崭新的……"齐班长跑过来用拳头撞了下东北老哥的肩窝,又跑进草房去搬运。荣根用劲捶了下东北老哥的大腿:"崭新的!——拿支香烟抽!"

"我去揩油。"东北老哥欣然地拍了拍荣根肩膀,晃动着高大身材向柴中队长走去。

电筒交错着光条,子弹箱一批批由蛮壮的伙伴们肩上卸下,带给每个人以狂喜的低叫。柴中队长的短小身子弯着,在从麻袋里掏出手枪,拨弄着。

"就剩这一支了,别光吊儿郎当地抽烟。"一只手掷了空盒后,将嘴边的烟头递给了东北老哥,接着说,"各班正副班长检点检点……这手枪弹簧有毛病……统共步枪七十八支、木壳枪八十三支、子弹……

喂!子弹多少箱?"掉回头来说:"木壳枪都是二十发的。"其实东北老哥早已走掉。

"拿来我也抽一口。"曾做过电话员的阿福小家伙也来揩油。荣根一手挡住伸来的小手,又拼命吸了一大口。

木壳枪由齐班长送到东北老哥手里时,他正从阿福手接过烟屁股:"他妈的,在满洲我们游击时节都使洋炮,只能偷着看看炮手们拿的木壳枪!这回可他妈的'物得其主'了。"

"你总是没白白在上海等了二年……"黑影里送过来的声音。

"真想不到图们江见面后,又和这些屠手们在黄浦江见面……"

哨子声压下了低语,队员们活跃地站起身子,排齐了队伍。

当走回原路时,××线传来了火车沉闷的隆隆响声,在黑影里柴中队长向东北老哥伸过手来:"给我抽一口!"可是那香烟屁股已剩了最后的一指长短。

录自一九三八年上海文化生活社版

《大上海的一日》

大上海的一日

沪西枪声随着晨曦消沉下去，一层层高矗云空的新式洋楼，排排方口小窗，还是关闭的，表示冷静，像周围一样，像平时一样，新鲜的气息在空间飘散。

寥落的行人中，夹了一两个向难民所走的训导员，臂章特别显明，红十字被白布衬托着。前面，一个牵着小洋狗的中国仆人，迈着闲散步子。从战地驰回的运输卡车，只剩了柳枝之类掩护起的躯壳，急闪过去！激起一阵冷风，凉飕飕的。

红马甲清道夫，从弄堂里推出两轮垃圾车，一个骑脚踏车的送报孩子奔过去，口里单调地嚷着："立报申报大公报救亡日报……"

对面被挂着国际难民所红十字旗，隔在竹篱外的逃难乡民，早已打起寒噤，睁开怅惘的倦眼，环顾下面挤卧一堆的褴褛伙伴，习惯地又是一声短叹。呜——的一声，驶过一辆小型汽车，惊醒了另一些曲身蜷腿的难民，紧贴在主人身旁的丧家瘦狗仰了仰头。

高空传来轰轰响音，祖国飞机飘然安返了。高鼻梁架着银边眼镜的传教士，抬头望望，山羊胡子映着阳光黄得透明，一步步迈动直腿穿过安南巡捕中间。

人渐渐多起来，骑脚踏车的报童更张大了口高喊："东洋人吃败仗哉！"半阔人从楼窗口掷下铜板，伸下的细麻绳上拴了新闻纸。

竹筐里装满鱼肉的女仆走过，低首暗计塞到丈夫手里的那一角钱的报销。

徐家汇教堂，那两只插云霄的塔尖，已被金阳渲染了刺目彩色，傲岸地俯视着漫布低空的硫黄质浓烟，烈火。从中山桥长长绕来的难民群，携老抱幼地拥挤着，行李卷靠着破铁锅，挑了两麻袋棉花的，弯着腰挤嚷，拉着破烂家具的黄包车夫吵骂。焦灼的火焰，燃沸每人的血流，然而还得默瞅着持棒巡捕的眼色，在左打右击中，从缠满铁丝网木桩口出出进进。

报贩疾呼狂跑，手里摆舞刺目的血红标题特号字报纸，穿过障身而紧密的黄包车空隙，穿过黑黝黝的人群。战争加多了的街头饭摊，热烘烘地冒着蒸气，白面桌子接近沸腾的黄油锅，炒面条的铲子当当作响。驶来的电车压低了这些杂音，黄衣童子军、黑衣牧师、白软帽看护妇，挤，向车上挤，绿衣邮差，则从车旁跑过。

触目迷离的红字白纸标语，一条条横、歪、斜、长，纷纷闪在后面；在半空挂着招引行人们眼睛的减价广告招帘下，车口吐出些人群，又吸进些人群。

中央大戏院宽敞的大门缩小了，一些长衫、短褂、西装、高跟鞋的顾客，向里拥挤。后面，标有"普善山庄掩埋队"的卡车停在淋病医院门前，苦力们搬弄起来，薄木板、黑漆板，宽窄高低不一的棺木。白手绢塞着红唇的艳装少女，半靠倚了金边眼镜的男人，向北海路拐了弯。仁济堂的黑门框前，蹲集坐聚的难民群，在纷纷互语着，形成一片杂音毕集的闹市。老婆向啼哭孩子的大嘴里塞上软软乳头，蛮壮的丈夫，则扶持着躺在地下疾病丛生的爹爹，老妇在贪婪地吃大饼，小孩在玩弄橘子皮。相同的是，怅惘的眼光，千条万条交错成一片，七嘴八舌咒骂着命苦。愤恨解不了愤恨，手掌不止在搓。

××里走出一少女一老妇，战时加紧了交易，急拉着能借两顿米餐的顾客，朝人笑，朝人送着媚眼，老的也帮同拉衣，扯手。奔走"救亡"的工人，一甩手，骂了声："骚×！"

曾被炸伤的大世界巨体还披着破戏剧广告牌和扯碎了的夸大技术表演的画布。从这里，闪过满载慰劳品、棉马甲的一批批卡车，工部局铁甲车也出动了，还有机器脚踏车、军用车、救护车，来往纵横。

从事救护的光头僧人，黑袈裟边的经囊换了救济袋。

该吃晚饭了，围聚在壁报前的人们散了一群，新来的占据闪出的空间，闭嘴无语，一个人在低读："保卫大上海……"

夜，燃起商店、公司、舞场的灿烂的霓虹灯，电车线也爆发出绿焰，回力球场的炫耀的彩色吸入了大量的赌客。英国水兵迈着爽利的步子，走过去，喝醉的英兵吧，在车上打着招呼。含雪茄烟的绅士踌躇着向咖啡馆里走。一声急速的连珠机关枪响，又使他掉转身子。后面金发妙女停下了，色彩鲜美的花摊的主人递给她一把鸡爪菊。抱着睡孩的失家妇人向她伸出乞求的脏手，卖花人递给她一个铜板嘱咐说："到难民收容所去吧！"

饥窘逼着失业而暂时卖报人的嗓音，"晚报"叫声充满了迫切与激忿。沪西枪声响又逐步加紧，一排排，一声声，继续不断。这时两对情人走进维也纳舞厅，又被三弦琴梵雅铃沉醉了，而汽车夫偷空到白渡桥去望四行储蓄会仓库顶上飘扬的青天白日旗。

十一月三日

一星期零一天

一

距离日本海军陆战队三百米远外的蕴藻浜有中国精粹的××第A大队同志们扼守着。一星期的肉搏、冲锋,已经丧失了元气,以仅剩余的三十几个兵士坚苦地挣扎着,等待友军来接防。

指挥权归中士麻子秦了,一些少尉之流的官佐与士兵的尸体,都在四周挥发着血腥气,从没有填满土的隐坑里四溢。

阵后,有担负掩护步兵进攻任务的机关枪组。

再向后半里,阵地属于迫击炮队了。在吴淞湾炮台之间的水产学校,迫击炮兵搬运着弹箱。

二

沿着残墓断碑地势,锯齿形战壕伸展开去,穿过灌木丛,穿过荒稻方畦,穿过草深过膝的棉田……

到处是触鼻土腥,混合着积满雨水的膻臭。

浓雾阴沉的天,雨丝淋滴不止。

士兵们连泥带水地乘间掩埋着软豆腐似的尸体,军用铁锹迅速翻着土层,腰躯一弯一直地动着。

灌木丛中蹲着的麻子秦,黑瘦脸上斜流下雨水,一粒粒滴答,头上裹扎的草类伪装,有雨水继续输流下来。

"换防的队伍,还不见影……"左腮向膝盖一擦,仰头环顾了一下。

长脚蚊嗡来嗡去,寻觅输送病菌的血管。腐尸上惊起的金绿色苍蝇，在雨中展着沉重的软翅。

忙，都像在忙，人们动着，甲虫在跳。

"敌机……"瞭望哨低喊。

兵士们鼻尖贴泥，眼皮近草卧倒。

三五人仰了脸躺着，枪筒斜向空中。

五百米外响声传来，烟雾腾起，土动了下，树枝撒下久落的雨水，瑟瑟一声紧接一声，士兵们不响不动，宇宙像原始般沉寂，只有魔鬼似的"法西斯蒂"抛下的炸弹吼叫声，轰——轰，给大地以震撼，摧毁。

敌机又绕向后方，兵士们爬起来，铁锹在翻着土层，圆筒般尸身向里或拖或滚。

"换防队伍一定开不到了，今晚上还得拼，"手拨了拨遮眼草叶，麻子秦望着。

"埋完了。"年轻的小杜爬来，打着寒战。"我想回到后方去，身子真的吃不消了。"

另一个阴沉着，脸肿得黄白，迟滞眼光盯着麻子秦。

"是的，都该回到后方去歇息了，哪管几个钟头。可是接防队伍没开到，我们不……"麻子秦用怜惜眼神抚慰着小杜。

"都退走，我是不干的，我决定留下，然而都在这守着，不差我一个人。"

"这是团体，这是军队，小弟弟，这不是在复旦大学，这是战场。"黑瘦的脸阴沉着，嘴唇闭起。

"哪怕我回去吃顿多放油的炖豆腐……抽支香烟带着伤寒病身子再回来呢！"小杜眼眶里，豆大的泪缓慢流出。

"队长！脸证明了我，只要回到后方喘口气……"水肿成黄白脸的眼睛，默视着他的麻子坑。

雨水从伪装枝叶上斜流下，细线般穿过颧骨鼻梁间的陷肉，不断地淌。

"都退吗?"

"不,决不能全退,在友军没接防前,我们要坚守,可是……"摸着泥泞枪柄,俯下了水肿的脸。

眼前,倾倒的稻丛微微一阵骚动,斥候兵孙国玉悄悄爬来,惨白尖嘴巴脸,溅满污泥。两眼显得黑小,发着锐光。

"有动静吗?"麻子秦突然偏过头瞧着泥脸上表情。

"……敌军正放烟幕,像是忙着搭桥。"低声发着颤。

"原阵形,就地散开!"

急剧地一阵滚、爬,激起战壕积水的动荡,接着又在翻滚。

作掩蔽敌机目标而栽插的树枝、蓬茂的蒲草、梢叶,都垂俯着,向兵士头上滴着雨珠,一粒一粒地。

水肿着脸的汉子,像鳄鱼慢而吃力地爬来。

患着皮肤肿胀病的士兵们,在"工程"曲线外探出头,发出痴滞眼光。

乒……

猛然枪弹越头飞过,响声密起,夹了尖哨。

草叶、稻梗,在低空飞舞,泥水四面溅射着。

巨响跟着一声长吼,炮弹长虹似的闪过。土地震动了一下,战壕淤水摇撼,动荡。

麻子秦闭着嘴,驳壳枪从草梗间探出,尖眼瞭望。上唇咬住下唇,已成了习惯。

小杜落水狗似的伏着,刺刀插在步枪座上,闪出银光。黄泥质雨水浸到腰,身子有些颤抖。

二三式广东造手榴弹,捏在打光子弹的兵们的泥手里,紧紧地。

洞洞……阵后迫击炮连发五响,炮弹越头奔向前去。

剩余的三十九个士兵沉静着,平匀了呼吸,腮贴近枪柄,斜睨起左眼。

炮弹像在比赛,来往嘶吼于夜空,火光闪闪不停。巨响震麻了耳膜,就是眼皮也跟着发颤。

敌机在凝雾里吼叫着,时高、时低、时远、时近。

响声混乱了,繁密的闪光在交错。

照明弹三五低飘,荒田、草渠一片亮。

士兵们不响不动,迫击炮声也突然消沉。

敌军舰的探照灯出现了,三两条金蟒一般直晃着身子,炮弹连串飞过。

乓……乓……步枪声突起,尖锐地哨叫着扑来。

"目标,正前方二百米……射击"。驳壳枪在麻子秦粗硬泥掌里响了。

响声爆炸了每个兵的心花,血流燃热了寒体。射击了,砰……砰……枪柄后撞着肩,一颤一颤。

轰……轰……二百米远的后方,蚊般飞扬起烂木、枝叶、土屑,在空中跃舞。

"机关枪组掩护射击,步枪组前进!"麻子秦低叫。

水淋淋身子爬出战壕,蹿进稻草丛,蹿进棉花田,沿着沟垄边爬边射着。

哧……哧……哧……

乓……砰……乓……

缠绕成一片。

友军的炮手长的命令急传来:"目标,正前方二千米开炮!"

洞洞……洞……

敌军探照灯,消灭了,只有炮火闪动出光。

孙国玉滚着泥,滚着水,手榴弹的保险盖打开了,耳旁枪栓发着噪音,水肿脸的汉子在爬,像鳄鱼在爬。

火药硫黄味冲着鼻子，眼前尽是些臭烟。

草屑，飞蝗般猛扑，尘土和枪弹齐飞。

扑来的机关枪弹，像萤虫样身子，一排排在跳，在闪。

"杀！"小杜张大方口，朝远影冲去。

手榴弹掷来抛去中，麻子秦避在弹痕累累的塌墓里，射击着，驳壳枪……嗒……嗒……

弹药爆炸，铁片四飞，刺刀映着白光，影子在肉搏。

"杀……"嚷作一团。

"哎……哟……哎……"高亢的疾呼，迅急地滚动。

孙国玉二十米外，掷出"广东造"，一个紧接一个。

小杜追逐，敌军分队长躲闪，泥水加重的皮鞋，拖倒了身子，草鞋踏上肩膀，刺刀插进软肉，使他死鸡般剧烈地跳跃，肉抖着。

自己的头昏眩了，黑色金花在眼前跳跃，小杜栽倒下来，半跪了身子，手掌紧握着枪柄，脸贴在敌尸胸前，染了一鼻子腥血。

这时，孙国玉力尽气竭了，"广东造"十米内爆裂开，铁片折飞了右臂。

"谁的？"左手拾起落地断臂，张大眼瞅了一下鲜血直喷的膀头。

"呵……"软瘫栽下，脸埋向草丛。

"爬到后方去吧！我们是连自己尸首也带不回去了，要紧记住，让队部快派防军来……"水肿脸的汉子鳄鱼似的笨重地爬过。

激烈地肉搏，移到河滨去了，孙国玉被人扶架起，眼神迷惘，巡视了下。

"小弟弟，你快……快让他们……换……换防吧！我们……该……"又痉挛地斜耷下头。

"大哥！"小杜贴耳叫。

"……快回去……让接防……别管我，阵地要……紧。"身子依然伏进草里。接着是颤栗呻吟。

小杜突然拔快脚步，迷蒙中俯腰飞跑，"飞子"[1]在周遭爆炸，火光如磷火般闪烁。

"带花"[2]的伤兵在血水里滚爬，呻吟声单调地飘散开去，配着夏末虫类的颤鸣，田垄雨水汇流的瑟瑟声。

这已引不起小杜的情绪，意识陷入麻痹，血哄哄地向脑里涌。

然而他知道跑，迅捷地在泥水中、在稻草乱丛中，跑，急匆地跑，并且俯着腰。

迫击炮弹划过长空，咆哮着。

"站住！"不知哪里来了一声叫喊！

"呵？……"小杜打着寒颤。

"小弟弟！怎么样？"联络哨跑来，瞅了一下，扶起肩头。

"快……派队，增防……他们冲过去了。"蹲伏下喘。

"×那个娘，三十×师来接防，团长不肯，他讲我们军队……"

"快跑去叫……换防吧！我们已作战了八天……"一口浓血从小杜嘴里吐出。

"×那个娘……"

"快……快去……我不行了，身子在水里泡了八天。"

三

××第二大队开来了。

下半夜浓雾加重，掩护着整个田野。

朝气勃勃的战士们，外衣潮湿透，内心滚沸着火焰。

在夜雾迷蒙间，看不到沿路尸体，只有血腥、腐臭冲着鼻。

一只空担架床闪过，兵们意想到小杜的尸首，是掷弃了。

当长长的队伍散开时，战壕里泥水淋漓的枪筒，直矗出头，和他

---

1 流弹

2 受伤

们打着招呼。

红水里尸首肿胀漂起,碎枝烂叶点缀着绿色。

再向前是躺在稻草间的零乱僵尸,像月夜的疏星展开去。这里已没有一个生人。四周极静。

新来的战士,纷纷拾取狼藉的枪支、手榴弹……

有人欣悦着,有人叹息着。

各自爬回"工程"间,精力毕集地等待着杀敌,因为这正是天快亮的时候。

十一月廿三日

在庙宇里

春的气息,在空间飘荡;沿嵊曹公路的杨柳,垂下细纤而嫩秀的枝叶,柔风吹动芳草,公鸡在打午啼,太阳欣然高照着。

戴了竹编圆笠的黑脸汉子,肩上斜竖了旗杆似的一根扁担,缠捆着补有棋块大小的杂色布片的袋子,带领同样打扮的人,三五一伙三五一伙地走去。

穿鲜蓝色大衫的,和撑着黑纱伞的农妇,混杂在他们之间。一个妆饰得花枝招展的女人,手携孩子,似乎在思索什么,低头默走。她后面的那学生装束的青年,是附近谁都认识的,——做民众运动的王曙。

属于会稽山脉的嵊大山岭,从早晨起,连续不断的各色各样行人,现在是有些稀疏了。剡溪小划船上的香客,还是提篮负袋地向岸上跳。王曙朝气地环顾着,在想怎样从群众中抓取及发展人员。

沉醉在酣畅的冥想里,脚不经意地踢着小石子,闪过嵊浦站东面把守在两块巨高岩石之间的哨岗。疏林密竹围绕的村庄中,可以清清楚楚看到在操练的新入伍者,一小排一小排,迈着整齐的步伐。

像有磁石吸力似的,清风庙吞入大批五光十色的人流,几个孩子蹲在摆香烛摊的前面玩什么,王曙及撑伞的农妇,从他们侧面走进去,而扛着扁担的一群,却脸也不偏直挺挺走过摊前。

是一个破败不堪的庙宇而重新修的,王曙一进门就觉到了。

戏台上的散乱桌椅,朽烂而残坏,灰尘渲染着一种使人感叹的色彩。然而菩萨殿却相反,红漆木雕刻着花纹,金饰屋檐刺目辉煌。香火浓燃,烟雾弥漫,整个空间挤满了走动的人群。

"王先生！"上海回乡的工人阿二点下头。

"才来！"杭州避难来的钱立走过来。

王曙的两手被分扯着，三人并肩走进厢房。

小学教师沈和他打着招呼，三界农民救亡协会宣传员正和八个长袍短褂人酣谈着，手不住摆舞，后背不住伸缩。

"今天是清风娘娘主祭。"阿二指了指大殿当中的祭猪，秃皮刮得白而净。

"全嵊县北乡小学毕业生都来吃酒呢！"沈掏出香烟盒。

王曙没有听到讲什么，这时他正偏头伸耳探听着另一桌上的谈客。

"你们要积极，农村中知识分子不动手组织，还有谁！"协会宣传员两手捧起了茶杯。

"话倒讲得不错咯！"失势的刘师爷俯头沉思。

穿鲜蓝色大衫的汉子，满面春风地走进来。

"王秀才！"

"王老先生！"

"……"

所有的人站立起，点头，迎过去。小沙弥倒茶。大和尚整理着座椅。小组会议冲散了，政治宣传员发现了王曙，但他得与那新来客周旋。纷纷寒暄过后，阵势化作以王秀才为中心。谈话重又开始，从远处拜庙人的减少，扯到了抗战的局势。

"我看全面抗战是不对的，先应当以半面抗战，因为有全面必有半面。"向胸前吹了吹香烟灰烬，王秀才悠闲地卖弄着天才。

"全面是这样，纵的政治教育经济等的'抗战化'，横的是全国军队壮丁的总动员。半面是对付不了敌人的。"阿二的语音，在秀才面前有些颤抖。

"我是这样说，无论如何也得留下'半面'来维持民生呀！并且得'使民以时'，那么才能'使由之'呢！"

王曙瞥了下协会宣传员，两人会意地走出来。

嵌在墙壁里的明朝碑文，字迹销蚀了，两个兵士腋下挟了号筒在谈，他们打了下招呼闪过去，杭州逃难来的钱立跟着。

"王先生！我弄的壁报贴到村里了，可是字写得不大高明。"

"只要做就好。不做的是好而不做。"王曙又转向协会宣传员，"今天机会很好，你和他们谈话的是谁？"

"高小毕业生。"他拿出了小手册，那里记有姓名和地址，"将来个别访问一下，发动倒不难。"

"最要紧的是趁着今天开一个会……"沉思了下，严肃的表情在王曙的眼里闪耀着，"你演说，他和我们个别谈话，钱立去召集一下。"

花枝招展的女人，诱惑着人，装态作势地和孩子说什么，低头闪过，两个号兵扭头凝视。

使人厌烦的木鱼声和刺激神经发痒的签筒啪……啪……的闷响音，消逝了，酒席开始使人们噪嚷，又彼此谦让，烟气凑热闹地飞舞。

王曙手握小学教师沈的手，在庙后山脚一边兜圈子，一边兴奋地谈话。小沙弥沉默地跑来，袈裟透射污秽光亮。一个朴实农民，两眼充满郁恼，站在王曙脸前。

"他说找王先生，我就领来了，"瞅了瞅王曙，又瞥了一下，沉默地返还原路。

"王先生！真是……他们都欺侮我，你看看这个就知道了……"农民在兜里掏什么。

"你是啥地方的人？"沈打量他的惶惶然的举动。

"我是石山头王先生的'农民救亡协会'里的会员，可是他们都欺侮我……"拿出账本式的叠折纸张，向王曙手里塞，"你看看吧！"

"到底什么事，先讲讲。"王曙对这面生汉子注视，那粗大而坚厚的手掌，有些抖嗦，账本式的东西又塞回兜里。

"我的阿弟是过继给阿叔了，可是他们想争我的财产……"又掏出账簿式东西，"……你看看吧！王先生……他们都想捞点钱……要送我到法院去。……"

王曙无语地翻开那草纸簿，分产的遗书上面写了"合同"二字。

"……树大则枝分，源远则派别。因之昆仲分家，已势所当然……次子承继二弟为嗣，家产之半作为继产，……余壮年曾值薄田五亩七分屋园……亦对股均分……"沈吸香烟，低诵下去，下颌紧倚住王曙的左肩。

"吃酒了，王先生！"阿二在赭红墙角，摇手高呼。

"是你和你弟弟两股均分所有的遗产。"王曙递过分产书。

"那么那就不能承继阿叔的房产了？"

"你阿弟的事，侬就不要管。走！八成末桌席了。"沈已抬起脚步。

"晚间我到你那去再说。"王曙拍拍这家伙的肩头。

大殿里人声沸腾，杯盘杂响。香头来往举着冒火香把，花枝招展的女人，在摆摊前低诉。

王曙靠近六××桌，协会宣传员拉了号兵坐在一起。王秀才举杯向钱立让酒，农妇手提黑纱伞，拜着菩萨。

"饥荒呀！饥荒呀！今年是大劫……吃粮现在就得向县城去挑了……"邻桌传来感叹，抵触着王曙周身神经。

"从前这庙里主祭，来吃酒的都是秀才，现在是洋学堂毕业生了，……"王秀才筷夹素炒豆腐，送到唇里，"潮流不同了，你看现在，虽有齐光之智，也无专诸之勇了……"

"王先生！王先生！你再看看，你再看看。"语音截断王秀才拉凑的章句，分产书掩了王曙的酒杯口。

"他娘的！你又来，非送你法院不可。"王秀才直立起身子，一手急剧地抓来分产书。

"你们都欺侮我，这里有清风娘娘……头上有天。"朴实打扮的农民跑去，一路吵骂着。

"真是神经病，王老先生不要气，到乡公所想法办他。"刘师爷挺起身，王秀才则抖了抖袖子坐下。

混杂的情景没有扰乱王曙的冥想。邻桌还在闲谈清明时茶叶做否的问题。

"这坏蛋，简直是四六不懂，他硬想霸我给他弟弟保管的家产。"王秀才脸上还罩满怒容，"你想王先生怎么会管这些狗屁闲事。"

"晚间再说。"王曙掷下饭碗，分散起油印救亡刊物来。

每人在捧着读，孩子们抢，号兵伸手要，厢房的老和尚也问起什么事来。

黄纸卦条捏在妇女手里，油印刊物摆在壮丁眼前。这也是斗争。

"我们要开个会，钱塘江北的大炮对着我们，东洋飞机就在我们头上，我们'要救国救自己'！请协会宣传员演讲。"阿二高声地呐喊，掩盖不了签筒的巨响。

掌声四起，板凳与桌腿相碰，惊讶眼光交错着惊讶眼光，兴奋侵入肺腑，每个都离开位置，压制着急喘。

"乒乓……乓……"和尚敲着木鱼。

"啪……啪……啪……啪……"花枝招展的女人，捧着筒摇签。

"这次我们的抗战，是整个民族求解放的战争，我们……"协会宣传员跳上桌子，嘶喊，手舞，头摇，两眼巡视庞大的群众。

紧张贯穿了每人，眼光无数向上仰望，孩子们张大口，号兵挤了出去。

"给我'合同'，我不怕你。"那个农民背了锄头闯到厢房，王秀才在和尚拥护下摆动着双手。

整个大殿的人群，被卷起的涛浪慑镇住了，像山在崩，海在啸，嘶嚷混合着签筒响声，怒吼征服了群众的神经。

"打倒日本帝国主义！"

"中华民族复兴万岁！"

巨大的咆哮，在空间翻腾，拳手如草丛似的高举。一片嘶喊掩没了庙宇的一切，摆摊小贩在庙前拥挤。

"嘀……嗒……嗒……嗒……"号声在远处突响起来了。

"哎……哎，……哎……哎……"这时戴竹编圆笠的汉子，三五一伙三五一伙地，挑着米袋从庙前走去。

失去了暖巢的人们

停泊在黄浦江上的新宁兴江轮,像一只死爬虫似的,集满一些蚂蚁般上下蜂拥的人群。船身保持不住平衡,随了丛杂脚步所践踏的搭板微微颤动着,周遭水皮激荡起为夕阳映射的金黄彩纹,向四围静静翻卷开去。

码头上的扛夫,高声呼喊阻碍身子的提篮小贩。旅馆伙友肩负皮色光润的行李箱子,护送腋挟皮包的中年的汉子,走上船去,后尾头留短发而鼻尖微红的蔡大有不声不响也随着溜上甲板。

苍暗而飘散有油腻气味的客舱走廊间,五光十色的旅客拥塞住了,酿成一片沸腾声浪。

"前面怎么不走?"腋挟皮包的汉子,仰脸望着,手指取下备吸的雪茄烟。丰肉折叠的白厚脖子,在蔡大有眼前扭动。

"……这是国家事情,谁让我们都是中国人……"旁边茶房向一个身穿藏青哔叽西装青年打着手势,体态轻盈的少女,半面玫瑰色脸倚贴那青年的肩膀,恬静地听着叙说。

一阵芳香扑鼻,蔡大有偏偏脸,落寞心情抹上了一层感喟,怅惘地放下手提包裹,在挑行李夫左侧坐下去——别了繁荣的上海,血染的祖国之失地……

偶抬头,楼舱扶梯铁栏上发现了一批批背负着失去行动自由者的人影,后面的一个腰躯弯勾着,两手搬托背脊上汉子的曲腿,一对有托柄木脚横搁在两人胸背之间。

"是伤兵呀!日本人上船检查用什么妙舌去对付……他们为什么不早退?"中年汉子形色仓皇而惊愕,摸了摸黑皮包说。

"不要紧，日本的黑手还伸不过租界这道铁墙呢！"西装青年这时掏出玲珑烟盒。

"呵……不过总不十分妥帖。"吸了口雪茄烟，"你也是到宁波！"

"从宁波想转长沙，你呢？"望望神色穆然的少女。

"到汉口去趟，上海没法住下去了，汉奸像虱子那样多……"

人群流动了，扛夫又高喊起来，蔡大有满怀焦灼挤在这旋涡之间，包裹有意似的，时时挡塞在人们腿股的空隙里，后面的趁机拥上前，而他侧身拉纤样，伸着胳膊抓牢它，微微随了人们的脚步挪移，胡乱涌上二层楼舱，周身有些舒散。蔡大有透了口气，望望幽长的走廊，人丛里已失去了挟皮包汉子的身影。

到哪里去？自己问着。

显然，平滑地板、闪光磁石镶边的旅客房间对他的身份是十分适宜。蔡大有凝思了半时，手提包裹又踽踽走返原路。逆冲着人流。

底舱马甲搬运手，三五成群滚麻包货物，一个满手污垢的水手，在拉扯油秽绳索，口里随心所欲低声哼唱着。

蔡大有搜视一周，寻不出遮眼避身的处境，重又混在人丛间，攀登上扶梯。

漂亮而幽雅的房间，磁石般吸吞着旅客，人群在梯口上，向各处分散，一个穿铜锈色长袍的人，双手怀前捧着什么，拐上三层客舱。蔡大有一声不响尾随上去。

"没有好房间了，都占满……早来……暂屈一夜……"茶房打扮的人，满面赔笑在四十八号房间说。

蔡大有装作悠闲姿势，大摇大摆走过去，沿路横倒斜卧着些失掉手脚的人物，他们装扮着各式各样的行人，蜡油色黄脸，凝静无语，有的吸着劣等香烟。

蔡大有放下包裹，蹲伏在四十八号门前，因为船尾已阻塞满包头裹面的人丛，只有整船生命财物，都托付红绿色保护下的那面意大利旗帜，舒畅而欣荣地迎风飘展。

"同志！"向身侧伏卧的人低唤了声，"哪一师的？"

"不知道。"翻翻眼皮有所忌疑地问，"你是做什么的？"

"我是七七师的步兵……队伍退下来失散了。"蔡大有的满眼丧惘光辉逐渐退逝，开始爽朗描述虹口一役了。

"说话小点声……这不是在中国的海口……"四十八号门扇霍地闪开，口含雪茄的面熟汉子，向蔡大有盯了一眼摆动粗胖身形走出来。腋下已见不到皮包的影子。他仿佛不耐烦什么，左巡右顾走向夹道。

"他妈妈的……"蔡大有歪了歪脸，门缝里有人影晃动。

"我……唉！在这人慌马乱的时候，你不要缠我的腿。"房间里透出低微而蓄有烦躁的声音。

"……谁缠磨你。……"

"你这是做什么？并且我到长沙看情势，会给你电报。"对方没有动静。

"留在上海对于我像鸟在铁笼里似的，我到南方还活动活动。"

听声音多半是一个怒意地倒身床上，而别一个人是挪着木椅，皮鞋碰到木器发出干燥声响。接着一个低微的啜泣声，传过来。

"见鬼。闹什么！他妈妈的。"蔡大有提起包裹想挪往别处。

江轮起锚了，零乱锣鸣压低了淆杂人声、跑步声。船身动摇起来，配合了马达急速的响动而一阵阵颤抖。

四十八号舱门启开，西装青年皱着眉头，送出艳装少女来。她那睫毛下柔丽的眼睛还挂着晶莹泪水呢！——疾趋下楼梯去了。

"这小子的姘头？"半脸裹着绷带的回眼送着那一双人影。

蔡大有这时像有寒热病似的随了锣的急鸣而焦灼，心情并夹有恐惧的因素，望着已安静下去的人们。

船逐渐移动，口含雪茄的汉子，在迎面卷进海风的窗前眺望，头发一飘一飘地闪动。

"换票了！"夹道角落里高嚷。

蔡大有低下头尽可能避着茶房的眼光，背倚了油光板壁，不声不响地两手抱起膝来。

身穿藏青哔叽西装的青年，双手插进裤袋，吹着口哨走入房间。接着，茶房左站右移地喊过来："换票了……换票了。……"

"没有，"蔡大有瞅着伸到眼前的手掌说。

语音带来了骚扰，每个失掉手脚者都仰起了头。

"这是一个道地的流氓呢！"茶房向别人说。

"无赖！"

"没廉耻的东西……"商贩装扮的说。

"总之我是中国人呀！"蔡大有满面燃烧起羞怒的火焰。

"妈妈的骂什么！"

"他娘的帮什么腔……"半边脸遮在绷带下的向另一面嚷。

"他也是失散了的……你们不是中国船吗？他娘的。"

四十八号房门，推开来，西装青年正用刀削着红苹果，一边吃着。

"没有票，到吴淞口，送你到日本兵舰上去。"茶房摇摆着手威胁了句。

"他奶奶孙子的，打这些王八操的，他们侮辱咱们军人……"一个抓起拐杖掷去，半只腿跪伏下。

"他娘的，汉奸……"

"你不该在伤兵面前说这话呀！"穿铜锈色长袍的看护士也站起直挺的身子。

"打……打……"

"不要闹……不要闹……"掷掉雪茄烟尾，那胖汉子说话了，"日本兵舰上朝这里打望远镜呢！"

百十个脸扭过来，半面裹在绷带下的家伙扶着腋下撑支着托柄拐杖的人站起来。

长崎丸闪在后面,一只灰银色的小型军舰上,耸动着杂乱的黄色队伍,舰尾的太阳旗迎面扑来。

这时没有一息声响,蔡大有激喘地呼吸着,两手抱了头在默然中俯下红鼻头的脸。

意外的事情

一

省党部颁布了"二五减租"条例的消息,中午就沿着公路传到上王村来了。像燕子遇到春末的明媚气氛似的,这消息使佃农们成群聚伙地飞扬起眉毛齐谈着,趁了歇晌的时候。

"农村救亡分会"的宣传队,在石灰墙上开始制作新标语。队长黄大牙袒露着为烈阳晒紫了的广阔胸膛,牙咬着三寸长的油黄烟管,描摹刷涂糨糊的部位,捏在粗手指头上的彩色纸,正在上下移动。几个围绕干松柴堆相互追打的孩子,飞跑来了,凑拢一块儿睁着困惑的眼睛张望。他们的胸脯并没因为嬉戏突然的停止而平息,依旧一高一伏地喘吁着。赤光膀子,下身仅穿一条短灰裤的孩子,弯腰抢了一张标语,跑了。另一些哄笑起来。

"这些野孩子,拿去做啥,又不识字……站下。"黄大牙掉转头吆喝道。

这时,石灰墙壁的一口洁白的纸糊窗,霍地闪开,伸出一个鼠须鼠眼的汉子,手拿小绿颖毛笔,情景像是写算账目,一架"昏花"眼镜还没有摘下来,显得更加陌生与严峻。

"你又到我墙上糟蹋什么,你不拿到自己家门去贴。"

"县里要办'二五减租',王保长,这是他们让我来贴的,大家议决了的事情。"看看保长的脸色不对,就挟起红绿色纸张,"好,我到宏堂叔门口试试。"

孩子们有兴趣地追随着,吵闹不休的。

二

密星满布的黑夜,上王村一个角落上的祠堂,吐露出炫耀灯火,带有诱惑性似的,吸引进拥挤的人群,一些毫无拘束的狂笑和高喊,飘荡在周围。

黄大牙的蚱蜢脸上,闪着光,怀抱鼻涕满唇的孩子,在灯下挤来攘去地挥动着手掌,照顾每个到场的人。

"坐的凳子都不够了……"骚扰人群中,冒出一声高呼。

"这边有个空座位,宏堂叔。"黄大牙远远摇起手来。

一团喧噪声中,身材短小的阿宝面向海似的群众,阐说"二五减租"的意义了。

乱杂声浪逐渐低消,黄大牙蹲在床角划火点烟。一手托着那不住地扭动的孩子的屁股。而他那深埋在被烈阳晒焦的睫毛下两只眼睛,发射出一种兴奋洋溢的光辉。

"对咯,我们能专心一意来耕作我们的田,省点钱施肥,地主不会吃亏……"前排有人切断阿宝的话大叫。

"弗要吵嘎!扯起你的耳朵听。"

"侬的嘴也得用蜡烛封上。"

人群里爆发起笑声,一个女人的尖锐音浪在抑止下哧哧不休。

"听着,听着……"阿宝提高喉咙嚷。

"不用拿别的来讲,"宏堂叔曲勾下头颈向黄大牙小声说,"我一家连大带小七口人,两个大点的儿子,就是你那俩阿哥——雇给茶栈做短工去,为的是端午节前能挣几个铜钿填补填补零用,还有冬天的棉衣服,……真的不'二五减租'不够吃,这样非荒了自己田……"

"不要响嘎,宏堂叔。听听阿宝……"谁从旁边插了句。

"不错嘎!"全副力量倾注在阿宝语调间的黄大牙开始发表意见了,"那样保管多打几石粮,田主决计不会吃亏。譬如我租的王保长八亩田，一亩就算打三石谷，才能剩下十石零些，这荒乱年景，油盐都拼命地涨，还得扣除欠债利息……一家人怎么过？"

全场的人，眼光凝集在他的身上。黄大牙低头瞅了下入睡的孩子，用衣袖揩着额角汗珠，坐下去。

"我们得动员宣传组组员说服田主，福生怕有什么话讲吗？"阿宝上半身的大黑影子，在墙壁上划着活动。

"你们都嚷减租减租，可是乡公所没有公示；老实讲，有人肯出地赋自卫捐壮丁费……三五减也弗要紧，这不是国难期间吗？大家都得吃些苦头。"鼠眼鼠须的王保长站起身来，人丛中让开一道甬路，他边说边离开了祠堂大门。

"不能成啊，没有公示下来，我们光开会有屁用。"灯光下的人群又骚扰沸腾起来，宏堂叔趁空挤出去。

洋溢在黄大牙眉宇间的光辉，飞逝了。干燥的两只黄眼瞳巡视着走动的人们想："做什么事都心不齐……心不齐哪咯弄法呢？"

装了一袋烟，还没抽完，会就散了。黄大牙和阿宝打了招呼后，夹在每个口里像爆豆似的嘟哝着散会太迟，在夜的拥推声浪里，走到街上。

夜色里，凡有人影耸动的地方，窃窃私议的声音就会随了微风传来。

"管他娘，减就减，不减就不减，反正往年也没饿死。"黄大牙一路思索着，回家放下了睡着的孩子，又走出来。

村外，满耳一片草虫的颤鸣，七杂八乱的萤火虫，带了发放绿焰的光囊，沿了草丛高低飞舞着，寻觅池塘。

夜风送来芳草的香气，平静气氛中，农作物唰唰地作响。

"哪一个？"有人厉声问。

"老百姓。"

"半夜三更做什么啊！连狗都伏在窝里贴下了两只耳朵。"

"车水呀！你问白天吗！自己没有水车，白天谁不使它，幸亏有个夜晚，才能抽空借借。"

"种稻子还是什么？一年有三季好耕不？"哨兵的轮廓显明了。

三

村边一道浅草掩覆的沟渠，铜铃般的水流声断断续续地劲响。

宏堂叔负耙走来。瘪皱的下嘴巴随了鞭子的动作一咧一咧的。

"我想借借牛，趁着这阵雨耕耕那两亩田……你们都动手耙了。"黄大牙不胜羡叹地摸摸牛背，"真是好牲口。"

"人口多的家数都插好秧了，我们人手少，巴掌大小的地，还忙个死去活来……遭劫的年月！"

"宏堂叔，我来帮你做，耕完你的，我用用牛，反正一两天的工夫，再过几天得种晚稻了。"

宏堂叔嘴角咧开露出一排残污牙齿，不假思索，将耙放到了黄大牙背上，自己牵了两只犄角放肆地向外分岔开的水牛，走在前边。

"减租这门路，有点望头没有？王保长嫌你太荒唐了，明年的地想不租把你，真是……"

"管他娘。"

走上畦边，黄大牙把烟管插进脖后衣领间，脱掉布底鞋，站在耙上了。

眼前，无边的陌野，向外展开去。茶园、桑林、墓草零碎地伸布在四周，浴着雨后的清新色彩，蓬勃地抖动着。

耙的急趋，使周遭景象忽左忽右地乱闪。

大块土壤翻溅起混浊的泥水，牛腿陷入泥层，慢吞吞拔起，一步挪不了四指，又陷进去。黄大牙不停嘴咒吓，牛鞭在它的犄角边摇来摆去，但皮毛丝毫没有沾染那鞭上涂满的泥水。

宏堂叔蹲在另一块稻畦上，拔着还想挣扎活下的野蒿草及蕨菜。

偶尔仰头望望黄大牙,"真是好体面耕手……就是命薄了……"就不由会这样想。

为了不糟蹋时间,黄大牙的粗僵手掌,没有离开过长缰。有时他必定抽口烟,那也是站在蛇动的耙上,而点火是趁着耙到田边回拐过来的霎眼空间。虽然宏堂叔几次喊:"歇歇吧!不忙,明朝一天总能做完。"

"不吃累,我比你不一样,正在火力旺的年纪……嘻……嘻。"他就这样把话音传过去。

"吃累了……明天耕完你使牛,我一个人插秧吧!"一直到归村的途上,宏堂叔还是过意不去地说。

"农村抗敌救亡会"召集宣传队员谈话的时候,黄大牙刚从宏堂叔家里回来,抽晚饭后的一袋烟。

"出席不要太早了,在那里得坐着等,先躺一些时再去也不迟。"他心里想着便倒头睡去。

老婆默无一语地编竹筐,身后,雷鼾一阵阵作响。

烟管的火,早已熄灭,从黄大牙的口上掉落到地下,这一夜连孩子也没受到他的抚摸和赞骂。

四

一阵急雨似的敲门声,立即闯进四个乡丁。凝静的晨曦气息,骤然紧张起来。

"不要让他跑了。"

"老李你去守住北窗。"

"什么事……天呀!"

"不要吵……黄大牙在屋吧!"一个班长模样的家伙,手拿驳壳枪跳进院来。

"哎呀!天……"北窗上有人影的晃动,使老婆的嗓子更尖锐了。

"弗要响！准是逃兵……我去看看。"黄大牙脸色苍白了，颤抖的腿，在床下勾鞋。

"你不要去，快逃吧！"老婆扯住他的胳膊。

"快开门……快……"一阵嘭嘭的门响。

"噢……来了。"黄大牙在墙角抓起一把锄头。

突然房门又裂倒开来，一个面熟的乡丁立在黄大牙的眼前了，而后者手里的锄头，从空中轻轻放下来。

知觉顿然麻木了，黄大牙痴立着。

"什么事呀！刘班长。"老婆张大眼睛问。

"抽壮丁呀！王保长报的两个壮丁里，一个是黄大牙。"刘班长一边说着，一边将驳壳枪投入木盒里，粗重地喘了口气。

落伍兵的话

　　公路破坏后而成为废墟似的 H 车站，门窗都被零碎地损毁了，谁在云灰色的墙壁上，用石块一类的尖锐东西深刻着些"赶出日本鬼子"或"保卫我们的家乡"等字迹斜歪的句子。沙土平坦的停车场所，长起了稀疏的马尾草和一些野丛。过客将一些啖啃后的苍蓝色的西瓜皮，毫无顾忌地掷弃在那里面。

　　车站旁，一片满地爬的大叶须蔓下，还掩埋着一个个圆球似的西瓜，诱引着行人的眼睛。

　　终于瓜田主人搬来了。他是一个宽鼻梁厚嘴唇的老农。带着他的烟管和灯笼，在站长室的一个角落上架起板床，并挂上了一烟尘熏黑的粗布蚊帐。

　　夜间，村里年轻的农民也将这里作为谈天的地方。尾随这小小集团而来的，还有姜先生。他像是苍蝇嗅觉着残饭似的，到处寻觅着集会钻进去。

　　六月的晚风，吹展着稻田谷物的卷叶，月亮一片淡淡的光辉，刷亮了周遭的幽景。这正是姜先生谈得有劲的时候。

　　"吓！炸弹满天下，南翔那时已成了死神扬武耀威的地方，随时随地都有新的肉驱和鲜血泼倒在地下，逃难的人，海似的无边无沿，我那时也投在人群里，跑呀！拼命地跑……真他妈见鬼，前边流弹飞啸的草丛里，有人骂起来：'他娘的你们找死，往日本阵地跑呀！'我的天，黑影里谁能辨别出东南西北，又没带着指南针……"

　　别人正聚精会神地听着。突然烛焰跳扑地伸闪了一下，随了站长室门"呀"的一声响，一个肩上斜搭了军服的汉子走进来，而熏蚊子的艾草烟飘舞出去。

"有什么吃的没有！"音调和举动一样，充满了疲乏。从他那尘沙、汗垢染满的衬衫上猜索，一定跋涉了几十里长途了，而他的语韵又是那样难懂。

"没有，到前面村子去要吧！"

"那西瓜卖多少钱！"一眼看到床底下，黄昏才摘下的那几只，他就蹲下来，用手一个个拍着。

"九个铜板一斤……"瓜田主人移动了蜡烛。

"称称这个。……"

"这些大的，都让这位姜先生买去了。"他向这边眨了眨眼，"挑个小的吧，小的都熟透了，大的还怕靠不住。"

这汉子抓起军帽揩了揩脸上尘土，在空隙间抱膝坐下了。

"老总是北方人吧！"姜先生搭讪道。

"东三省，你呢？'老总'是我们那边的话。"

"奉天。"

"唉，咱们是老乡……你来到南方几年了？一个人吗？"这汉子拾起方盘上的桃红色瓜块，止不住贪欲般，大口吃着。

"来了一年多。"

别一些人也为了这巧遇，而伸长起耳朵来，希图从这些不谙熟的语音里收取些能明了的意思。一面从艾草烟雾间，瞟着两人的脸。

"吃块瓜……一点都不甜。"这汉子边用军帽擦着满嘴淋漓的瓜汁，边给姜先生送一块而埋怨道。

"好吃的瓜，到海宁去，四五个月前那地方还没被东洋兵占领。"瓜田主人戏谑地笑起来。

"老乡！"这汉子向姜先生说，"咱们那边的瓜，是什么味道！从老家失去后，我跟随队伍调到江西又跑到河南一直等到咱们少帅回国，开到西北，我没能再尝到过。成天价我这样跑啊！人家南军都有火车坐，咱们队伍只好用两条腿，昨天又奉命向××山开拔，我因为闹痢疾落伍了。我这正是去追咱们的队伍。谁叫咱们六年前不开枪就跑到人家檐下来避雨呢！——你在这里做事，不受南方人的气吗？"

"不，一点也不，你知道现在正是一心打日本鬼子的时候，当然哪年能回到老家去更好了。——你不要受了汉奸们的论调的感染……"姜先生平心静气地说。

"不是，我……我不过是这样说说，"落伍的兵飞吐着瓜籽，"你的家眷都在南方没有？"

"自己匹马单枪地闯……"一半为了羞一半是年轻，姜先生的丰腴腮肉有点红，"不想成亲。"

"不在这成亲倒很好，一个人总得记住老根，……再说，南方的姑娘不好'捣鼓'，挺浪又挺娇，哪赶得上咱们北边的娘儿们来得实在！就是下庄稼地干得也'煞妥'。老疙瘩，我说这话你可别不信，真的好好弄几个钱回家去娶亲！街坊邻居看着也称道，'到底没有忘了从小爬来爬去的那块土！'……"

说完，落伍兵低头在烛光摆晃下打开了小纸包。两指捏了五角钞票，投在瓜田主人的手里。

"再切一个尝尝吧，我给你挑选个好的。天老是下雨，把这一季的瓜都淋得发了霉，有的连阳光都没见就死了。"一手擎着弧线形的长刀，一手移来移去地拍着瓜肚。

"不吃了。"落伍兵在军裤上揩了揩手。

"再吃个吧！道上省了口渴，没有钱也没啥紧要……你是东三省人，又来浙江替我们保守家乡。"一个脸孔坚瘦的年轻农民插嘴道。

"那我是脱了这件衣服说，"他指了指膝上搭的军服，"若是穿上这件衣裳我就不是东三省人了。我是属于中华民族的，为中华民族来保卫中华民族的疆土。"

这家伙站起来，在人们头上拍了拍屁股上的尘土。

东战场别动队

一

秋天的朝阳，从菩萨庙墙垣倾倒的缺口里，放出一片金黄色的光面。

挺拔标直的古松，在院角还是瑟缩地抖着色彩苍郁的针叶，并没有因阳光的炫耀而显得有些朝气。

九月的晨风，侵袭着人们的毛孔，吹散着落叶。

大殿侧广阔的空场上，一些身穿各色短褂的年轻人，正在班长的呼喊下操演着。面朝东的一小队，迈齐笔直的矫健步子走过来，而对方的一排静立着，许多的眼睛，都密集于穿古铜色制服的"卧倒"步骤了。严肃的气氛，拘束起每人的情感，一小排一小排的队伍，或横或直错综地摆列开来。

副班长们尾随了一个印刷工人出身而做了中队长不久的吴荣昌，越过了高原的沙石门槛，奔向板村外的原野去。身穿绿色"斯维特"的黄阿大，低头拨弄着盒子枪，队伍和他隔了一段长长的距离。他是眉眼带着憨直气的中年汉子，脸皮已为缠绕了半生的炙热阳光造成绛紫色，粗糙且阴沉，虽是现在的眼睛已为了新的境遇而闪动起明朗的傲光，但孕育了他整个壮年的操劳与饥窘，还时常从淡稀眉毛拘蹙的习惯间，趁隙现露出来。

当他的同乡吴荣昌，掀扬起短短眉头，将投入别动队的消息告诉他后，他就毫不吝啬地将终日压在肩头的那条木质磨成油光的扁担同麻绳，送给了码头上的伙伴，离开了情景烂熟而眼前还引起眷恋的黄浦滩，像小铁片投入了熔炉似的，插身于将为保卫祖国而战斗的队伍里了。而陷进失业的漩涡里，扯着他的劳力尾巴才渡过了半年悠久岁月的吴荣昌，这时送给他一件草绿"斯维特"，因为那身油脏的蓝布褂，确已零碎得不能遮肉了。临别上海前一夜，吴荣昌还领他在装饰讲究的理发馆，剃了头。

现在，打扮得像他自己所说："真是他妈的一个花花公子呢！"显然是紧张而热烈的生活，已鼓舞起内心潜伏的火花，这是从一九二七年以后烧酒都没能再给燃起来的兴奋刺激，重新扑到的身上了。

他怀着轻松心情，边走边退压着盒子枪的子弹，其实动作熟练得无以复加了，但他对它还是感着莫大的兴趣，无论做着什么事情，他都抽隙抚摸或瞧瞧枪筒，更能从容不迫地数数子弹的数目，而在工作越是紧张得不容他随心搬弄的时候，他越感到摆弄枪弹味道的浓厚诱惑了。

"黄班长，又是你掉尾，快赶上队伍！"

黄班长的称呼，是最近吴荣昌加在黄阿大头上的。他几次想替自己改正过来，让对方依然呼唤"老黄"来得顺耳些，但是，当他启唇的当儿，不知是恐惧，还是什么，语音一阵发抖之后，自己又改变了话锋来掩饰了。他意识到自己和吴荣昌之间，有了一层渺茫而不可辨识的东西，使他俩间的距离逐渐远开来，但他却竭力挣扎着抓着原有的友谊，希图将他拉近来。他总没有让"老吴"和称呼逃开自己的嘴唇。

这时，黄阿大并没呼唤对方，他边跑边装着木盒枪，晨曦的新鲜气息，随了他的胸口起伏，大量进出着。

看了看吴荣昌过时的暑期黄军服，一声不响地插入队尾，好久他没有敢抬起那双拘束的眼睛。因为前者向他闪了闪严肃而具有责备意思的眼色。

队伍在一块田畦上散开，一些稻草根像围棋似的布满，让人们趑酌着脚步。黄阿大赤裸裸的脚已被朝露湿透了,他躲避着垄崖上稀疏的残草。眼前,闪出一朵朵堆立在陌野的坟墓,碑碣、竹林,还有面上浮一层薄雾的泥沼。

"老吴这又是做什么?"黄阿大不自然地低着头说。帆布鞋随意踢着僵硬的土块。

"野外演习。"

于是一些副班长们围拢了来。只有穿咖啡色西装的吕典一,在圈外张臂跷脚做着呼吸。

等到敌我的假设官兵与阵地支配妥帖后,吴队长的排横队集合的命令,从张大的嘴唇吼出来了,并举起作为排头鼻准的拳头。接着一阵鞋底与土壤摩擦的碎琐声响。

另一排向前方密林跑去,末尾黄头发的小铁匠手里还摇动着触目的枪筒……渐渐潜伏了身影。

"目标,正前方,有敌人向我射击,以第三名为标准,就地散开。"吴队长伏腰低呼。

人们迅速拉开脚步,倒卧下去,胸脯贴住了潮湿的稻根。

在畦边,黄阿大潜入草棉丛中,两膝压住枝梗间的空隙。严肃气息灌满了胸膛,心脏的跳跃,立即煽动起肌肉的寒栗,连撑在地上的粗大手掌都有些发抖。

他幻想着,若换了个场面,斗争会马上开始,血、肉、火药的爆炸……残酷将毫不遮饰地在他眼前展开。

叶丛间,露了露脸,远处人影依了坟墓的屏障蛇行着……

突然,高空嗡响着隐隐的吼声。声调带来了新的威胁,恐怖像浓雾似的围罩下来。

"不要动,不要动!"吴队长伸长脖子喊。

云空,现出三架乙形阵势的单翼轰炸机,沉重地冲向边缘金黄的云朵,接着又闪出来。

黄阿大颤抖着手指压上子弹，木盒枪口向上瞄举起来，一种兴奋鼓舞着射击敌人的尝试，像火焰似的狂燃。

"吕典一，不许跑……站住！"

"吕典一！"小铁匠传达过去，两手做了个声筒。

轰炸机在三千米远的上空，巡回地兜起圈子来，加重的声音扑入每人的毛孔。

"日本飞机，你看。"

"轰炸沪杭公路吧！"

凭空拔起一声尖锐的呼哨，沉闷的空气骤然压紧，巨大轰炸声爆响了，一缕黑烟冲霄突起。

——乓——！

"谁？谁？"吴队长两眼射出锐光，短短眉头蹙紧了。

"黄阿大！"

"潜退，中队部集合！"尾间拖长地飘散开来。

当敌机撒下了罪恶，带着兽性的暴戾，沿顺长江方向飞去的时候，菩萨庙的古老垣墙围绕的方场上，站起了三行排横队。

吴队长板起血红的脸孔，用严肃的目光环视着。人群的静默，更增加了空气的庄严，寂然中，只有古松招引的风涛沉重的呼哨。门岗从栅栏间窥望着。

"黄阿大，出来！"寓有权威地叫了声。

"有！"眼光密集下，"斯维特"的炫耀色彩出现了。

吴队长以身份应有的庄重，从黄阿大颤抖的手掌里，抓起木盒枪。埋在角肉皱褶间的眼睛，对准枪筒探索般望望，退下遗留在弹夹的几粒。

"为什么没有得到命令就射击！"眉毛斜立起来，眼睛逼视着黄阿大陷在慌乱中的脸孔，"你知道么，在敌人轰炸下，短枪射击招引的大祸，会把我送到监牢里去，你破坏了整个纪律……"

黄阿大的脸色可怕的惨白，笔直站立的腿骨，微微有些抖觫，一种他所没曾尝试过的拘束，像蛛网似的捆紧来，而对方投来的申斥字句，蜡样似的封闭他的嘴巴。

"说……走火……无意走火。"穿古铜色制服的值日官贴了黄阿大膀子悄悄说。

黄阿大斜瞥值日官一眼，之后，抬起惶恐的眼睛。

"老吴……"

"闭上你的嘴！"吴队长斩钉截铁地切断对方的话，同时手指向他鼻前触来，"站好，你知道，这不是黄浦滩的码头，也不是'工会'，我们是有纪律的军人，我们要打击自由主义者。"

向吕典一瞅了瞅，吴队长放大洪亮嗓子喊："什么友谊资格，都掷到垃圾桶里去！"

"我……我是走火，忘记了没取出的子弹。"

于是局势缓和下来，趁机吴队长用了他的智慧，严厉指责起黄阿大的荒唐行径。

这时，门岗癞头刘，一个福建警察出身的家伙跑进来。

队伍解散了，每班值日兵迅速地跑向厨房，而伙伴们抱怨着训话太长，以致菜冷饭凉了。

"四班副班长，吃派头，他还是吴队长的老朋友。"小铁匠掀起薄薄的嘴唇，一面捧接着油汤凝止的熬豆腐。

"人家是挂勃朗宁的人物呀！神气哇啦的。"吕典一挤进来插了句，接着说，"二班的饭，我拿去，小铁匠你光拿菜就行了，肚子响了一早晨。"

厨房对面的侧殿，席地而坐的人们，在朝阳斜射的光圈中，已动起筷子，大量夹着不太适合胃口的菜肴，向嘴上送。并有兴趣地散布着笑料。

颜色灰暗的角落，黄阿大独自呷唇，在嚼味吴荣昌声色俱厉的语句,像受惊后的驯羊似的眨着无光的眼皮。他沉淀入苦痛的深处,而思量破碎友谊的有效弥补。

"人倒是不含糊,就是脾气暴躁点……"黄阿大两臂交抱着想。

伙伴间小声讥诮伴同羞辱,顺耳袭来。黄阿大突地张大眼,向阳光处搜索,意外的情景展开了。

悲凄的呻吟,从一个被人搀扶的黄脸汉子的淡嘴唇里吃语般吐出,显然他是曾躺在手术室的伤兵,因为浓紫的凝血,还结在他那身薄薄的军服胸前,面额前捆缚的纱布层层叠叠像包扎破瓶似的缠绕着。

四班的兵士,睁开许多的惊讶眼光望着。

第二个伤兵跷着腿,用两根木拐熟练地代替了脚步,嘭嘭地走进来。

"大家注意,沈塘的我方伤兵医院被炸,这些带花弟兄暂时在我们这里蹲蹲……"从隔壁传来值日官的高亢话声。

"这边躺下,这边躺下,抬过来。"拐杖者对说话人扬了扬帽子。

"打搅你们……哎呀,就是刚才的三架轰炸机干的,医院吗?都炸完了,现在还燃烧着。"白衣女看护跑进来说,紧张的尾巴依然在她身上发酵,以致她的举止稀有的慌乱,"这里几个伤兵?十六号病室里的有没有?"

"那谁知道。"黄阿大接过来说,"我们的伤兵都逃出来了没有?"

"没有统计,我们的注射医官都失踪了。"女看护又扭动起屁股跑出去。

"假若刚才全体射击,也许能打下一架。"黄阿大心里想。

直到黄昏,伤兵们才迁移到新觅的地址,这里重新恢复了原有的平静。

古松陪着哨岗的脚步,唰唰地奏出秋夜的沉闷响声。

黄阿大这时贪吸着纸烟,两眼默望着菩萨像前的闪闪烛光,思索什么。

听到了熟悉的劲健有力的步伐声，他知道吴荣昌来了，手掌掩藏起烟火，极快地塞向军毯，且闭上了眼皮。

"没睡吗？"

吴队长的手电筒在他眼前一晃。他咽了口涎沫，没有作声。

二

秋天的高空回荡起寒凛的气息。

阵阵小风，吹散了落叶，更吹动了夏季就潜伏在人身上的病菌。长脚蚊也挣扎着最后的生命，翘着尖喙加劲传播起毒素。于是人的集群中，泛滥开病灾，传染的恶性时疫，像熊熊烈火样在队伍中燃烧起来。陪伴疟疾、感冒……而来的，还有一些强健伙伴们玩弄枪械的走火声，因为这正是他们对于枪支自觉熟练了的时候。

今夜，小铁匠呻吟的凄厉声，更急促了，满胸炙热，一脸豆大冷汗，腮肉痛苦地紧缩着。

黄阿大为了替他带班而增加了两小时的夜勤。他不得不掏出二十铜板，接过藏在采办癞头刘袖口的小半瓶绍兴酒，作为自己预先对于辛劳的慰藉。

烛火在菩萨台前吐闪火舌，案子是积满蜡油的。灰尘覆盖的布幔，粉鼻粉脸的塑像，破口香炉……都在寂静的烛影间闪现出来。

黄阿大有茧的大掌抓起瓶肚，咧开干燥的阔唇，仰脖灌口酒，呷呷嘴，走到烛火前，俯首擦磨未净的木盒枪零件，鼻孔大声喘着气。

小铁匠像失群的羔羊似的，悲凄的哀呼声，从套间里传出来。然而没有扰攘了四班兵士的酣睡，只有黄阿大感到神情被诱起的不安和焦躁。

吴荣昌挥着持电筒的手，大步走进来，黄阿大拘束而含有羞态地行了个礼。一个压抑不住的笑，从吴荣昌的嘴角冒出来，点点头，转进套间。黄阿大更加害臊了，脸胀得血红。

"怎么样？哎，哎，都患病。"伸手摸摸热度沸腾的小铁匠前额，"想吃点什么东西？总得想法让胃口开一开。"

"老吴，百姓们该送慰劳品了，什么西洋药、金鸡纳霜、毛巾、棉背心……"黄阿大跟进来说。

"慰劳品都在前线上，"吴荣昌打断他的话，"要想得到它，就得上火线。你又摆弄枪，我看，子弹上膛了没有？枪口不要对人！我说过多少遍。"

"没有放子弹呀！"黄阿大被烈阳晒紫的脸上，呈现出局促的样子，"什么时候开到前线？不弄件棉背心，早晨吃不消。"

"得等大队部的命令。"吴荣昌又看看小铁匠。这时他已睁开昏沉的眼睛，迟滞无光地望了望队长。

"我……连点水……喝，都没有……"温驯地轻轻地从病者的淡黄两唇间吐出。

"等一会，我让勤务兵给你倒开水。好好地静养吧！"

"我这次病……不能好了……连医生都没有！"泪水大粒地从小铁匠指掌空隙间流淌着。

"会好的，不要胡思乱想。"扯了扯病者汗臭冲鼻的裤子，吴荣昌走出来。"瘦得皮包骨了！"

"可不是，谁想他能病倒，像个活泼的野兔似的家伙。"

"当心你的枪。哨岗们的枪膛也该时刻检查，若有子弹上膛的，报告我！"

迎头吴荣昌队长的面，陆万祥行了个举手礼走进来。

"冷。"这个窄鼻梁大眼睛的家伙，一手递来手电筒和镍壳手表，"口令是护士，特别口令是杀敌致果。"

"脱下你的棉袄来，我那里还给你留了口老酒，吃去吧！"黄阿大还默默念诵着生涩的口令字句。

陆万祥重新燃起支蜡烛。强烈的火光，冲洗净昏暗。一片静穆中，除了衣服的软绵响声外，就是院里古松风涛的呼啸。

"秦荣根起来，放哨去，快！"黄阿大轻声叫着一个下颌刮得净光的汉子。

"老陆，楼君山是第几班的？"被叫者在穿衣服，黄阿大又将夜哨名单送到陆万祥眼前，"就是那个理发匠。"

"钱学武呢？"

"二班那个穿长衫的湖北人呀！"

于是黄阿大结好衣扣，顺次到各班房间找去，电筒下的窄窄甬道上，像个夜鼠似的蹑手蹑脚走着。

当他在七班一个在上海四川菜馆做过侍役的名叫谢世进的耳边呼叫的时候，这家伙翻翻身，发着呓语，过后，又打起了响鼾。他身旁一个寒热病患者静静地睁着两只可怕的眼睛，在手电的阴影处窥着黄阿大的脸。

"起来，不愿做奴隶的人们。"像尖锥样挑起了睡者的隐痛，骤然弯身坐起来，两手搓了搓眼。黄阿大拍了拍他的窄小肩膀，"快点穿，人家在外边还等我们去换岗，小弟弟。"

"同志。"寒热病者颤抖地说，"谢谢你，给我弄点开水……这里药也没有，水也没人预备……哎，……渴死了……"

"好，你等着，就会送来。"

值班的人们尾随黄阿大的宽阔得像一块楠木板似的后背，嘘嗫着在四班房间里聚齐了。一个高身汉子，披了件军用毯，出色地立在贴近烛案的最前面。听着黄阿大班长的岗位支配命令和今夜的口令报告。

扁鼻方口的勤务兵走进来，一手拿着暖水瓶，另一只手捏紧电筒。显然是他还在睡意中，以致破布鞋混乱地踏到稻草上，并弄脏了军用毯。

"脚步放轻些，"黄阿大掉头掷过来一句，"小铁匠喝完，送到七班的病人那里去。"

"什么，开水，得喝点，暖暖肚子。"钱学武首先拦住了勤务兵。

"我也喝点，天这样冷。"

"别喝完，给我留点。"

"别抢，别抢。"

"吵醒了睡觉的同志，小点声。"黄阿大轻微申斥道。

"病人怎么办，你们都喝了。"暖水瓶已在别的人们手掌中抢夺的时候，勤务兵才有些清醒了。

"请同志再去烧点，反正我们下岗回来还要喝。"说话的是理发匠出身的楼君山。

随后，人们撇开了勤务兵的埋怨声，冲向夜的原野。

无涯的黑暗填塞了整个空间。秋草的气息混合着土壤味，浓烈地飘散开。

四周是静寂的。

远绕池塘的小溪，有时隐约地渤渤作响。

一阵风过，还能听到密林的抖动声。

黄阿大谨慎地提落着无声的脚步，跟了尾排窜过一带古墓残坟阻碍的一条草径。在这里，排头披了军毯的汉子留下来。

"当心点，不要走火。"黄阿大过去时，顺口嘱咐一句。

越过一道河水已干涸的石桥，是一座黑影中满具茅亭轮廓的车水亭。暗号呼应后，穿长衫的钱学武和亭里哨岗对调了。

池塘边甬道，和邻村接壤的小径，密林丛，毗连公路的大道，……绕了一周，黄阿大带领另一批满身疲乏的哨岗回到了中队部，向棉袄摸一把，潮湿的寒气袭掌了。

"大家睡去，说话不会用小嗓子吗？走路也别踢踢踏踏地乱响，人们都睡了。"

一进屋，黄阿大高举起两只骨节粗硬的拳头，打了个懒噤。温暖的空气，立即扑围起他来。

烛火无声无息地闪动，蜡油从边沿上淌下来的时候已久了吧，凝结为柱形的小条了。

黄阿大就着烛火，燃起半截烟蒂，自己孤寂地吸了口，又轻手轻脚地跑向自己的铺位。

那里躺着陆万祥的四肢蜷缩的小小身子，向他脚下稻草里伸进手去，黄阿大抽出绍兴酒瓶来晃了晃，里面空虚的作不出一丝响声。

"这家伙，都给喝了，什么是少……"

四点五十分，黄阿大把去套的枪，向袄里肚带上一插，甩着两手走出来。

清凉的气息逼使他打了个喷嚏。

冲着乳色薄雾在夜的田野上独自巡逻着。

他感到这新展开的生活，带来了可望的幸福。他已经跳出了饥馑、疲劳、汗血、暴阳所交织成的痛苦深渊，而有一种荣誉、奖章、指挥刀……等着他去攫取。他现在已尝到权威的美味，他仿佛英雄样挺起了胸脯，用力地吸进口凉爽的空气。

不远的村子，有时断时续的狗吠声送到他的耳朵，于是他拔出枪冲着这方向走去。

"口令！"

"我呵！你辛苦了。"

"老吴！"黄阿大热烈地叫了一声，"你到……"

"老黄，黄班长。"吴荣昌闪了闪电筒，握住对方的粗大手掌，"不冷吗！天气凉……你以后再不要拿出朋友的身份来，你知道我们这是在军队里呀！我们是有组织有纪律的，昨天你没生我的气吗？我实在不得不……"

"我知道，带兵，做长官，是应当这样的。"

"不是长官不长官，破坏了纪律，兵也可以指斥长官的；我们就是保卫国土的一群人，你没看到守巢的蜜蜂吗？野蜂去抢蜜或乱撞，担任守卫的蜂们,会毫不怜惜把寄存自己生命的尾针,给敌方一刺的。"

"是呀!我去年在家乡,跟着邻居去割蜜,还让蜂子们蜇了一脸泡呢!"

"我们就要学蜜蜂,团结起力量来打走敌人。我们不是蝴蝶,不是卖弄风流,悠闲终日的蝴蝶。我们有组织有纪律,在这里不能插进丝毫私谊,懂吗?"

"懂是懂的,可是我要患起疟疾,你也不好好照顾我吗?我在这里两眼墨黑,只有你……我想到前方受伤了,你也会设法让我活过来的,不是吗?"

"是,那不成问题,不过你不要想到这些。"两人撒了握得都有些汗的手,吴荣昌掉转身子,"你到哪里去,到前边村子去流动一下?也好,我回部队去了!"

在离开的时候,黄阿大恭恭敬敬地行了个军礼,但是吴荣昌的眼睛不能透过黑暗来。就那样挥着一只持电筒的胳膊走了。

凝结的雾幔,向人送过了透骨的寒凛,黄阿大肌肉时时缩抖,嘴里大口吐着暖气。

对面又发现有人起来的脚步声,并且带着一种笨重东西压负下的低呼。

"哪一个?"

"老百姓。"

"做什么的?"

"挑柴往徐家汇,赶天亮的柴市……今夜起来晚了。"

黄阿大擎起电筒,向对方照了照,直等挑柴者走过,才重新上了黑黢黢的草路。

布鞋在露水淋淋的衰草丛移动着。多量水分浸入裤腿。

"老吴真是有粗有细的人物,前线打了一仗,我……"接着,手枪、领章、皮绑腿……在他脑里纷纷呈现出来,"也神气哇啦的。"

刚拐进村子的一角,眼睛就为一个有散漫的光线所在吸引住了。同时一种风车似的声音和夜里显得像寺钟样的谈话声,从那半开的门扇间发出来。

黄阿大拔出木盒枪,第五次推上子弹,放轻脚步潜进。

热腾腾雾气,冲向夜空,屋里浓厚的乳白色气体掩覆中,两个赤臂汉子在挤豆腐渣包。

当地站着几个持长枪的兵士,每人都是一手擎着豆浆,一个蹲在石磨架下,刺刀贴在怀里,大口喝着。

"喝碗豆腐浆啵,同志。"军帽夹在臂下的兵说。

"同志们,哪一师的?"

"B师,刚从杭州开来,你们的番号是……"

"别动队呀!给我来一碗,天气真冷!"黄阿大插了枪,"几个铜板,便宜到便宜,上海都是六个呢!怎么连糖都没有?"

"你们也没有背心,这哪能行。寒热病是单找衣服薄的人。"蹲着的搔搔鼻子说。

"哪里去弄,上海可有的是慰劳品,这里老百姓连粒金鸡纳霜都不送。"黄阿大大口大口地啜着。

五点三十分,黄阿大拍了拍肚子,伸了个懒腰。

"我回去换班了,同志们,再见。"

"再见,我们开到前线上见。"一个兵说。

"前线上见。"

"前线上见。"

黄阿大在晨曦中伸手摇晃着,一边挺着胸脯,走出了村子。

三

随着传令兵的脚踏车带来了一个巨大的兴奋,全中队每个人的心情,被烈火似的出发消息所燃烧,所鼓舞。

三五人一组一组，站在院心谈着。

正副班长匆忙地，在队长室出出进进，其中最刺目的是穿绿色"斯维特"的黄阿大。一种制止不住的激荡，使他的行动慌促而紧张，两片阔唇不时咧张开，脸上放出一层蕴有光泽的朝气。

陆万祥的窄鼻梁，也出现了，怀里抱着大批子弹带跑出来，迎面是咖啡色西装的吕典一挤进去。

"没事的不要围在门口，各回本班的房间听命令。"吴荣昌队长从人丛中伸出头来说。

"报告队长，我们四班还缺七支枪。"黄阿大两手分拨开人群说。

"每班的枪支都不够，……郭区队长，你安置一下病人，快去。"吴中队长对穿黄制服的值日官发下了命令，"回来，重病的每人两元留在老百姓家，能到前方的，跟着队伍开走。"

"报告中队长，"黄阿大一手擦着脸上汗水，"他们都……"

"报告中队长，大队副命令各区队现在备好东西，不能带重物件。"传令兵切断了黄阿大的报告插上说，"等命令集合大队部。"

"听着，各班正副班长，各回本班，告诉同志们，只准带随身衣服。重的、用不到的东西，交给郭区队长。"

一个穿小褂的红脸汉子从门口跑过。

"高特务长，厨房伙夫们预备好了没有？"吴中队长高声向红脸的喊。

"装好藤筐了，我得想法弄四条绳子。"高特务长跑过去。

"报告中队长，"黄阿大抽空又追述着，"四班没枪的同志，都抱怨……"

"回去叫他们整理东西，一切预备好，没枪的以后再说。"

黄阿大急喘着气，一面举起胳膊揩摸着满脸的油汗，一面跑回侧殿来。

空气被扰得紧缩地翻腾，四班飞扬起的尘土，在阳光下狂舞般浮沉。

"稻草不要弄乱,还得送还给老百姓。"正班长陆万祥在人群里呼喊,"听到没有,秦荣根?稻草捆起来。"

"出发前线了,你们都有家伙,叫我们空手握空拳去夺敌人机关枪。"秦荣根俯着忧郁的脸嘟哝着。

"不许说话,快些收拾!"

"枪支,吴队长说有办法,不要急。"黄阿大搪塞一句,一面捆扎自己的小小包裹,"这块毛巾是谁的?没主,我当擦脚布了。"

"掷过来那双袜子,……谢谢。"陆万祥伸手接住,打成了一个白布背囊。

黄阿大远远掷出了绍兴酒瓶,背扎好军用毯,燃起纸烟吸着,走进套间去。

"你们怎么样?"

"黄同志。"小铁匠低弱而热情地叫了一句,"把我扔在后方……你们都开走了。"

"不要哭,好好养病吧!病好了再到前线上,我们一块吃苋菜汤。"

小铁匠两眼静静淌下泪水,一种贴伏在死神脚下的温驯,使他的性情软柔得稀有的感人。

"黄班长,你把我的饭碗拴在你腰里了。这是你的,没有筷子。"一个四班兵士跑进来。

"我的筷子哪去了?"

于是黄阿大收敛了悲凄的阴影,一种奔涛似的情绪,又投入他的心胸。

一支烟,还没抽完,黄阿大又被命令带队搬运手榴弹了。

担任运输的是理发匠楼君山、谢世进、穿长衫的湖北人钱学武,……而帮同黄阿大指挥的,还有吕典一。

传令兵领导着走入他们所不熟悉的幽径。这条小路是潜埋在深深的荒草丛里的。依靠了这条路,狼尾草、野猫爪,广泛地铺展开去。

路旁,农夫在田里刈棉,一只水牛站在竹林边吃草,生活在安静的自由空间的白头鸟飞着。四围一片沃野,唤起一切生物的乐趣,秋虫在鼓翼。

"我们得像蜂子保卫蜜巢样,守护我们的地方。"黄阿大想到这里,眼睛放出了渲染欣悦的光辉。

接着又是光芒耀眼的金奖章,武装带……还有一幅已为他熟悉该怎样做的雄伟姿势。

于是他又从腰里抽出木盒枪,望了望。

"公鸡赶进厨房了,还忘不了吃米。又摆弄你的枪了。"吕典一瞥了一眼说,"忘记带勃朗宁人物对你打官话了。"

"像你们读书人,也是忘不了字。说哪行干哪行,裁缝忘了剪子,还成话吗?"黄阿大对准对方的高傲,着实敲了下,"别在这里卖弄学问,'资格'也得掷到垃圾桶去。"

报复这耻辱,吕典一送给对手不屑搭讪的一瞥,两手插入裤袋,打起了口哨。

黄阿大满胸被憎恶塞住,默默地插起枪来想,——假若佩上指挥刀那一天……非给你个眼色看不可,不要神气。

"快走,等一会来不及赶队伍出发。——"楼君山说,他的袴前垂着两条裤带头,一长一短。

"这回我们先挑几个好的手榴弹。上回的枪,差一步弄了支弹簧有毛病的。"说话的是谢世进,他还没有失去做菜馆侍役所造成的拘束态度,两臂贴身,像一个木人似的走着。

"上草垛顶吃谷粒去吧!手榴弹还有好坏?"钱学武讥诮地霍霍笑起来。

"你看你笑的,不怕风吹痛了你那两颗大板牙。"谢世进惯常的油嘴滑舌,随隙而出了。

"快走,还有二里地呢!"传令兵在前边掉头喊,顺眼看看表。

当他们一路戏谑着,踏了夕阳回来的时候,中队部的全体官佐及列兵都已集合。

稻草茎、香烟盒、报纸、砖头、破短裤……像残棋似的散播了整院子。

四周显出了荒凉、凌乱……菩萨塑像在叹息。

庙门前,拥挤着大批村民,口含旱烟管的老农、老妪、眼睛放着明朗光辉的少妇,静静向里面窥视,并小声喳呀着什么。

小孩子有的竟窜进院里,抢拾破嘴绍兴酒瓶。门岗吓退了他们以后,不得不加紧防卫起来。

有广东兵工厂造烙印的整箱手榴弹,在黄阿大左嘘右喊中堆聚起来。

"报告。"行了个举手礼,"地雷九箱,手榴弹三十六箱。"

转回身,黄阿大手掌摸着汗水,分配给围拢来的班长,于是找绳子,寻扁担,一阵吵嚷的浪涛,又在一角汹涌。

吴队长训话的高亢声,和不宁静的骚扰,随了阳光而结束。

黑魆魆的一群,鱼贯地冲出了凄凉的古老大门,院里只剩下眉眼和蔼的郭区队长和板村的保长们,议论不休地争论着患病兵的安置。

六点十五分,第二中队最末踏入一块蓊郁的密林丛作障蔽的空地上了。

香烟火在前头部队里,一闪一闪地发光。

电筒接二连三地混乱地闪射着。

人头、白亮的刺刀、枪支、鼻梁、伙夫们的厨具、扁担……随了错综的光辉,都现出它们的轮廓。

一些细碎谈话声,从黑魆魆的群丛间,散荡不止,像狂风暴雨下的竹林似的沙哑作响。

保持着严肃而宁静的后来者的队伍,立即遭受渲染,每人都拨弄起舌头来了。

鼻孔粗声喘吁,黄阿大让兴奋在胸间翻滚,张开眼睛,四周巡视一遭。

星空下,马蹄铁形的半圆形队伍排列开来,是多么雄壮的景象呀!

"四班的手榴弹箱,放在这里。"是前排陆万祥的声音。

"没人偷呀!"

"谁?什么时候还说俏皮话。"郭区队长低声申斥,"都坐下来,不许吵。"

黄阿大摸了摸身边的各式物件,手把着木盒枪,悄悄席地坐下来。点起纸烟,大口吞吐出烟雾。——等什么呀?

"黄班长。"秦荣根挨近了黄阿大的古树干似的身边,"我们没枪的,使手榴弹吗?可是看都没看见过,到前线上,箱子里的也生锈了。"

"你害怕吗?"

"不,我开心呀!可是有支枪……"

"立正!"谁站在马蹄铁形队伍当中喊了声。

肃静立即吞没了人群,村子里的犬吠声,尖锐而清晰地断续飘过。

黄阿大两臂直垂地站住,视线向来者伸触过去。

一个举动庄严,带了点倨傲的魁梧的汉子,一步一步走来。细小玲珑的手杖,唧唧作响。

夜的静穆气息,骤然压紧。

"大队长。"谁在背后扯了下黄阿大的袖子。

"诸位同志,"说话者并没有脱下帽子,"知道本人吗?就是你们的大队长。这是第一次谈话,因为白天不方便……没见面。"

训词粗率而毫无次序地讲下去,像冲毁了堤似的山洪,从他那狭窄喉咙迸涌出来。

为他的身份所诱引起来的注意,逐渐由于词句的琐碎而低弱。紧张神气已从黄阿大身上消逝了。

现在他环顾着队形，不着边际地胡思遐想，像奔驰野马似的侵袭来。

"……我们做什么来了？"一个有力的音调劈面击来，"我们是送死来了……就是简单的一句话，送死来了……"

这突起的浪花，向夜空奔去。

黄阿大望了望大队长的手杖，那手杖也随了他的讲词挥动起来。

大队长比吴荣昌更神气呀！黄阿大想。

四

秋天的夜风，吹拂着大地、树林、荒草，……和覆盖夜行军的疲倦，——这正是日本陆军从上海市中心撤退的十月初的一个密星满天的夜晚。

肃穆的空气增加了严肃的压力，黄阿大微闭了阔嘴唇，鼻孔抽吸着新鲜牛乳似的旷野气息。

吞没了整个队伍的寂静，埋藏着嵌了荣誉金边的雄壮的隐秘。黄阿大感觉得在发掘珍宝前的一种喜悦，燃烧着全部心脏。黑夜里放大的眼睛，紧盯着前者的脚步，他是如何的在巧妙而仔细地编织他的未来的命运呀！

距离上海市较远了，回头一看，灯光辉煌凝聚的夜空，还带有诱惑性。但这对于黄阿大已失去了迷人的魔力，因为他自己的青春，是掷在另一面的，一到黑夜即变成无际黑色的黄埔江边，而奢华、绮丽的一面，只高高的使他羡仰了半生，只可以仰脸望望，……黄阿大最末一次的感喟着，深深吐了口气。呸！滚蛋吧！自己开垦新的土壤。

"到底是向哪里开拔，不歇歇脚就送到火线上吗？"

"手榴弹箱子，也得费工夫打开呀！还不知道里面潮湿不。"

"谁的碗老是叮当叮当地响？"这是陆万祥的声音。

黄阿大把木盒枪向腰后挪了挪，走到前边去。

"让我抬一会，你抽口烟，要藏在袖口里。"接过捆缚了两箱地雷的竹竿，黄阿大参加他们的谈话了。

"这是淞沪公路？还是……"

"老上海也辨不清，鬼知道是哪条，我记得越过两条公路了。"

寂静中，队伍分裂为两路，救护车像战马似的疾驰过去。一阵冷风闪过，队伍重新合拢来，接着又是分裂开……

"贴边走！"前面传来的声音。

"贴边走！"

一辆一辆闪着光的大卡车，模糊地看得出是掩饰在树枝竹叶的缠绕中的，急驰向后方去了。

有的树枝狂放地伸开，在打瞌睡的人们头上一扫而过。

"他妈的。"吕典一在黄阿大身后骂了句。

"送慰劳品的……"

炮声剧烈地爆发了。轰轰，震天地响。

队伍里，投来巨大的紧张，森严的静穆又一次吞没了人群。

兴奋展开了翅膀，扑入每人心腔翔舞。

队伍突然慢下来。黄阿大的宽阔脊背，板似的阻住吕典一的胸脯。

"别推呀！箱子掼在地上地雷爆炸了，……你找死。"

"后面推我，怎样前面站下不走了？"吕典一提起嗓子喊。

"不要吵，……前面大桥炸坏了，正在修理……"郭区队长在队伍侧面，边向后走边说着，"不要吵，同志们，不是炮弹，下午敌机炸的。"

黄阿大放下竹竿，接过陆万祥的半截香烟，两只粗大手掌护住阔嘴唇，拼命地抽。

"谁照电筒……谁……捣蛋鬼！"队后有人小声骂。

黄阿大跳出队伍，向铁轨似的伸开去的黑魆魆队伍望了望，四五盏手提灯，贴地晃来晃去。

三个穿军衣的影子走来。后面一个没有帽子的光头家伙挑着枪支。

"同志，前线打得怎么样？"黄阿大迎上去问。

"浏河那边昨夜打得不错，我们下来了就不知道啦！"

"做什么的？"

"老百姓的便衣队。"向他的同伴边走边说。

大炮吐出连串的沉重响声，激毁了深夜旷野的沉寂。

空气激烈地动荡。

大地在摇撼。

黄阿大酒醉似的抬起竹竿，追随队伍一阵小跑。木盒枪碰击洋瓷饭碗，发出接连的清脆响声。

像码头上的麇集的运货车似的，一串大卡车密密层层地拖长开尾巴，占据了公路整个空间。黄阿大从空隙里，老鼠似的挤过去。

手提煤油灯照耀下，一座高大的木桥，现出了清晰的轮廓，骨骼似的木柱放出焦炭似的冲鼻气味，桥面像蛛网似的满是漏洞。

黄阿大小心翼翼地踏稳着新铺木板，慢慢地走过去。

"当心呀！当心……"郭区队长手扶桥柱打着手电筒。

岸上，工兵们搬运着木头，在紧张地聚精会神修理这浩繁的工程。

"跟上队伍，快跑。"谁在旁边催促。

于是脚掌声、呼喊声，夹在隆隆炮声中紊乱地响起来。

"哪位同志，替我抬抬手榴弹，一支香烟。"

"你这只癞蛤，叫什么！"谢世进的手指在理发匠脑壳上敲了一记。

黄阿大像只笨牛似的冲过来，接了楼君山的竹竿，"到驻防地，给我刮刮脸，就行了。"

郭区队长侧身走过，队伍又森严而雄壮地挺进了。

矫健步伐沙沙声响中，可以听到黄阿大鼻孔里粗重的气息。

越过沙袋、土垒，先头部队抵达大场镇了。

空间充满了吵闹，一个手提油灯的家伙，用另一只手挥着军帽，指手画脚地说什么。

三副担架床在一个角落上，随了手电的跳跃光芒，时隐时现。而最使黄阿大触目惊心的，是蹲踞或席坐在地上的包头裹臂的伤者，有的在吸烟，烟火一亮的霎时间，映出一个眉眼赤血淋漓的汉子。

"前面有汽车没有？同志们。"谁在问。

"同志……有许多汽车都过不来桥，桥被日本飞机轰炸了，救护车有的往上海开回去。"黄阿大一口气吐出了激愤的话。

"谁说回上海，是走另一条路到前方。"吕典一插嘴说，"不知道，瞎说。"

反正黄阿大已走过去了，他掉回头向后面狠狠望了一眼。

"什么他都装懂，谁不知道他只会演演电影里的一个配戏角色，"谢世进说话时，瞅着手扶的捆吊手榴弹箱的绳子，因为他还担心它会突然磨断，火药也许立刻爆炸。

"你知道他挺神气……硬装蒜。"

"一个在新华影片公司赚二十块钱的人。"

"火！"楼君山睁大眼睛叫。

一座楼房在街口寂寞地燃烧着，倦怠的火焰静静地上下翻卷，残壁映成一片红，而末端的弄堂，却寂无人影，塞满深邃无边的黑暗。

"老百姓都逃走了……敌人还是不放松。"

"有骨气，前线多杀几个，瞅他做啥，抽支烟。"黄阿大又燃起一支，借以驱逐侵袭到他身上的困倦。

公路失去了踪迹，眼前，展开一片荒芜的稻田。

手电亮处，丰厚的熟稻已厚密密倾倒了，大地抚摸般搂在胸怀。

"怎么，怎么稻子不收割，就逃了，傻瓜。"黄阿大惊讶地张大了眼。

"用袖子堵上嘴巴！一路也不闲着！"什么时候，吴荣昌出现了，

"大队长在前面骂呢！"

队伍在野草蓬蓬的坟边，停下来。

"坐下，坐下。"

于是咳嗽和谈话声，又放纵地荡漾起来。在黑暗的空旷上，缄默的人像处在蒙古的原野似的，感到荒凉与冷漠。

黄阿大倒头在草丛间，瞭望着夜空的碎星。那无止境的苍穹，呈现着一种伟大莫测的奥秘。

于是家乡的山峰、村落、秋月……第一次在他的脑际浮起，他意味悠长地让冥想奔驰开去。

"黄班长，陪我找房子去。"吴荣昌唤了声。

黄阿大睁开眼，拍了拍屁股，站起来。

两个人机警地持着枪，奔向狗声高傲而毫无目标的示威似的响亮的地方。

"觉得比你在码头上的生活，有味吗？"

"很合我的胃口，明天开到前线上去么？"

"说不定。"

岑寂的路上，仅说了两句话，黄阿大没有感到满足，黑影里望着身边的朋友想，他的脾气，摸不透了。

冲进陌生而哑静的村庄，黄阿大逐户挨门敲打。除了嘣嘣的回响，听不到半点人声或狗叫。

"老百姓都逃光了，这些大傻瓜……"黄阿大一回眼，失去吴荣昌，"老吴……老吴……"

"叫什么？"吴荣昌打开手电，摸了块石头，向一座朱漆剥落的大门敲起来，大铜锁执拗地贴牢门环，当当地发着破碎的声浪。

陷入焦急中的黄阿大，夺过石头，一阵乱击，大门霍地敞开。

吴荣昌的手电，在每一角落搜索着，野草放纵地长满院落，整齐而厚密。

"这里还有一堆稻草,正好给预备铺地。"黄阿大咧开了阔唇。

踢开房门,冲鼻的土壤气、潮湿气,迎面扑来。

墙角堆集的马铃薯,都生长起茁壮肥嫩的长芽。

老鼠骤受惊吓地造出一阵紧剧的响声。

"手电给你,在这里等候队伍,不要乱跑,说不定有汉奸。"吴荣昌两手插入裤兜。

"呵!"

现在剩他孤零零一个人了,黑暗张大巨口吞蚀了他。

一种琐碎的声音在隔壁响。

猛地他打亮手电,冲入里间。

几只黄母鸡拥挤在一起,大冠红公鸡打着战抖的低鸣……

"这些畜生!"抽回身来,他让手电环射着。

突然鸡粪鼠屎腐集的桌上,一盏煤油灯,被黄阿大发现了,他燃起它来。

眨了眨眼,房间零乱而凄凉的景象展开了。一架还挂了讲究的纱布蚊帐床,两把刻有细致花纹的太师椅,大小不一的缸,腌菜的呢,抑是酿酒的。张开盖的木箱,倾倒在地上,孩子们衣服脱了满地。

"这主人想来还是乡绅呢,真是他妈大傻瓜。"黄阿大拉开抽屉,一些破账簿和借据契约之类的纸张,塞满小小的空间。

沸腾的喧笑混合着脚步声,由远而近,显然是队伍浩浩荡荡地开来了。

于是黄阿大跑出来,抱进稻草来。

"队伍不要乱,队伍不要乱。"吴荣昌高声嚷着。

远处,炮战又开始了。

轰轰隆隆震天撼地的响声,淹没了邻村的狗吠。

屋里,大冠红公鸡,嘹亮地啼起来。

五

　　人们在夜的拥抱的温柔怀里，静静睡熟了。只有吴荣昌蹙折起短短眉尖，埋头思索什么，两只蛙眼，望着煤油灯出神。

　　满屋岑寂的，可以听到哨岗秦荣根在院心触耳的步伐声，和黄阿大的高粱粗鼻孔响起的愚蠢刺耳的鼾睡声。

　　偶尔夜鼠雷响地跑过屋梁，母鸡咯咯低吟不止。

　　"队长。"永远穿了一身对襟小褂的高特务长，轻手轻脚走进来，"米没地方买，老百姓都逃走了。黑天时候，哪有做买卖的，……明天没有吃的了。"

　　"伙夫们都找到安身地方了吗？那么亮了天再说，你回去睡吧。"

　　"听说这里牛挺便宜，就值十元法币，有些人家牲口成了逃难的累赘。买一头，杀了吃，我想倒合算，反正快上火线了，大家兄弟们大吃一顿是高兴的，剩下的牛肉腌起来。"

　　"你没碰到郭区队长吗？"吴荣昌抬起埋在手掌里的脸，"他到大队部去了。"

　　"没有碰到。"高特务长两眼闪闪地望着，"羊不买一头吗？两元法币，挑肥壮的……"

　　"睡去吧！"吴荣昌扬扬脸。

　　四围静下来，两掌又埋起头，望着灯光，寂寞地眨着眼皮，一种苦痛的酒酿，在他胸间燃烧，从他那盖在短眉下的蛙眼光辉里，闪耀出忧郁。

　　这时黄阿大被叫醒了，搓搓眼皮，懒懒站起粗壮的身子。

　　"天还没亮……"

　　"鸡叫两遍了。"秦荣根两手抄在袖筒里，下巴抖着说。

　　是劳苦的勤务都掷在黄阿大的头上，长途夜行军的疲倦还没有恢复，他又是夜勤带班。可是他并没有让抱怨的字眼，从阔厚的嘴唇吐出来，他极力振作着。——和老吴是朋友嘛。他想。

扯下翻卷上去的下半身"斯维特"，接过插着白亮闪闪的刺刀的七九步枪。

"上膛了没有？"

"没有，五发子弹都压上了。你也站岗吗？"

"让谁担当，都睡得舒舒坦坦的，反正我已闭过了眼。"

穿上那件全中队仅有的棉背心，黄阿大持枪外出。一个陌生的身材魁伟而带有雄傲仪态的汉子，迎面闯进来。触目而润泽发光的手杖，使黄阿大不知所以然地把枪致敬。

"中队长睡了么？"来者四围瞅一眼说。

"大队长。"吴荣昌迎进去。

于是黄阿大沉在寂寞的海里，孤独地吸着秋夜凝冷气氛，徘徊于野草丛生的院落上。

结种的狼尾草，触发起黄阿大对于身世的茫然感情，黄浦江……小铁匠……遗弃在沃野上的无际的熟稻子，……

屋里的低哑谈话声，逐渐高起来，显然是吴荣昌争执着某一问题的论点，是低的嗓音属有者，却固执着自己的成见。这引起黄阿大两只耳朵的灵敏力。

他悄悄走近满布红光的窗前，胸口贴住土壁。

"你平心来想想。"黄阿大所熟悉的声音，"队伍能不能作阵地战，打冲锋？手榴弹箱子里，装的是什么型的东西，同志们都不知道……"

"这消息也不确，是从A师部听起来的，荣昌你别急，我也知道兄弟们没受过训练是……可是昨天他们的情绪都挺热烈，况且这又是上边的命令。"

"不是情绪的问题，他们都是些热情的青年，我不愿就这样把他们送到火线上，连一点战斗力都没有，白白地……"

"不要叫，你带兵得有法子，明晚不用说开到哪里去，加入火线再训话打气,反正那时米已做成饭。"

"我不能骗我的这些伙伴,我当时是以游击队的名义召集的。"

"我也没骗你呀!"

"你骗我了,你没给我的队伍以战斗训练,你只推诿将来在沦陷地区里打游击……你连到我的部队落落脚都没有!"

闹僵了的语音,停顿了下来。

听动静,一个在床上倒下了,叹吁着,一个像在整理什么东西,发出木器和金属器相碰的响声。

黄阿大紧张地轻轻离开了窗。

公鸡突然狂傲地啼起来,彻野地传开去。

"问题极简单。"低弱嗓音又响了,"只看你的能力,抓住你的下级干部……"

"我是不想用欺骗换取上尉的头衔。"

随了曙光瞑然的光辉,轰炸机的隆重响声,出现在苍蓝的天穹。

"敌机。"黄阿大跑进来报告。

轰,轰……重磅轰炸,四周稀疏地响了。

大地的动荡立即震醒酣睡的人群,楼君山最先睁开干燥的眼睛,坐起来。

"不要动,不要动……"李子超大队长擎起手杖指着跳起的每个人,"都贴墙角倒下。"

"黄班长不要出去。"

"外面还有哨岗没有?都撤回来。"

每个人都惊慌失措地眨着眼皮,有的身披军毯伏卧在墙边。

"看牢公鸡。"

"杀了吃吧!还留着等它主人吗?"

沉闷的怪吼,野马鼻啸似的逼近来,尖锐刺耳。

听声音,又回翔起来了。

房间展开了森严而沉静的薄翅。驯服的羊群般静止着。

空气凝结住。

黄阿大开始感到站在生命边缘上了，潜伏在沉默深底的恐怖，碰触着他的命运，他想——遭劫呀……

轰！轰！……大地雷动。

墙壁土壤坠落下，窗户、房门、木桌……一阵剧烈的颤抖……

李子超大队长脸色可怕的惨白，手抖着一把抓起毡帽。

"我要回队部。"

"大队长也不能走。"

"敌机发现目标，都得翘辫子。"

"要死大家死在一块！"一声暴叫。

暴戾吼声，紧缩了空气，大地一阵阵的震动。

不安和吵噪扰成一团。

"大队长走，我们也要跑出去。"吕典一站起来。

"谁也不准向外跑！"陆万祥厉声说。

四十米突外，炸弹爆裂的雷鸣，翻卷起屋里的骚动浪涛。

"我……我必须回队部……"大队长的脸腮失去了血色，手杖也抖动着。

"发现目标呀！"

"谁动枪毙谁，他妈的。"钱学武从稻草里抽出木盒枪。

"对！老子们死，一块死。"

"都拔出枪来。看谁敢动一动腿。"钱学武的下巴抖着。

李子超大队长的脸色越加苍白了："我……我不去就是……"

地位应有的尊严，已丢弃了它的躯壳，飞逝了。像一匹驯服的母马似的，李子超大队长在一个散发着潮湿气味的墙角卧伏了身子。

于是粗野的谩骂，狂风飞沙般投掷过来，鄙弃的羞辱投入李子超大队长的耳朵。

吴荣昌这时拳头雨点似的敲着桌子。

"不要乱响……不要乱响，你们得服从命令……"

"你要出卖我们呀！"

"屌命令。"

"命令飞到山里去了。"

轰！轰！

毫无声响的寂静，重新淹没了整个房间，埋起了不安，埋起了喧闹……

这时，混沌的神情，逐渐麻痹。黄阿大早已合眼，宁静地摸入了甜酣的睡乡。

枪上刺刀和他的鼻尖，隔开了两指的距离，枪身抱在他那宽阔的怀口，胸部安稳地起伏着。

当黄阿大睁开了被阳光刺耀的眨眨不止的两眼时，日本轰炸机的嗡嗡威胁声，仍在四野骄狂地飘荡。

钱学武大口吃着萝卜，理发匠楼君山则镇静地喷吐香烟的蓝色丝雾。

"还不开饭吗？"黄阿大没头没脑问。

"吃根萝卜，解解饥吧！做饭错过不冒烟，敌机没停着炸——你听又是两枚。"

飞机声辽远地沉默了。

"那么楼同志先给我支烟抽。"

宁静而悠闲心情，占领了黄阿大的心域，同别人一样平心静气睁着两只无聊的眼。

秦荣根什么时候已安详地坐在太师椅上了，叠着腿。"别响。"侧过浅麻子脸，"大队长和中队长在套间议论什么呢！"

"同志们静下来，听大队长训话。"吴荣昌环顾着宣布。

于是人们都停住嘴巴。

黄阿大在墙上搓灭了烟火,半截烟蒂塞进兜囊。

"你们……你们知道什么叫纪律不知道?"李子超大队长说话时,手杖挥舞着,"你们完全没有脱掉老百姓脾气……你们知道,军人是以服从为天职…你们知道本队长在卢永祥时候,千八百兵带过。吃这碗饭不是一年了……"

人们在凝静的海里,接受着抛打向鼻梁的铁豆似的每个字句。

"你叫什么名字?"用手杖朝着刮光的下巴指指。

"钱学武,"边答边挺腰立起来。

"做什么事的?"

"丰田纱厂工人!"

"报告。"一个急促的声调里,掩隐着不祥的征兆,说话者并没有因为站立在长官前,而制止住喘吁。

"你从大队部来……"

"是……大队部被炸了……"

"跟我来。"撇下笔立的待审者,李子超大队长走进套间去。

"郭区队长呢?"

"炸死了,还有……"

"小点声。"李子超大队长命令,"去,掩上门。"

"还有第三中队炸死了一百多……他们找大队长找了三遍。……"

"吴队长。"抓起手杖说,"这消息绝对不能给弟兄们知道,我去了。"

临出门,李子超大队长严肃地向无数的脸孔瞥了一周。

六

吴荣昌中队长并没有因夜的来临,而抬起眉头紧蹙的脸。忧郁一刻不松地和他纠缠,整个心胸被苦痛所堵塞。

园主对于将被风灾的未成熟的果木,是怀着激烈痛惜与怜悯的,正像吴荣昌排版没经过校对,就频促付印似的一样,他为了这群战斗力尚没培养结实的同志们,沮丧着他的疲倦的脸。

然而汹涌的山洪,是不等待筑好了堤才暴发的,支队部传来了浏河发现日本军队的消息,并下发了"立即归陆军××师指挥参加作战"的命令。

外边成群聚伙的歌声,雄壮地飘向充满夜色的冷漠旷野,飘向发着抖颤的竹林……失去了收割主人的衰老稻田……

"大刀向鬼子们的头上砍去,

全国武装的弟兄们

……"

半空拔起楼君山那个老实得像绵羊似的人的一声尖叫!

"前面有东北的义勇军。

后面有全国的老百姓。

……"

吐出淤积了整天的闷室,理发匠舒展他的自由了,尽可能让喉音高亢地飞跃出来。

黄阿大挺着饱餐后的肚子,一眼因为嘴唇烟蒂的酸辣气氛而半闭着,蹲在圆滚得像新筑的坟墓似的稻草垛下擦枪。那油污的布条,染脏了那粗大的手掌,就朝裤腿摸着。粗暴的气息从鼻孔泄出吸进像扯风箱似的响。

钱学武给这家伙打着手电。

"手榴弹箱子都打开,每人七个……什么都预备好,等命令一到,全体出发。"吴荣昌中队长走出来。

零乱的脚步声,咚咚响起来,朝屋里蜂拥而进。

"黄班长……我到××师部去,马上就回来。"

"有。"

黄阿大把木盒枪收拾妥当,拿下嘴含的烟蒂,拼命吸一口,远远用力抛出去。

院里，被践踏的狼尾草丛，悲哀地倒折了叶梗，角落上的还生气勃勃，孕育着饱满的种子。

秋风吹过，草丛向伴侣泣诉着它们的无辜的遭遇。

秦荣根手持刺刀拔起木箱的铁钉，手掌因为过度的吃力而微抖，同时咬紧牙。

围拢在四周的人们，零碎而不着边际地嚷嚷。

四角墨黑，只有人圈里一片光辉，像煤油灯放进深桶里似的，天棚赤裸的粗梁柱闪映一团射来的浓光。

腿骨交错的空间，一道光线裂开来，于是吕典一的抱在两手的膝骨，照出来了。

他投入孤傲的怀里，遐想什么。一对寡居孀妇的沉默眼睛，在黑暗里眨着。

木板声响动，发着琅琅声音的铅板一扯起，温暖在石灰袋周遭的蛋形手榴弹，跳入人们的眼睛。

"这怎么掼呀！先得外边掷两个。"

"不及木柄的。"

"喝刷锅水去吧！你又懂什么，这个爆炸力强。"谢世进直起腰来。

"速度三秒多钟，你看，这说明书上写的你才他妈扯白话。"那张有插图说明书，在粗大手掌间握成一团，又被皮肤细嫩的手掌抢过去……有茧的手掌握紧它……最后撕裂开来，展在无数条眼光扫射的圈里了。

班长们乱纷纷呼唤，木箱零碎不堪地响动，一个个领受他所应得的一份，还嚷："再加一枚。"

纽扣解开，露出白卫生衣，一边挥着汗水，陆万祥两枚两枚地向黄阿大手上送去。黄阿大边低声查数，边嚷边向接受者传递着。

"没有枪的得加倍，领双份。"是秦荣根沙哑的嗓子。

"中队长回来,你去说,乱叫什么!"

"我们没有枪的开会商量商量。"谁这样喊。

但这声音很快地消融于鼓噪和大声喧笑的海洋里了。

"到厨房吃羊肉去!"高特务长跑进来,带有一股腥气。

"谁弄来的?"

"一匹他妈比猪都肥实的公羊,我请客,快来!不要让吴队长晓得啊!"

一批人围着他跑去。

楼君山往稻草下安置了手榴弹,最末一个榴了。

"来。"黄阿大扯了钱学武的长衫。

躲避在熟稻垛角,黄阿大一手抓住钱学武的手,向自己另一掌里送。

"别作声,拿去藏起来,这东西多带几个不吃亏。"

伸手一摸,两枚手榴弹,钱学武不假思索地塞入长衫大襟那只空虚的兜袋里。嘴角挂着受取恩惠的蠢笑。

炮声震耳响起来,冲碎了大地的沉寂,冲散了洋溢在夜的气息里的浓郁的青草气味。

黄阿大燃起半截烟。火柴哧地响了一下。

稻草在人们坐卧的当儿,窸窣地响,像少女绸裤摩擦似的。

洋装书本,彩色刺目的小册子,纸张……破袜……又一次从人们身上被剔出,遗弃在地上。

楼君山睁开干燥的眼睛,正仔细地捆扎手榴弹,使他行军时不致和瓷碗相碰,嘴里还嚼动肉质坚韧的羊肘。

吴荣昌中队长终于回来了。短短尖眉,已伸展开,满脸沉着而严肃。

"路上绝对不许抽烟、谈话,这就开到迫击炮阵地……大家注意呀!"吴荣昌环顾着,"四班黄班长代理郭区队长。"

哑静地穿过久无人迹的村落,炸弹陷坑累累的奇凸草径,黑压压密林丛，坟墓，棉田……

炮弹在周遭咆哮穿梭，爆炸，火焰四喷。

土壤扬舞地散落。

队伍在战壕纵横的地方分裂开，插入工兵的散线了！

一个左手吊在脖子上的工兵连长，对黄阿大发着零碎的命令。

浓烈的硫黄燃烧气氛，冲鼻地激烈，溶解了鱼臭的血腥。

黄阿大潜伏着粗大腰躯，来往叮嘱每个人找寻贴身的有利地势，接着军用短柄锹、两脚镢，像水流似的传递到另一边。

锯齿形的工程开始了，每隔相当距离，有工兵指点着。

"目标——发炮。"达一百米远近的声音。

第一声炮响，两脚镢跳出了钱学武的手掌。五步远的伙伴传来命令。

"传下去，手榴弹离开身子，掩藏在自己记牢的地方。"

接着重机关枪的声音，激烈地响起来。

我方炮声停止的当儿，对面炮弹带着暴戾的呼啸，飞蝗似的投来。

铁片爆炸，土层沸腾，火光闪闪不止。

黄阿大浴在镇静的海里，伏腰在草丛深处走动。一组人影，在炮弹火光中闪了闪。显然是炮兵们在寻觅新的炮位。

"……装上八个药袋吧！"

"目标——一千米，发炮！"

炮响掩盖了重机关枪的暴叫。当炮声停止的时候，重机关枪又响亮地冒出吼声。

接着，听到一阵杂乱脚步和铁器相撞击的音响后，耳边失去炮兵谈话的动静。于是黄阿大跑开去，连串的敌方炮弹在他刚才立脚的林丛爆裂开来，喷着火。

黄阿大机警地跳入战壕潜伏下了。

"这是什么工作呀！他妈的。"一个喘吁的声音说。

满锹湿润土壤，抛洒向黄阿大的头顶。

"那是谁呀！说话的人？"

"嗷，黄代理队长吗？你跑到老鼠洞里去啦！好半天……"

我方的炮声遮没了说话的声音，雄壮地高吼了。

掘两锹土的工夫，机关枪声，又浮在一切响声的上面来了。

——哇哇，——哇哇……

"这真是替他们陆军洗脚的营生，妈妈的。"谢世进这家伙并不因炮响连天而闲嘴。

"累得一头臭汗谁知道，我们也有枪，为什么不上火线？"

"叫过'黄牛'来，他妈的，当了区队长就不管咱们了。"

"他是老实人。……"

"老实不让骑。"谢世进愤恨地说。

"我就在你跟前呀！伙计。"黄阿大鼻孔沉闷地呼吸着说，"找不到中队长有屁法子想。"

"我们有枪……我们要到火线上。"吕典一不满地嚷，"呸，什么能力……"

黄阿大不声不响离开这里，他似失去了控制力量的舵手，皱起眉头，在地壳被划凿的重叠土层里，攀爬着，指甲塞满新鲜的沃土。

左近炮声，彼此相应地发射。

发挥凶猛火力的机关枪，挪到右翼去了。

"同志，这里有伤兵没有？"火药爆炸的亮光霎眼一映，三个头戴钢盔的救护兵伏腰闪来。

"再向前去，……"黄阿大挥了挥手。

"黄队长！"左手受伤的工兵连长跑过来，"你别瞎跑……找你找不到……带领你的兄弟，到右前方密林隐伏……快。"

敌机抛下照明弹，半空一朵绿色火球凝止住。

像喧闹鼠群发现猫爪似的，炮口停止了雷鸣的喷吐。炮手卧倒时，整理了一下草叶树枝的伪装,竭力拉拂下掩蔽网来。

只有重机关枪,阻压着敌方的交叉火力。

探照灯,奔腾云霄的蛟龙般,射着刺目的虹光。

静幽幽的灌木丛,映出零散的碎火。

"侦察我们的炮位,还是闹别的鬼?"

"同志们,都是上海读书的学生啵?"工兵连长平心静气地说,"上海学生真叫人佩服,中国这次要翻翻身了,他妈的这几年让日本鬼子掐得简直不能喘气了。"

"你们都这样辛苦,为了祖国的自由……"吕典一凑近来。

"看,又一枚照明弹……"谁高声说。

"连长同志。"谢世进插嘴,"我们是来上火线的……什么时候工程能筑完?"

黄阿大侧卧在草丛间,像太阳下晒暖的一只母狗似的伸开他的四肢。从他的表情看来,是稀有的坦然。眼睛一闪一闪地望着从林隙洒落的灿烂光点,不声也不响。他在怀恋着吴荣昌,虽然他俩之间已找不到友谊的真挚踪影,而且他离开他还没有抽支烟的工夫。

当他们低声嘿嘿笑着,黑影里抢夺着盛饭的时候,吴荣昌中队长也赶入密林来吃战饭。

一发现他的嗓音,黄阿大从人们的肩膀、头颅间摸过去,两只大掌热烈而有力地抓住对方的胳膊。

"你回来了,老吴。"

于是一群人挤着,拥着,奔过来。

"中队长,吃饭。"

"都是糙米?妈妈的。"

"我们要到火线上去。"

"中队长,没枪的该领双份手榴弹呀!"

"同志们,感情不要冲动,这也是战斗工作。"吴荣昌愉快地抚慰着每个兴奋的伙伴。

炮弹暴雨般射来。

"我们要到火线上……"

黄阿大咽下没说完的话,悄悄跟随吴荣昌到寂寞的一角。

"老黄,你怎么也吵到火线上,上去就要被打'垮',一点战斗锻炼都没有……"吴荣昌咬着黄阿大耳边说,"大队长不知什么时候逃了。"

"逃了!"黄阿大在墨黑的幽荫林丛间,张大了两只惊讶的眼睛。

七

叠满了阴沉沉的浓云的低空,有飞机马达声隐隐地透出来,是我们的侦察机,还是敌方的轰炸机呢?谁也没有仰起又疲惫又憔悴的脸来望望这响得怪刺耳的家伙。

一条纵横交错的战壕,死蛇躯壳似的陈列在血臭满空的大地上。而鱼市场所有的一种浓重腥气,毫无止境地到处散播着。

黄阿大的嗅觉力已经迟钝了,正如飞机的响声引不起他的警惕性一样,这时像一个久惯战场的老兵似的,很安稳地睡着。整个意识都沉入昏迷倦乏的海洋里了。仿佛过劳的野猫,打着呼噜呼噜的响鼾。他的背脊倚靠了壕壁,两只挂满泥巴的腿,在放着大量湿气的沟底蜷着。压在他的大腿上的,是钱学武那下巴刮得光光的半面苍瘦的脸。

癞头刘兜着满军帽番薯,跳下野草掩覆的作为预备阵地的交通沟,又拐进犬齿形的甬道间。

"陆万祥起来。"用脚轻轻踢了下睡者的腿骨,"弄来吃的了。"

然后,把帽子朝地一抖,粗壮的番薯夹着泥泞,全被倒在光线幽暗的角落上,又回身抓着睡者的肩膀摇撼起来。陆万祥并没有完全睁开眼,又呓语般咧咧嘴表示对于呼唤者的憎恶,并翻了个身子。

"乖乖地,我看见你捧进一大堆……"一个眼眶深陷的警戒哨,躬身闯进来，笑嘻嘻地说。

"唅唅。你不问问谁的，张口就吃，不怕咬碎了你的牙。"

"你他妈又忘了向老子讨香烟的辰光了。"警戒肌肉陷下的嘴巴，拔出正咬的番薯说。

"嗷！大哥！大哥！带着吗？弄两支来熏熏嘴。"

"得替我站两个钟头的哨……伙夫都他妈死光了……这个辰光还不送饭来。"随了烟盒扔到癞头刘怀里一盒精致而扁薄的大阪火柴。

"伙夫都死绝了根了……妈妈的。"吐出口烟，癞头刘抬头望见俯腰的哨兵，"你还吃，黄队长连味道还没有尝着——妈妈的，我拿你三支烟了。"

"这家伙财迷打底。"哨兵装着镇静的神气，一接过香烟盒，顺手抄出两只大番薯边跑边回头："乖乖的，我也再吃你两个。"

癞头刘高声骂了句什么，站起来摸索到隔有齿形的另一甬道。

"黄队长，喂——抽支烟醒醒，喂……香烟。"

黄阿大搓搓眼，并没起来，边含糊地答应着边吸着癞头刘点燃的纸烟。

"还有吃的，塞塞肠子就清醒了。"

"不……吃……"翻了翻腿，钱学武的脸被移到膝盖上，两人又配合着打起鼾声。

直到癞头刘走去，香烟火燃烧着他的贴肉裤子，他又一次睁开云翳遮障的眼睛，但立刻重新阖闭上了。像久历风雨的古木，他的意识腐朽在瞌睡的侵蚀下面了……

醒来，筋骨一阵阵酸痛。仰脸看看，大熊星已在头上发出闪烁的火花，向黄阿大高兴而赞美地打招呼。

不知沟里什么时候塞满了人，周遭暖痒痒地带着触鼻的饭香。

于是黄阿大迅捷地解下自己的瓷碗，向喧笑攀谈正起劲的一簇影团塞过去。

"同志，哪一连的？"

"我是区队的……换防了吗？同志。"

"你们八成还留在这里，我们吃过饭出发前线阵地了……"

"贵队在第三号交通壕。"下士模样的兵朝气勃勃地说，"从这走过去。"

黄阿大在黑暗的甬道上，故意做出种种响声来，使迎面来的人会预先躲开，而不至于碰头。因为视力在这里正和瞳孔相反，缩小了，除了触觉或听觉，其余的都被夜色所蒙蔽。

"三挺机关枪，妈妈的，真惹眼。"熟耳的说话声音，是从堑壕隔壁发出，这时，被一种吱吱声压低了。

像是黑暗的色素里，埋潜着某类奥秘，黄阿大怀着稀奇的心情，站立下，斜侧了肩膀。从贴身走过的一小队运输兵低着嗓子吭唷的动静，猜准是挑着也或许抬着一些炮弹、地雷类的爆炸物。

"第六区队的同志，来领手榴弹。"吴荣昌的嘹亮喉音透来。接着喧闹的杂乱响声也随着遥远的吱吱声而显得清楚了。

反映到壕壁湿土上的烛光，有个硕大头颅的影子晃动。

"老黄快来……手榴弹快让人家领光了。"

"我们今夜里，说不定能参加作战。"

黄阿大顾不得投掷来的零碎招呼，用碗盛了大半口饭，边吃边挤到吴荣昌背后。

"别抢……别抢……挨着次序拿。"

"娘的！……拥你娘的胯骨，你拥……老多东西呢，只怕你背不动。"

"闲话少说，领到手就倒出空来，让人家……"

——轰，隆隆……

壕里立时静下来，一种"工程"被炸毁的隐隐而微细的响动，都能清晰地听到。

黄阿大塑像似的呆立着,眼睛闪动出似乎迟疑的凝静光辉,但阔唇并没有停止咀嚼米饭的动作,虽然仿佛他不是有意地在吃什么。

"同志们听着。"吴荣昌的话声,冲破了布在空间的凝寂,"今晚我们也许能打一下子,然而我们所受的战斗训练并不精,所以我们更应当拿出勇敢来补足这点欠缺……我们该做出出色的战绩,不要让友军看轻了我们这些工人和知识分子凑合起来的力量……"

敌方重炮又压低了吴荣昌的话音。预备阵地的四围,凝成一片不可分的稠密的爆炸声。

五分钟后,吴荣昌的腔调,像潜水艇似的从声响喧嚣的海里冒出来。

"……师部给我们的命令,是暂时担任守卫预备阵地的职责……我们要拿出勇敢来……"

"给正规军点眼色看。"谁小声说。

突然响起巨大的爆炸声,第三条隧道倒塌了。甬道间传来从土层中所发出的刺心惨叫。

"第三排……"

"……机关枪组散开……"

"二班……左翼……"

"前进……步枪组掩护射击……"

一片低哑而繁多的喊声,从不远的前方阵地传来,黄阿大伏在瞭望垒边也传达出吴荣昌的命令!

"第一分队以第三人为标准,就地散开。"

十六个刚毅青年,立即各据了犬齿形沟渠的一角,静静喘着气。

"第二分队……由分队长独立指挥……任务守护……阵地!"

——咯咯——咯咯咯——咯……敌方机关枪有节制地"点射"了。

——咯咯——咯……

黄阿大眼前的潜进友军的幢影,被弥漫的烟雾遮蔽了。

机枪声、步枪声……永远是嚣噪的怪兽群般咆哮……不间隔地连续咆哮，人间似乎混乱了，大地就要崩毁。

炮弹带着呼啸的狂风扑来，霹雷般震天撼地的一声爆吼，土地裂开来，土屑立刻飞腾向夜空，于是交通壕塌陷了。树干和土堆塞满三号甬道。

黄阿大从昏厥状态中睁开眼，来不及拭去挂在头发、睫毛和耳边的湿土，跳入已成了陷坑的吴荣昌的避弹垒中。

"老黄……我在这里呀……"

黄阿大一发觉被松软土壤埋压着的人挣扎——土层微微颤动的地方，就像兔子掘窟似的两掌刨抓起来。

——咯咯——咯咯咯——咯……

"我在这里呀……快扯我的胳膊。"

相反，这时黄阿大直起腰来，因为敌方扇形的机关枪扫射，已经侵入手榴弹可能狙击的"射程"线内，黄阿大拉开沾满大半截湿土的右臂，朝喷吐火焰的前方，用力掼出去手里的爆炸物。

"老黄……老黄……"机枪沉寂下去，又显出吴荣昌的嗓音来。

"黄同志。"吕典一的影子跳入黄阿大的眼里，"我们得冲过去……留在这里也要给活埋了。"

"先救人要紧……快来刨土。"

二十分钟后，吴荣昌耸耸肩膀，抖抖衣领，巡视着左近，指挥起未受伤的人们紧急整理防御工程了。

满坑满壕的窒死尸体，堆砌成了堡垒，有的被随手拖填到防护垒的陷口上，作为堵塞的材料。

很快的，一座座血、泥、肉、土混合物建筑的"工程"，在淡红色月亮刚升的当儿，显示出它们神圣而完固的雄姿。

这正是枪声沉寂的午夜，黄阿大鼻孔粗犷地喘吁着，静静等待第二次冲杀。

血腥气在四野蒸发着。

八

天空阴郁的午夜，枪声稀淡下去了，但日本陆军突破我军右翼，占领了金家镇的情报，已沿顺电线通达到师部。情形越发紧张，吴荣昌的中队，接受了"立即夺回"的命令，紧急开拔了。

队伍散开，每人保持着三米远距离，顺着流水渤渤的小溪，摸索前进，越过一段炮火轰炸折断的乱蓬蓬矮树丛，像一群鲜鱼似的悄默悄地爬进棉田里了。棉树枝叶已全被敌人机枪剪平。黄阿大怀着一种小鸟落在刚被农夫刈光的草场上一样，惴惴不安地静聆着隔岸的肃静里出现的脚步声，边爬边把身子伏移入流水沟渠里了。

听到流水发出卜咚卜咚响的时候，前边掷来小土块。接着黄阿大从手榴弹上刮了团泥，勾头朝身后甩过去。向胳膊上抹了抹"保险盖"，静静地停止了爬动。

猛地，机关枪咯咯叫起来，像发觉攫取者的老公鸡似的惊啼起来，火光隔岸吐着花朵。黄阿大顺手投过去瓶形手榴弹，掩护队兵，随着接二连三地抛掷起来。嚣杂的爆炸声凝集在一起响。

"冲！"使人寒噤的一声叫。

——咯咯——咯咯咯——敌人的交叉火力遮挡住桥口。

"冲呵！——冲！……"左角喊声大了。

枪火交射与人们咆哮凝结成的巨吼，夹着一两声从桥上投坠入水的回响，前头部队像刈刀下草丛般成排折倒在铁桥下，后半队紧接踊跃上去。

突然燃烧红的机枪口，在一声雷鸣中，停止了痉挛的怪叫。黄阿大站在水流中，耀武扬威地喊起来："同志们！过去，快！"

沁凉水波，在黄阿大身周回旋着，他一手高擎驳壳枪，一手解下另一颗手榴弹，用口咬下"保险盖"，连扯弹簧，又投向对岸。

正在这时，吴荣昌跃上桥板，疾跑。

"快！"癞头刘在桥当中突地将吴荣昌捏颈按下。扇形的，机关枪弹，飞蝗似的从他头上闪过一排。

——轰——机枪残肢四飞起来。

"快过去，快！"黄阿大的驳壳高举着摇挥起来。为了不使这功绩的主人被人忽视，他又骄矜地喊了句："快过去，快。"

敌军溃退，于是步枪扩大了响声，带着尖锐的尾哨，哧哧直响。

"不要乱，保持原有队形……慌什么……"吴荣昌胡乱放了几响手枪，朝金家镇东南角疾奔。

黄阿大扭扭对襟上的水，冲着烟雾、血腥气、火药味……摸向黑魆魆的西北隅，后边链索形的队伍，逐渐移动，吕典一像起重机似的夹在当中。

这时，爆炸物、硫黄、烧夷弹……纷纷脱手而出，村东南几间茅屋燃烧起来了。火光闪耀的地方，现出敌军用破砖碎石堆砌成的护身垒，树木的粗圆枝柯，乱蓬蓬遮拦了村口。

火身随着风向扑动着。屋梁哔剥地爆响。敌军掩身于满壁红光的窗口，向外射击着。另一些散布在村口的日本兵，极顽固地阻止冲来的人们。

大道旁，荒草、白杨……都变为攻击者的掩护物，沉着地瞄射着窗口、门侧、碎砖间，时隐时现军帽、刺刀的影子……手榴弹则在两道熊熊火壁夹口处，零碎爆炸着。

笨重的硬皮靴、刀鞘、碎铁片，散乱在横躺侧卧的死尸中间，偶尔发现蛆虫似的朝房屋蠕动的东西，吴荣昌会迅捷地打两响，使他重新翻倒下去。

西北角，枪声爆发了。

黄阿大的粗壮身子，最先冲进了黑暗的村口，一脚踢开日本哨兵的尸体，蹿进贴身的一间屋子，扑着障手碍脚的木器，挤到窗边，鼻孔粗犷地喘着,持枪朝街上脚步响处狙击。

街道立刻空静了。敌军夜鼠般避身墙角、屋门,朝黄阿大这边发来密排的子弹。

在互击的当儿,黄阿大嗅到顺风吹来一股烧焦的木炭和棉织物的气味。并有简陋构造物的崩毁声传来。冲霄的火焰,在东南高空高矗起峰尖,黑烟腾舞着,时有草屑灰飘起。

街道照得刷亮的一片,黄阿大意外望到了对面屋顶楼君山的影子,后者正贴身烟筒向前下方瞄射着。

红光铺满石头堆砌的道上,一个头发障面的日本兵埋头在血泊里,两腿劈裂开。斜对脸的墙壁已裂开巴掌宽的缝隙,两只枪口从其间静静伸竖出来,时时冒一缕烟。

黄阿大老早已停止了射击,瞅瞅在惊慌中战抖的手掌,混沌的意识翻了个身,他极深刻地注意到这一悲壮的场面了。他的眼前闪耀着凝静的光,耳边只洋溢着一片烽火的呼啸。

街心忽地出现了一只穿分指袜的脚,黄阿大立即端枪,然而,迎面响了一声,黄阿大眼前栽倒了一个惨叫着的家伙。

"对面屋准是钱学武……"

"谁?"黄阿大连忙扭回头。

"我,谢世进呀!和你在一块打了半夜,你还装在坛子里。"

"屋里还有谁?"

"就我们两个——哧!"谢世进闭住嘴,朝紧贴墙壁潜退的家伙放了一枪。

同时,半声高叫,楼君山岩石似的从屋顶滚下来,身子跌压在一个正在痉挛的敌军尸首上。接着,黄阿大看到楼君山伸开两臂,血像泉涌似的染黑了半面。

"隔壁就有敌人,我们不能冲出去了。"

"妈妈的死在一块吧!"黄阿大两眼直视街心说,"反正他们也逃不出咱们这一道卡子。"

炫目火光，逼近了百米远的邻屋，夹道火壁像炉火盆似的红。一小队日兵陆军沿壁退来。

两侧连续的狙击，嚣杂的皮鞋声和枪械相击声，立即扰作一团。尸体堆成了小丘，血顺石缝及陷凹的弹孔向四下流淌着。

"老黄。"谢世进急拉一把，"我们得退呀！"

"放走鬼子吗？你不能……"

"不管……怎样……得冲出去，再挨一霎时就埋在火里了。"

随着邻屋倒塌的雷鸣，带来酷暑般热度，火光耀眼，尸臭扑鼻，夜空掀起了一片广泛的黑烟，瓦砾以及古老的柱脚、屋梁……渲染成熔炉铁液似的熟透的红色。有力的爆裂声，时时发出着。

"火……快……撤出去，快！"

"出去会碰到'飞子'。"

"连房子都要倒了……"

对门的烈火，照得满屋红了，黄阿大在袖口上揩着汗，浓烟穿过窗口塞入了房间，熊熊火光在黑烟里一闪一闪的。

墙壁剥裂开，整块砖泥埋葬了楼君山，下半身只有两脚露出来。

"我要冲出去……"

"不能，我命令你。"

一把没抓住，谢世进挣脱出去，接着黄阿大听到火涛呼啸中，发出来几声枪的尖叫。

黄阿大一臂遮挡住口，冲着烟雾，贴墙角爬过谢世进塞挡住门口的身背，拐过夹道，立身到火壁的陷口，还击了几枪，转身跳到大红木柜后背。

"老黄……能出去不？"钱学武从柜底伸出头来。

"撤吧……我们不能陪着死。"

"撤不出去，外面卡得紧。"

"黄队长……黄队长……"吕典一离开油亮圆木柱，一跃扑过来，颤抖地抓紧黄阿大肩膀叫，"黄队长。"

"不要慌，撤，快撤！"

骤然立脚墙根的货架倒下来，空肚大瓶、香烟罐、瓷酒杯……先一步跳到了地上，饼干散满一地，一只金钟牛乳罐，骨碌碌滚近黄阿大脚跟。

"我给你们掩护……快向外跑。"

钱学武在柜底掷出手榴弹，门口有人的四肢飞开，浓烟极快地又凝成一片。

"退……快……"

黄阿大边说边动手射击了，眉尖贴倚着柜沿，纵目向烟气层透望过去，钱学武一闪就消逝了踪影。

"吕典一退……"

"我不敢出去……黄队长。"

"快，你等火烧死你吗？胆小鬼，妈的，快，有我掩护。"

"砰……砰……哧……"枪声夹带一道尖哨，滑过吕典一的耳边，突然，他的惨白脸色变青了，肌肉颤觫着。

"你退出去，因为你有更大的使命，我与其在屋外死，不如在这里卡着，也不让他们逃出……"

"吕同志。"黄阿大抽回驳壳枪，语音悲怆地走来，抓起吕典一的手，"你撤吧！朋友。"

吕典一看到了黄阿大眼眶里蕴贮的湿润泪水，一把夺过枪去。

"黄队长……撤……"吕典一催促着，转身射击了。

酷暑似的热度，逐渐增高，空气膨胀着，沸腾着，乌烟塞满着整个屋子，而火焰骄狂地伸舌舐着窗棂，像攫取什么似的一只魔手。

黄阿大伏腰望着吕典一高声喊起来："撤呀！快……要不就烧死了……"

巨大的火焰回旋在夜空，陪衬着冲霄红火，更显得悲烈而雄壮。黑纱似的烽烟在舞着，随风飘向这古老村镇的四野，整个麇集的村舍，埋在浓烟烈火底下了。

抗战两周年缺四个月

两只箱子

冬季稀有的金黄阳光，穿过临街的宁波旅店楼上那排玻璃窗，像夜间电筒似的两道光线的终点，映在油光的两只红木大箱子上，铜锁染了电镀似的发着晶莹光芒。红木箱上还堆满着小藤篮、竹条筐和一个肚子饱满的大包裹。

它们的主人，是一个抱着不满周岁孩子的年轻乡妇。每当她喂那小手不住伸抓的孩子时，还有着扯拉衣襟掩蔽尖尖两乳的癖性，显然是她对于这感到一点秘密性的羞涩，而享受着初开始的，孩子所给予的喜悦与烦扰。虽然她这时垂俯下睫毛，注心于吸吮乳肉的小嘴，但腮肤早已泛出鲜艳诱人的红晕。

满脸陌生的旅客，不时来往穿梭着。楼梯阵阵发出噔噔的声音。店友张大嘴腔喊着各色各样的菜蔬及绍酒的斤两。因为这是兼营饭馆的买卖。

灰尘与烟气轻飘地飞动在阳光中，像清可见底的溪流里游鱼那样赋闲地翔舞。

然而旅客们是焦灼的。伴友间时时响着急剧的催促，更有的边挥汗捆扎着零碎东西，边询问店友："吃饭还来得及赶船不？"

"来得及，来得及。"这腰挂围裙的小伙子接着喊，"高粱三两，醋鱼一盘，炒腰花一盘……"

围裙布擦擦手，倚靠了红木箱子站下来。

"彩香，你婆娘还没归来咚？"两眼笑眯眯望着低头喂乳的年轻乡妇。

彩香摇了摇头，胸口涌起猛烈的跳动，她越发低下脸，但装作哄孩子似的拍着后者的小脊背。尽可能使对方窥不出自己的软怯。

"小芽儿生的相貌较关好……真像侬的面孔一样。"俯下腰，店友朝孩子脸上，轻捷吻了下。

楼口传来连串的铁勺敲锅的呼唤。

"倒杯茶！"另一桌子喊。

"嗷！这就来，下面菜好了。"店友的围裙掀起了灰尘，噔噔噔跑下楼去。

彩香像脱了蛛网的秋娥般，神情感到超然的松散，但还遗留下稍许的微波荡漾着。这时唯有盼望婆娘早些归来。

——唒！唒！

前短后长的汽笛，诱她疾步跑到窗口，推开一扇，眺望起来，张开烦躁而贪羡的两只俊俏的眼睛。

远远，一条银带般的甬江面，卷起了波涛，像开垦机翻卷西伯利亚荒原似的，利宝轮跟着水层逐渐贴近了码头。作为出入口的栅栏门，立即在人群拥挤下遮掩了，只有警察的藤条棍在群众头上舞打的样子，还能清晰地看到。而另一些阔气的人们，带了家眷杂物乘坐的小划子，三三五五鸡雏奔向老母鸡般摆往利宝轮周遭，密压压的。

当她怅惘地关紧了窗子，转回身时，她发觉桌面油光的客座已空空的了。屋里只有店友这家伙痴立在她身侧，伸过触须般两只蓄意深邃的眼睛。她立即感到手足失措样惶惶然，低下有着驯服的猫眼的嫩白脸子。

"侬婆娘不能带侬到上海哉！彩香……她要在宁波卖侬给大好佬做小老婆……"年轻汉子油腔滑调地戏谑着说。

彩香装着一无所闻的正经神气，向楼梯口走去，且怀着惧怯的情调，一面拍哄孩子。心跳动得更加厉害了。

"彩香到啥个地方去？"店友真的追过来伸开双臂阻挡着。

彩香觉着，心上下跳动得似乎将能冲出她的薄薄嘴腔，这时她不敢仰脸瞅一下对方欲光耀耀的眼睛……

楼下响起婆娘的说话声,熟悉的脚步音阶渐移挪到梯板上了。

"姆妈!"彩香叫了声。

店员迅捷地摸了下她的秀颊,微笑着像野兔似的跑下楼去。

"姆妈!有船没有?"

"累死啦,累死啦!"苍颜慈祥的面孔,喘吁着说:"船还是开定海的。今天有一个直放上海,可是船票八元,我的天!啥个地方去弄廿多只洋……"

"啥人说廿多只洋?"

"加上我们的那两只箱子的运费。不得廿多只洋吗?侬又不是男人家背得来,提得动。"

年迈龙钟的老妪,手扶食桌坐下来。媳妇则背靠窗子,满脸依然是怅惘地沉默着。眼皮一闪一闪,瞟着她的阿婆。

"利宝轮一天两趟,人是较较关关,都是壮丁……挤呀!拼命地往船上挤,不是警察,整天我也通不过来…………人家男人什么都能拿。听说今天到定海赶英国轮,明朝就到上海滩了。"老妪睁着失去润泽的黄色眼瞳,不住唠叨地说。

"我们也从定海走吧!蹲在这里……饭钱越吃越多,夜里又和男人滚在一起。"

"这两只箱子怎么办?雇人?侬说说较关容易,雇人送到船上,起码一块。可是到定海就得让人家敲竹杠,不就离不开船。下岸两三元是搬运夫给我们恩惠,可是再从定海向上海船上挑呢,还得再加两三只洋……我的天,到上海能另买这些劳什子了,还是崭新的。"

"我不愿老是留在这里……姆妈?他们都……"

"我们不是钱袋子扁吗!等直放上海的船,票价有三元的,两只箱子一起装上去,到上海也只一次。……走定海得钱袋口向下提着,再说净些胳膊粗、力气壮的壮丁,我们也挤不上船。"

店友跑来揩过桌子，于是她们婆媳开始连杯淡茶都没有的晚餐了。

老妪自己捧来油透黄纸的三块炸鱼，那已是卖剩的货色。另一只粗瓷碗里，剩着少许酱油，便于醮豆腐干。除此，店友又在案上摆下热腾腾的喷香米饭，而在转身的当儿，店友趁机用腿摩擦般朝彩香肥满肬股间挺去。

终于，彩香隐约地向老妪低诉了。当她们饭后，暮色苍茫的时候，老妪温慈地安慰着：

"有啥个法子好想，人出门碰到事，都是低低头过去了我们不是没铜钿走吗？"

"他听到姆妈唤彩香，记牢了，整天不离嘴！"

"就装不闻不见好了……我的天，人怎么这样坏……也难怪侬还不脱乡气，遇事大大方方咯，啥人敢碰。"

彩香的双眼，湿润润的，搔搔鼻子，抱着小孩，两臂轻轻晃起来。

窗子的柠檬色光线被夜吞没了，柏油马路的大街出现了各式各样的眩目灯彩，这些虹光灿烂的电辉复由玻璃窗子透进来，显得屋里黑漆漆的。

婆媳俩轻轻一前一后，紧随着摸进楼下住宿处，那里有只洋烛跳闪着火焰。

这是两边立着三层床，而当中夹着条狭窄甬道的鸽笼式宿店。客人们早已睡下，前门还络绎不断地出入着。有的佝偻在"吊铺"上吸着劣质香烟，但龃龉的酸臭气味，并没因烟氛的调和而减轻。斜对彩香铺位的一个就是腰里系围裙的店友，这时他正揉捻着每个短短脚趾，一股触鼻的味道散播着。

"老太婆，啥格时光走呀！"边继续揉着脚趾，边问。

"没有日子，反正等直放上海的船……"

"这样越蹲下去越不成话。"另一个胖汉子有所感动地蹙了眉毛。

于是老妪咻咻不息地，和人们攀谈起来了。而谈话者的脸，多半是瞅不到的，因为声音是从"天板"上发出来。只隔半壁木板的临床，偶尔传来为老妪蠢朴的无穷止的絮叨，而表示厌烦的喘呼。

彩香对于这些，似乎漠然无感。搂抱孩子盖了值五分钱一夜的租被，像是塑雕的恬静表情，洋溢在她发烧的脸上两眼现出在冥想时具有的沉默……交谈的声音，闷窒的气息，逐渐摆脱了，她踏入另一个心神舒旷的境界。

当她半夜突然睁大两眼时，昏黑的色素间，她发现挨近自己身子蛇爬的一个黑影，恐怖立即煽动起她的血流，心突突地一步紧一步跳着，动也不敢动，但她想喊，恰在这工夫，彩香觉到一张新的纸币，塞入自己手掌。同时，两乳已被有力的双掌握得奇痒钻心了。于是她绵羊般老老实实接受了轻狂者所给予的摆布，一面睁眼打着小声鼻鼾……

此后，可以说彩香没有完全得到睡神的抚慰，一种历来没有的懊恼感情侵袭着她，是第一次感到身负某种罪恶似的缠绕的苦痛。整整辗转了一夜，没得阖眼。

第二天起身后，彩香满怀狐疑地偷窥阿婆的举动，似乎送给自己的眼色，失去了温暖，但却依旧叨叨咕咕地指这说那的。因为屋里只剩了她们婆媳俩。

趁着老妪转身的空隙，彩香极迅速地从怀里掏出夜间塞入自己手掌的纸币。突然地，在她睁大的眼睛下，闪出仙女牌香烟的纸壳。

像喷泉似的，彩香双眼流着眼泪，抱着孩子返回自己床位，低啜起来。脸偏着，伏在吐放霉湿气的被子上。瘦弱的孩子，哇的一声，张大嘴哭了。

彩香赶忙用衣襟擦擦泪湿半面的腮颊和蓄水池似的眼槽，机械地拍着孩子的屁股，并用红枣般乳头，堵住了小嘴。然后两手捏鼻，甩了把鼻涕。

"彩香啥事体，侬哭嘎！"老妪站在她的眼前说，"我还在二楼等侬食饭咚!"

"……我要今天搬开这里,昨夜里向,一个汉子吵……我。"

"我的天……侬……侬……没吃亏,……"

"我……打下去了,我要离开这。我们到定海……"

"那两只箱子呢?"

海上人间
——从上海到塘沽

我坐的这条船是装货的,不用说,船甲板上没有布篷,而且又没有为旅客设备的房舱。我花了八万元买了一个铺位,这还是得感谢海关的关系和那位送我上船的朋友。我的铺位是在机房里,坐起来,头就顶着船甲板。因之,我只有倒着,抽烟,想些什么,很悔临走未带几本书。

船上的日子是无聊的,单调的,使人倦怠又寂寞。离开上海,憧憬的是久别的北方,家乡的冬夜、月色和雪林,想到我的年迈的寄居在妹妹家里的母亲和妹妹的两个孩子,也想到正月节吃的有酸菜、冻豆腐和海味的火锅。想到自己的童年和那些安静的幸福日子,这些都是少有的,一种"抒情式"的回忆,孩子式的憧憬;可是在海程上,一离开吴淞口外,就又怀恋起上海来了,就又想到留在上海所有的相识的朋友们,想到大家在困苦严寒中各自坚持着自己的据点,虽有时是平淡的即使见面也不谈什么,但心魂是在历史上联结着的。想到一些围着电炉煮着咖啡谈天的朋友,也想到整个文化界内部许多不相谐和的潜流,可是艺术也正依靠着这种不谐,被提炼。总之,想到许许多多。

海程中,实在也无可奉告的。若说有,那么就是旅客们对于国家的不满。这些旅客包括着中校阶级的军官、教授和商人。这些旅客中有的还是第一次在生活上和现实接触。就是说很惊奇学院之外的这种种,从这种种上就可以看出我们国家的混乱了。譬如说,十分之九的旅客,都是花了卅万元黑市得到了一个铺位,这卅万元里有十万是票价，但又没有客票可以凭借，唯一的证据就是押货员的执照。而且能够买到黑市关系，还是可以骄傲的，有一些商人就说，还有另外的同伴没有找到这种关系，不得不困留在一天花两万元的旅馆里，有的将要一个月了，还离不开上海。在这里，可以发现买办们和旅行社的一种勾结，水手和黄牛党的一种黑市关系。有一个教授说："他们有专机的人，哪管人民的福利呢？"有的商人就怀念起日本的青岛丸和大连丸来了。实际上，在日本的商船上，旅客确是安适，而且侍役也都有礼貌。

在我们这条船上，水手们对于旅客有所憎恶似的，你问："过了青岛没有？"不知道。"什么时候可到大沽口？"不知道。"船上除了可可牛奶，还有什么？"还是不知道。自然有一两个是例外的，你请他代买一包烟，"三星"的一千五，"马立斯"四千。

船开的第二天，风浪很大，但海鸥成群地绕着船飞翔，那种尖锐而沉毅的眼光，有些像鹰。风浪虽大，但它们飘展于大空阔海之间的姿态，又是那么威凛而傲然的，假若造一个有池子的大铁笼，而且池子里也蓄养一些鱼虾作饲料，我想它们会由窒闷而死，至少也绝不会像鸭子老爷那么安闲而又优哉游哉地呱呱噪耳吧！原因是它们还有着海阔天高的自由憧憬。

廿四日，窗外有金色的阳光透射进来了。好美的冬天阳光呀！欢迎你。我披衣起身，外面是一色晴朗的天空。这是只有在北方才能感觉到的一种好天气，这是白天短黑夜长的冬天的日子，这是带着寒气和雪味的天气。天好冷，但没有风，却又觉得冷气袭骨。我们的船，已经航入渤海。那望不见的遥远的西方，就是胶东半岛的土地，现在有些人在那里流血。这不是往年含着烟管在打麦场上晒太阳的正月日子了。

廿六日晚，说是船到了大沽，出去看，周围尽是一些冰层，船是停止前进了。就这样，一直困了三天。"三星"纸烟卖到二千五，"马立斯"卖到六千。蛋炒饭还是两千五，客饭除了一块盐鱼，却没有青菜和肉丝汤了。若是开回青岛去，船上已经没有充足的煤了，然而若是这样守候着，食粮和淡水已经要用完了。这么大的一个海港该有开冰船的。然而，没有。于是又有人说，日本占领的时候，确实是有的。那个教授说："就是有，他们正在天津推牌九或是吃涮羊肉火锅，哪有工夫来接迎我们呢？"

我们的国家！我们的国家！许多旅客这样叹息着。

感谢这三天的太阳，冰层逐渐融化，我们的船卅日早上移动了，午后一点，到了塘沽。

一九四七年二月

少年英雄何畏

——记东北抗日联军一战士

我们的历史上,有一些关于少年儿童事迹的记载,不外是司马光敲破水缸救小朋友、文彦博灌穴取球、孔融四岁让梨,以及曹冲以船称象等等。

但是,他们比起劳动人民的优秀儿女的智慧、才干和高尚品质来,还是有所不及的。就拿少年英雄何畏的事迹来说,他的胆量、机智,比起司马光等人那些孩年轶事来,就仿佛月亮和星星一般,何畏的光辉远非古代那些士大夫所能比拟的。

何畏是黑龙江省方正县大勒勒密村子的人,从小生长在贫苦的农民家庭里。一九三五年,何畏长到十二岁的时候,李延禄将军率领着抗日救国同盟军从密山开过来了,司令部就驻扎在大勒勒密村子里。

十二岁的何畏,觉得年年给地主、粮户当雇工,没出路,就要求到同盟军里去当兵。因为他听到屯子里的农民在组织抗日自卫队的时候,都说:"只有打倒日本帝国主义,中国人才有好日子过。"

当时,何畏身腰粗壮,就是个子矮。李延禄将军就要他在屯子里组织抗日儿童团。以后,他就被推选为儿童团的团长。每天出村子放猪、放马的时候,儿童团员们,就在何畏的指挥下,分山头,分沟口,给抗日救国同盟军做流动哨,工作干得挺出色,一个坏蛋也逃不过那些儿童团流动哨的检查。

不久,部队过江到八面通去了,大勒勒密抗日自卫队队员也积极地随着部队出征啦!有一天,何畏在山沟里放猪,儿童团的流动哨来报告,说日本的讨伐队有一个搜索班进了村子。何畏一听,马上把鞭子交给来报告的团员，自己回村去，找自卫队的人联系，看看该怎么办？

等他回到村子一看，那一班日本兵已经在一家粮户的板壁院子里驻下来，院门口有一个哨兵，院子里步枪都插在一起，分两组，有枪没有人。原来，这些帝国主义匪徒，都下厨房整吃的去了，有三四个日本兵，正在墙角的草垛周围追赶母鸡。母鸡向东逃，他们就向东转，母鸡向西逃，他们又转头向西，简直像是捉迷藏玩。

何畏从板缝偷偷地都看在眼里，就绕过板墙，躲过日本哨兵，从房子后头，溜过去了。

在村子里，他没有找到什么人，村子里的男男女女都早就逃到山沟里去了。何畏终于在山沟里找到抗日自卫队上的人。自卫队上的人说："咱们队上的炮手都过江出征啦，咱们手上只有一杆两杆猎枪，也不顶用呀！"何畏就说："我什么都看在眼里了，咱们只要能把那个日本哨兵弄住了，进去就能把架在院子里的枪抱过来！"自卫队上的人一听，说："怎么能把哨兵弄住呢？"何畏就说："要是哨兵看到母鸡，一定也会跟着抓。"自卫队上的人说："他要是不抓呢？"何畏说："那我们不会引他吗！就抱着鸡打他跟前走，看他要不要，他要，就跑，看他跟着抓不抓！"自卫队上的人说："你说得很容易，谁敢去呢？"何畏说："我去！"自卫队上的人说："你要是敢去，我们就敢收拾他。"

他们约定了在打麦场旁的夹道里，等何畏把日本哨兵引过来，就收拾他。这样约定后，何畏就回家捉住一只母鸡，抱着它从村街上走过来，装作要到村外去的样子。那个日本哨兵一看何畏手里抱着的大母鸡，就招呼他，要他走过去。何畏故意装作害怕不过去，于是那个日本哨兵就走过来了。何畏一看他走近了，转头就朝打麦场旁边的夹道跑，那个哨兵气得脸发白，哪里肯舍，紧紧追过来。刚进夹道口，就给自卫队上的人从背后抱住了，堵上嘴，拖到村子后头去。那些自卫队员倒出手来，很快跟随何畏冲到斜对面的板壁院门里，一进院子就把枪抱住了。会使枪的人一人一支，大喝一声，包围了厨房。那些日本兵还正在用滚水给母鸡褪毛呢，想不到鸡肉还没吃到口，竟在这个村民都逃光了的山村里当了俘虏。从此，大勒勒密村子就出了名，村子里的人都非常称赞机智勇敢的小何畏。

以后，部队又回来，何畏因为在对敌斗争中表现了惊人的英勇和机智，参加了抗日救国同盟军，戴着"少年英雄"的光荣称号，不管走到哪里都受到人们的尊敬。但何畏非常谦虚，一点也不骄傲，因之，当时很得李延禄将军的器重。

一九六〇年六一前夕

当轧钢厂在香坊诞生的时候

一

哈尔滨原来没有轧钢厂。

哈尔滨过去也有工厂，那是秋林公司的糖厂、秋林公司的啤酒厂、秋林公司的老巴拖制烟厂，还有在香坊的双合盛磨粉厂，以及英国人开设的，专为高级住宅建筑生产护墙板和镶地板用的胶合板厂。总之，都是属于生活消费的工厂，哪有什么值得一提的属于重工业系统的工厂呢？

现在的哈尔滨电动机厂，是解放后从上海分出来的，哈尔滨轴承厂，也是解放后从瓦房店迁来的。哈尔滨过去哪有什么轧钢厂呢？

要问哈尔滨香坊轧钢厂是什么时候诞生的，还得从一九五七年秋天哈尔滨电技学校的一个毕业生说起。

这个毕业生名叫刘长义，黑黑的脸膛，有双黑黑的闪亮的眼睛，一看就知道是从穷困生活中长大的。他是个贫农的儿子，六岁的时候，跟随母亲从山东禹城逃荒到关外。开头儿依靠年幼的哥哥在绥化县一个地主的庄院里做雇工过活，不到两年工夫，他那年幼的哥哥，就劳累成病，十六岁就死在绥化了。母子俩含着眼泪，又随父亲流落到沈阳。在沈阳街头又做起小买卖，来维持那困苦的生活了。直到一九五二年，他的父母，听说山东家乡的贫雇农都分到土地，村子里办起互助组来，地方银行又发放农业贷款，扶助缺种子缺牲口的困难户，自然在长久的困苦生活中，就像望见一道曙光似的，老夫妇俩就怀着满心的希望，回到家乡去参加农业生产了。年轻的刘长义却在沈阳重型机械厂里留下来，仍然做学徒。他在厂里参加了共青团，有了自己的理想和抱负，后来由共青团保送到哈尔滨电机技术学校，生活上全靠国家的助学金和生活补贴，等到毕业后，已经是一个昂然对未来充满信心的青年了。他出了校门，就分配到香坊松花江五金厂里来当刨工。那时候，刘长义的两只手，插在裤袋里，迈着昂然的步伐，他是怀着参加祖国社会主义工业建设的向往和满腔的热情来的。谁知道，他来的时候，正赶上轧钢厂诞生的前夕，香坊松花江五金厂是在临产前夕的痛苦中。

原来，一九五七年秋天，祖国的钢铁增产幅度，已经远远落在各种机械工业增产幅度的后面了，在祖国各种机械工业的战线上出现了钢铁供应量远远不能满足需要量的现象。那松花江五金厂，原来只有四个车间，是以生产装油大桶为主的，另外依靠制大桶所剪下来的边材废料，生产些小五金产品，例如门拉手、窗框、铁三角、铁合页之类。制造大桶本来是地方工业，所需要的铁板，原非在国家供应计划之内，现在又赶上钢铁的供应和机械工业的需要脱节的时候，生产原料的来路，就完全断绝了。大桶车间已经早已处在半停产状态。许多电焊工因为没有活儿干，都已纷纷出外揽活儿。有的带着电焊小组远征武汉，有的带着电焊小组支援兰州，都是为当地储油库做加工活儿。

电焊工衣庆之师徒四人小组，一天在兰州可以得到六百元到一千元的加工费，当天干完活，当天结账往厂里电汇。不用说，他们是天亮就上班，太阳不落不下班。为了给厂里增加收入，解决开支的难关，衣庆之说："厂里现在全靠咱们往家里打食儿吃，不能讲什么八小时制了，有多大本事，都拿出来，猛劲儿干吧。"在厂子里的八级电焊工，有时揽不到厂外的活儿，就打零碎，到库里去背铁板，以节省搬运工的挑费。五金车间呢，产量虽说不断地提高，但是销路的幅度又跟不上，形成产品大量的积压，也同样处于半停产状态。这时候，只有从道外刚刚合并过来的压延车间，加工的活儿，堆积得不容喘息。不管是哈尔滨量具刃具厂，还是第一、第二工具厂，都络绎不绝地来到压延车间，要求加工。因为钢材当时供应不足，所有的废钢锭，圆钢头子，裁下的小块钢锭，全都用卡车拉来了，要求松花江五金厂压延车间，把这些废材压成薄薄的钢板，变为各种工具刃具的生产原料。可是那会子厂里只有两台压延机，哪能忙得过来呀！工厂党委书记李慎孝，从这里看出问题来了。大桶车间的生产原料有问题，劳动力过剩，没有活儿干，压延车间的活儿多，生产原料来路广，各厂不断有裁下来的钢块、钢锭头子积压着，但又没有更多的设备来担负压轧任务。为了满足国家工业建设的需要，看来不改变工厂的生产机构和生产性能，是很难适应形势发展的。松花江五金厂的党委会，已经在酝酿着轧钢的设计了，但这还是一个在孕育中的胎儿，还只是限于为客观存在决定的主观意识范围。这个主观的精神意识要化为客观的物质力量，还有一段距离。但松花江五金厂党委会领导上，在处于半停产状态的困难中，却为未来的一种光辉的前景鼓舞着，向上级党探索着，一点儿也没有为当前的困难所吓倒。自然，厂党委领导上的雄图大志，一般的职工还不知道。

当时在松花江五金厂里的机修车间，有四十多名钳工、铣工、车工，他们也和大桶车间的电焊工一样，闲着没活儿干。都是七级八级的大技工，一月拿一二百元的工资，要像普通力工一样去背铁板，又不肯待着，又过意不去。有的情绪不高，打算转厂，只等松花江五金厂关门，另行分配、外调了。在钳工里有个八级老干家，名叫黄功铎，现在已经是香坊轧钢厂的技术科长了。这个人五短身材，却很粗壮。手指头又短又粗，可是头脑却很灵敏。脸型方阔，白白的，两只眼睛老是含着喜气。他看到外出揽活儿的人，多半空着手回来。都说："外厂的加工活儿不是没有。可是小活不够咱们吃的，大活儿又啃不动。我们厂的车床小，二米直径的大齿轮，加工一个就是两千元，可是没有金刚钻，谁敢揽瓷器活。"八级老钳工黄功铎一听，就动起脑子来了。

他想到党委李慎孝书记在动员工人找生产门路为国家创造产值的

群众会上说过，要扭转这个半停产的局面，就要靠工人们的主观积极性。想到，人家机车车辆厂的苏广铭能创造，咱们怎么不能创造。

他总想用土设备来加工大齿轮，这要是实现啦，岂不给厂子打开一个局面么！可是想归想，五六天过去啦，也没摸到一点门路。有天晚上往床上一倒，想到人家苏广铭站着也是五尺高，自己不矮到哪去，怎么就不行？突然一个念头来啦！那大齿轮站着直径是二米，要是躺下，岂不扁不足寸么！这么一想，窍门就来啦！再也躺不住了，半夜多啦，还坐在桌子旁画图样。第二天带到厂里去找到党委一谈，党委书记李慎孝当时就召开了一个老钳工座谈会，在会上都感到黄功铎设计的铣床图样，有希望。黄功铎就开始在废铁堆里找零件，在党委的支持之下，安装起他自己创造的一架世界上没有的一种简易的土设备来。当时正巧有齐齐哈尔制糖厂供应科的人，到厂来打听是不是能给加工大齿轮，他们跑遍了哈尔滨各工厂，不是没设备，就是有设备不揽外活，他们的钢料已经都堆到车站好久啦！共有十多吨，准备实在找不到加工地方，就往沈阳运！厂部知道黄功铎在安装专门啃大活的土设备，就揽下来了。讲好，要是加工够标准，一个大齿轮最低取价两千元加工费；要是加工废啦，齐齐哈尔糖厂也不要赔偿。钢料运来了，黄功铎就试车，机修车间和厂部技术科、供销部门的干部都围上来了。结果一开车，传动齿轮就嘎巴一声打啦，有人就说："兔子能驾辕，谁还买辕马呀！"党委书记李慎孝说："孩子走路还要摔跤呢，坏啦！找经验！"一找原因，是传动齿轮的方向反啦，另外，传动齿轮的吃力小，啃不动，又换上大的传动齿轮，到底经过三次改革成功了。一时轰动哈尔滨远近各厂，都说，松花江五金厂出了能人，小小土铣床能啃动一人高的大齿轮，机修车间的大件活儿积成堆啦！扭转了全厂财务开支困难的局面。并且经过不断的改革，以后这台土设备就成了全国著名的万能铣床，荣耀地出席了一九五九年在北京举行的全国工业技术革新展览会。自然，八级老钳工黄功铎，在创造能啃大件齿轮的土设备的时候，一心直想，在生产上为五金厂打开局面，渡过当时的难关，他却没有想到，他的技术革新，对厂的党委会领导来说，又增强了未来改装轧钢设备及改善生产性能的信心。

再说哈尔滨电机技术学校的毕业生刘长义和他的同班同学张坤两个青年，到了松花江五金厂一看，好多八级电焊工没活儿，在库外头背铁板，大技工干力工的活儿，心里就凉半截啦！再一看，偌大个院子，只有四个车间，存积的大油桶倒占了不小的一块地面。所说的车间，也不过是普通民用房，哪有现代化工业的样子，心里就更冷了。这时候，刘长义和张坤两个人你看看我，我看看你，不禁低下头来，叹气啦。他们两个人都是刨工，他们没有分配到以黄功铎为首的机修车间去，却分配到五金车间的钳工组里来了。最后来到刨床一看，刨床又和钳工车床摆在两下里，是在一个过道的角落上，地方狭长，不容回旋不说，一看那个牛头刨上挂的传动大皮带，刘长义就完全泄气了，心里凉到底。再一看牛头刨，大齿轮都老掉牙了，还是日本占领时期遗留下来的老古董。

不管是在电机技术学校，还是以前在沈阳重型机械厂当徒工，刘长义使的都是736型自动化牛头刨，还有现代化的热压自动刨。一个刨床都是七个大电滚，十二个电门。一按电钮，开车都听不到声音，高速度切削的工夫，只见铁屑卷成卷，嘶嘶地往外流。干起活来，干净利落，出品又快，又达到最高标准。可是这个牛头刨，一开车，晃里晃荡乱响，刀吃得大一点，皮带还往下掉，一伸手就擦伤一块皮。再不，开着开着车，就乓的一声从上头掉下个螺丝来。初上手，打着脑袋还不知道是怎么回事。再说刻度盘是个摆设，明明按着它来进刀，可是做完了活一量，我的天！还不如自己的眼力准确，相信刻度盘才上大当呢！刘长义心里想，这真见鬼啦！这是什么刨床呀！刚上手头一天，累得他满头大汗。手也擦破了，头上也砸肿了！活儿又成了废品。他的情绪一下子坏啦！心想，怎么这样倒霉，分配到这么个五金厂里来，很烦闷。于是就到钳工车间里去聊天，排泄闷火。

他开口就怀疑地说："咱们厂，这么个破烂样，还有什么前途么？"

老钳工顾明先把老花镜往上抬了抬，看看他，又低头干起活来，慢吞吞地说："咱们这个厂呀！唉！一天八小时，一不计件，二不讲加班、加点，油水可不大！"

他说的是机器设备，工厂的远景，一听那个老钳工的话，是在钱眼里打转转，就觉得钳工师傅挺落后。他想，自己是一个共青团员，有自己的建设社会主义祖国的理想，哪里听进这种话去，自然就因为气味不投，两手往口袋里一插，大摇大摆地走开啦！从此就给钳工组一种骄傲的印象，背后就有人说："刨工还有专门学校出来的呢！可有一套，不简单！"

同时和他进厂的同学张坤，下班之后就来找他，对他小声说："这个头可不好剃呀！"他说："怎么的？"

张坤说："你没看吗？把咱们摆在过道角落上，成了三不管的人啦！"

他想，是呀！将来一定要换厂子，在这里有的是破烂机器，搞不出什么名堂来的！技术再好，没有顶手的家巴什儿也白搭。

当时，在松花江五金厂的院子中心，还有中央直属国营轴承厂的一座"小火锯"。它周围都用铁丝网拦着，向南另开了一个墙门，仿佛大海当中一座半岛一样。有一次，五金厂一个钳工，从那铁丝网周围的废铁堆里，找了块废料，正是技术革新中要用的，就在大白天，拿着往回走，不想给国营轴承厂的火锯工看见，追过来，当作盗窃国家资财的小偷看，一定要送到香坊派出所去。围着的人，全是五金厂的，还有干部。刘长义一看，越发觉得这个属于"地方"的五金厂，牌子小，没有多大前程，总想，有一天离厂，换个现代化的国营工厂的胸章。

刘长义哪里知道，工厂党委书记李慎孝已经从压延车间看出五金厂生产发展的光辉远景来了。在哈尔滨市委考虑到全省对于轧钢工业的需要，准备要在本市筹建一座轧钢厂的时候，本来属意拖拉机修配厂的，但松花江五金厂的党委书记李慎孝却以大无畏的精神，伸手去夺取。并在五金厂的党内干部会上号召，我们一定要把这个牌子争过来，说："路是人走出来的，世界是劳动创造的！"不会轧钢，学技术，没有设备以土代洋自己干。没有资金，废铁堆里找材料。九月间已经派出两伙人，分头到上海和天津的轧钢厂去学习。轧钢这个胎儿已经要呱呱坠地了，可是，在五金车间里，还是什么消息也不知道。

在钳工组里有一个四年一级徒工李修正，那时就说："道外五金厂又盖大楼了！"认为自己在这个松花江五金厂，再待三年还是个一级工。他说："活儿来了，还不够老钳工师傅吃的，哪显得着咱们呀？"他学徒期满，手里已经有点玩意儿，也想到外厂去溜达溜达了，谁也没想到后来五金厂竟发展到这样一个光辉灿烂的局面。

二

一九五八年当松花江五金厂和哈尔滨拖拉机修配厂争夺轧钢的时候，五金厂的八级老钳工黄功铎，依据一个自行车厂拉管机的构造原理，自制了一台土设备，在四月底就拉出第一根冷拔钢管来。

五月一日向市委报捷，松花江五金厂抢先两步，把轧钢厂的牌子夺过来了。香坊轧钢厂从此诞生了，以后，松花江五金厂这个"母亲"已经是属于历史的名词了。那时，到上海和天津去学习轧钢的小五金工人，也都陆续回厂，都以未来的钢铁工人的姿态，投入轧钢设备的安装工作中去了。全厂已经以机修车间为主，轰轰烈烈地展开了为改变工厂面貌而发起的"技术革新"竞赛。

但这股汹涌澎湃的生产怒潮，却还未波及到刘长义。和他一块进厂的同学张坤，这时候就问他："咱们俩使的这台老掉牙的牛头刨，厂里还当宝贝看哪，咱们可别'竞赛'，咱们俩要是'竞赛'，闹得脸红不说，要是把刨床弄坏了，可就傻眼啦！"刘长义认为说得对！

他觉得，自己也确实给这个一开车就晃里晃当乱响的牛头刨降服住了。他是耐心地哄着它干活，很有点低声下气、胆战心惊的样子，哪里还有半点昂扬的斗志。

这年秋天，厂里的冷拔有缝钢管日产达到九吨，一二百气焊工一天忙到晚也焊不过来。只拿氧气的消耗量来说，一天就需要八十四瓶。碰上三棵树氧气厂或是吉林电石厂的应用原料供应不及，一二百气焊工，就又闲起来，有时打零碎，有时还是背铁板。有一次是除四害，全厂休闲待料的电焊工，都动员起来打麻雀，从全厂四处哄吓、驱赶，配合全区的打麻雀运动。最后，麻雀都向这个院子当中轴承厂那座火锯房四周的树林上集中了。轧钢厂那些男女电焊工都站在铁丝网外头，围着看，谁也不敢走进铁丝网里头去驱赶。因为那是"国营"的地面。可见轧钢厂的面貌，虽说改变了，但在中央国营和地方国营的关系上，还存在着严格的门户之分，还没有形成整体的观念。

十月间，刘长义接到家乡来的一份电报，说是母亲病危，要他"速返"。他就向厂里请了假回到山东禹城县南刘庄去了。临走，工会从福利金里给他笔贷款和补助，那是准备为老人办理后事的。

算来已有六年之久，他和父母没见面了。他是天黑到家的，进村连家在哪个角落上都不知道，还是别人指点的。那个村子都是泥涂的平顶式土舍，院墙有高有矮，也都是土块砌的。他按照人家的指点，一进院，就听见母亲在屋里问："是谁呀！走路这么急！"他心里就感到无限的欣慰，总算是能赶上见最后一面了！这时，有个扎着围裙的妇女，提着热水瓶，一手拿着瓶塞，往外探头，一听叫"娘"的声音就欢声叫道："我说是大侄子回来了，就真是大侄子回来了！"又说："在窗户里，我就看出你这副工厂打扮来了！"那时他穿的短外套，不想在农村里却这样显眼。

他还听见母亲说："是真的怎么的？"赶他走进屋，她已经坐起来了。原来，她得的是胃溃疡，长年有病，他到家的时候，已经吃过几副中药，好转了。

他问："爹哪去啦？"

他母亲说："你爹整天忙，还在家呀？"又埋怨他说："你刘大婶问你话，你怎么也不答应？"实在，他也没注意那个扎围裙的妇女在说什么，只注意到母亲却是比他记忆中的样子老了些，脸上出现了一些皱纹。

那刘大婶就说："你别担心你娘，你娘没什么大病，就是想你想的病！"问他，能在家多待几天吧？他就说："请了一个月的假！"

她说："五六年啦！娘俩见面了，也该多住一两个月！"又说："你们娘儿俩说家常话吧！我可要回去啦！等会儿下地的人就要回来了！"她显得又亲切又忙碌的样子。他母亲就叫他："你大婶走啦！你不赶紧送一送！"他不知道，母亲为什么对这个女人特别尊敬，倒比他还亲近似的。后来，才知道，父亲经常出勤不在家，家里都依靠刘大婶来照应的。问及他的父亲怎么不常在家呢？

母亲说："你可不知道，这几年你爹可出息啦！在管理区是个忙人，今天赶着车上县啦！明天又赶着车到公社啦！可积极呢！哪回评工都是站在人头里！"直到这时，他才体会到农村集体所有制的优越性，完全像一个大家庭一样。尽管父亲不在家，母亲仍是有人照料，这种集体所有制带来的亲切气氛，给他的印象很深。

他就谈，在沈阳重型机械厂做学徒，怎样又被共青团送到哈尔滨电机技术学校去的。正谈着，就听见村外人声沸腾，势如潮水涌来一般，吓他一跳。母亲就说："这是下地摘棉花和抢种秋麦的人回来啦！"他很惊疑，怎么这样晚才收工，在他们厂里，一般是早已下班啦！

他母亲说："要不，咱们管理区的小麦，今年一亩比过去要增产一倍了？得抢农时呀！"

他一听，很震动，当时就感到他在工厂里的干劲，哪里能比得上这里的农民。他私下喊着自己的名字："刘长义呀，刘长义！你对得住党的培养吗？一个牛头刨就把你压倒了吗？"

母亲看到他发呆的样子，还以为他在路上失落了什么东西。又问他，道上走了几天，要他接着再谈在电机技术学校的情况。当时，他已经没有什么心情来谈这些啦！他母亲又要他把手递给她，看看他的手背，又摸摸他的手掌。她说："你们在工厂的手，就是和种庄稼的手不一样，连个茧子都没磨出来！"很是欢欣的样子。又问吃的伙食，一听说细粮不断，就说："怪不得要我们多打小麦，支援工业呢！还不都叫你们这些年轻人吃啦！政府可拿着你们当宝贝。赶多会儿，咱们管理区也能使唤上拖拉机呀？"

他说："我们是轧钢厂，不造拖拉机！"

他母亲问："那你们厂做什么呢？"

他说："做钢管子、线材、带钢，刚办厂。"

他母亲又说："可是乡下都盼望拖拉机呀！你们怎么不造拖拉机呀！"

他说："拖拉机也离不开钢管呀！"总之，一时很难说清楚。实在说，他已经没有心情解释了。

那天晚上，他父亲听说他到家了，腋下还挟着鞭子回来了，可见饭后还要出车。他比以前胖了，带着兴致淋漓的神气，看到刘长义已长大成人，在大工厂当了技术工了，很得意。一问，又是共青团员，更高兴，不由得向围挤在过道上的乡邻们中一个小伙子说："怎么样？你什么时候入团呀？"那小伙子一掉头就跑了，扬言说："回去还要磨磨镐头，等明早去翻地呢！"又有一个人说："你明早跟着老二翻地瓜去吧！"这人是生产队队长，小名叫二狗。

刘长义的母亲就在炕上问："二狗什么时候来啦！"又告诉他，二狗是他小时候最要好的耍伴。

那个身材魁梧的生产队长就说："那时候，才六七岁，他哪里记得呀！"又说："那时候，长安和你一般大小，你也不记得他了吧？"

刘长义听见人家回去磨镐头，心里就想，自己一个正式的产业工人，哪里有心谈闲话，怎么能在这农村里空着两手久留呢？当时，他就一个念头，赶快回厂。后悔他不久以前在母亲面前说过请假一个月的话了。

送走那个生产队长之后，他的父亲就提起鞭子要走啦！但他却要刘长义在家多住些日子。当时，还有些邻舍挤在屋子里，问长问短。见他父亲提着鞭子要走，有的老大娘就说："孩子回来，你也不好好说说话，又要走？"

刘长义父亲就不无自夸地用炫耀口气说："我一时不出车，咱们村子连油都吃不上，离了我，行吗？"当晚，他还要到十里外的安仁公社去拉豆油和化学肥料。第二天一早，刘长义在睡梦中给部队喊口令的声音惊醒，天还没有亮，他的父亲早已起来了。他问："咱们村子里还驻着军队吗？"他母亲说："怎么这样早你就醒啦！"又说："那是村里的民兵训练呢，二狗还是民兵队长呢！"

刘长义怎么样也待不下去啦！他想到厂里正在自力更生改变生产性能，线材车间和带钢车间正在安装设备，他怎么能在农村里空着两手闲逛荡呢？

过了两天，他用试探的口气说："娘的病好啦！我就回厂去吧！厂里还有一些活，等着我干呢！"

他父亲一听，就说："不是你请了一个月的假吗？怎么刚到家就要走！家里的饭吃着不香怎么的？"

他说："大家都干活儿，我怎么好老是在家待着呢！"

他母亲当时还有心要在家乡给他定亲呢！一听他这样说，就不响了，脸上的喜欢神气也不见了。

他只好说："我是这么说，也不是今天就走！"但心里却是急不可耐，直到十一月，他母亲能下炕了，他像出笼的猛虎一样，终于怀着雄图，急忙离开了家乡。

三

刘长义在回哈尔滨的途中，和他去家乡时候同样的心急如焚，所不同的是，来时忧心忡忡，仿佛奔丧，回厂时候，又像战士奔赴战场，意志锋锐，仿佛胜利在前面等着他去"夺取"一般。究竟他又要怎样来大干一场呢？却还是朦胧的，总之是要拿出一个技术工人全副的干劲来。

火车外头已经暮色苍茫，刘长义伏在窗上又想到他刚回家的那天晚上，那个还未参加共青团的青年农民，声言要回去磨磨镐头准备第二天翻地的声音来。突然他有了这么个念头，是呀！我回厂也得磨磨我的"镐头"呀！我不能老是受那台牛头刨辖制呀！心里就立时像打开了一口窗户，他想，首先我得把那些磨掉牙的老齿轮换下来。这么一想，心里就像吹来一股春天的暖气一样，浑身爽快无比。他高兴得要叫起来，他奇怪，以前怎么没有想到要征服这台牛头刨呢？因之，他以后越来越理解"技术革命"的先决条件是"思想"是"主观能动性"这句话所含的哲理了。如果他不是在农村受到启发，产生了也要磨"镐头"的念头，哪里会有要降服那台牛头刨的雄心和斗志呀！在列车上，旅客尽管那么多，可是他像在树林子一样，对周围一点印象也没有，老是想他那台牛头刨。实在说，除了传动大齿轮之外，他还不知道，究竟它还有哪些零件要彻底换一换呢！自然，要换这些零件，要在业余的时间，要到院子里的废铁堆里去找废料，还要找钳工组的师傅给加工。一想到这，刘长义就立刻考虑到，他和钳工组的关系并不亲如家人的问题了。

他想到，有一回老钳工孙振堂师傅在休班闲聊天时候说过："要是一天给我二斤肉吃么，一天干十六个小时，也没意见，可就是肉太少啦！"当时他说："孙师傅！你知道解放以前市场上肉多，咱们穷人又有谁吃得起，还不都是资本家、地主和汉奸、日本人吃啦！现在解放啦！六亿人民都要吃肉啦！当然肉就相对的少了些！"总之，他就在车间给他们上政治课了。老钳工孙振堂师傅是小组长，给刘长义说得脸红脖子粗的。从此以后，见了他就老远低着头走啦！他呢，总觉得，这个组落后，实际上刘长义直到这时才知道，他自己在生产上，以前也并没有"先进"过呀！还不是一样，给牛头刨压得直不起腰杆儿来，有什么可骄傲的呢！那时干得挺泄气，自以为有本事使不出来，怨客观、怨条件，可没有想到改变客观、改变条件，哪有一点共青团员的气魄呀？回厂，他得找孙振堂师傅，和他搞好团结，只有和群众的关系搞好啦，才能取得他们的支持，合力来降服他那台牛头刨！这一夜在列车上，他想来想去，没有很好地阖上眼睛睡一觉。

　　车到哈尔滨，他不知道怎样离开车站，像长了两个翅膀一样，一会儿身子就飘到二路公共汽车上了。到厂部销了假，别的同志都高兴地招呼："刘长义，什么时候回来的呀？"他却没心绪说什么，胡乱答应两声就向厂里匆匆忙忙走去了。

　　走进院子一看，轧钢厂在他离开这些天的工夫，又变样了。院子东部的轧钢车间原来是五金机械厂的仓库改建的，他离开的时候，旁边的空场上堆着些红砖水泥土什么的，谁知道，现在却平地又接起一座圆形拱顶的厂房来，玻璃窗里加热炉的红火闪吐舌头，他也没心到东边去看。往西边一走，不少人喊着："轴承厂送焦煤来啦！"他背后大卡车直按喇叭，他才一惊，赶快躲到一边去。又看见高人一头的电焊工潘作宾师傅正带着一帮人，准备帮轴承厂卸车的样子。他很奇怪，怎么轴承厂的"炼钢炉"又建立到我们五金车间旁边来啦！早晚还不要把我们挤到另外的地方去呀？又想，怎么机修车间的师傅们也来帮轴承厂卸车了？

　　到车间一看，都吃晚班饭去啦！那台牛头刨还停在那里，没移动。他扔下挎包就找出扳子来，卸下刨床的传动轮来检查，一看，大齿轮中有一个掉了十七个大牙，都是后来焊补的。总共得换四个齿轮，他的心里总算有底了。

重新安装完之后，看着那台牛头刨，他心里就说，牛头刨呀，牛头刨！我看以后到底是你辖制我，还是我来辖制你！我先忍受几天气，等我到钳工组搬来救兵，你可就要乖乖地给我干活啦！一个共青团员还能叫你长期给欺压住了。说话中间用扳子敲着它的大腿，当儿当儿地响，它仿佛挺顽固的，并不在乎什么似的！用油布擦了擦手，刘长义就到食堂去啦。

看了看角落里，有一小组年轻的家庭妇女在坑口里坐着，各人使各人的饭盒吃东西呢！又说又笑，看打扮都是从家庭刚出来的样子。只见一个姑娘戴着个男工帽，这是从哪里招来的临时女工呢？

路上碰到那个一级徒工李修正，一问，才知道，原来这是轧钢厂又新添了一大批女工，大半都是工人家属。

"厂里可发展大啦！"李修正兴致勃勃地说。

那么轴承厂怎么会给我们送焦煤呢？他又不清楚了，只说，机修车间老钳工潘作宾又创造了自动送料机。

在食堂里，他碰见车间支部书记孟继凯，算是碰到亲人啦。他问什么时候回来的，刘长义就扯开了。他说，这回他在农村里本想多待几天，可是一到家，就给农村人民公社的轰轰烈烈的生产干劲逼得住不下去了。他说，看到农民的干劲，心里是怎么惭愧！他的母亲又怎么说，要赶社会主义，盼望能有一天看到拖拉机开到他们村子，他们管理区的小麦大丰收，产量又怎样惊动了全区。他的父亲又怎样积极，母亲有病根本就没有牵扯他父亲的精力。所有他感到的农业生产集体所有制的优越性和农民的生产热情，闷了一肚子的话，他都倒出来了。孟书记亲切地笑着，一边听一边说："菜都凉啦！一边吃一边说吧！"又说："看来你在农村里受了一次社会主义的教育，具体地感受到社会主义建设的威力啦！今后，我们要看你这个'正式产业工人'、这个有雄心壮志的共青团员的行动啦！"

临分手时候，孟继凯同志又说："咱们钢管车间拉管子的长钳子坏啦！你休息过来，就抓紧时间给加工刨一根，越快越好！"还让他先回宿舍去休息。

他哪里还要休息，连忙回到车间。一看屋里没人，他这才注意到五金车间什么时候已经搬走啦！屋里只是钳工组的三台旧式车床。钳工组的师傅们可能开什么会去了，他就一个人开开牛头刨，一直干到下半夜两点，总算把拉管子长钳刨好啦！第二天，钳工组的师傅们一看，昨天晚班送过来的料，已经出了成品，都挺奇怪，怎么，刘长义这小伙子回来啦？回来一天不歇，就加夜班干了个通宵呀！他们哪里知道，他已睡足四个钟头，又来上早班了。当时，大伙儿都上下打量着向他打招呼，问他母亲的病怎么样啦。原来，他们注意的是他身上戴没戴"孝服"的黑纱标志。他就趁机把家乡的情况说了一遍，又特别找到老钳工孙振堂，表示自己过去有骄气。以后的工作，还希望能得到他的帮助，"扶植、扶植"。接着他又问孙振堂，是不是对他还有什么意见，也希望能提出来，自己以后当在实际行动中改正。

孙振堂师傅就说："话说明了就行！"又说："过去也不是对你疏远！你有文化，爱讲大道理。有时候，我们说句玩笑话，你也认真啦！实在说，就拿吃肉少说吧！我哪里就不知道六亿人民生活都提高了，才显得少呢！我是闲说着玩儿，可是你就讲开大道理啦！以后，我就想，可别在他跟前闲扯啦……什么事一说开就好啦！"老钳工孙振堂很热情，也很直爽。后来，刘长义发现他夜班也不走，在床子上闷头画什么。刘长义走过去站在他背后看了半天，才知道他是在算三角平方面积。一问，是给钢管车间做个压三角的模子。刘就告诉他应该怎样来求平方面积。孙振堂恍然大悟，说到底你是有文化的，科班出身！由此，孙振堂就提出来要他教给他技术理论，刘长义也提出要他在业余时间帮助他进行工具改革。可是刘长义还不好马上提出要请他协助征服那台牛头刨的要求来。孙振堂说："好！你要有车活的时候，我抽空帮你干，咱们干不了，还可以找机修车间，别看他们为了轧钢设备多么忙，可我还有这么点面子！"

当天晚上，刘长义又向生产班长刘耀先同志表示自己的决心。班长刘耀先也很兴奋。他说："张坤调走了，我们刨床上只有你一个技术人才啦！你应该在这次'以土代洋'的大战中，把全副本事为祖国社会主义建设事业献出来。"原来，张坤是随着五金车间和道外的五金厂合并，调走了。这时候，香坊轧钢厂的党委，正号召气焊工从氧气和电石的圈子里跳出来。老劳动模范黄功铎，从上海钢管厂回来之后，已经设计了全副"以土代洋"的设备图样。机修车间已经担任了线材、带钢、开坯三个车间的机件制造和装配的任务；钢管车间就由他们这个车间的钳工组包下来了。要白手起家，掀起"突三关"的大战。

刘长义又听钳工组的师傅们说，最初，有很多人都不相信他们能搞起炉焊钢管的车间来，党委书记李慎孝就激励大伙说："我们工人一定要争口气，劳动创造世界！半年前，我们还不是连轧钢都没见识过的五金工吗？现在还不是有缝钢管日产九吨吗？再打他个歼灭战！气焊工摆脱氧气和电石，丢开嘎斯枪！"

好呵！钳工组的人，都在调缰勒带，在这次"突三关"的大战中，谁都要纵马夺魁！刘长义自然不甘落后，干完班活，就到院子的废铁堆里去找零件。除了保证日产量，还要做征服牛头刨的准备。

经过轴承厂的火锯房一看，周围的铁丝网都拆掉了，木桩子也拔了！他想，难道轴承厂又要在我们院心建设什么新厂房？后来一问轧钢工，才知道，原来香坊早在九月底已经成立了香坊人民公社。现在香坊轧钢厂和中央直属的轴承厂同样，都是属于公社的企业了。这座占据在轧钢厂中心的火锯房，也要迁走了。不但让出地方便于轧钢的企业发展，而且听说轧钢厂断了燃料，轴承厂又派卡车给他们送来三吨焦煤，都是经由公社调借的。怪不得，又出现了些年轻妇女呢！他们都是刚从家庭里解放出来不久的公社女社员。带钢车间、线材车间，到处都看到她们的影子，都打扮得像过年一样，又说又笑的。那时她们还没领下工人作业装来呢！他不由得走到轧钢车间去看新建的拱顶形厂房，又发现，和他们相邻的哈尔滨啤酒厂那道铁丝网拦着的院门，也打开了。随着公社的建立，变化真大。原来，他们两个厂一向是互不来往各不相求的，岂知现在不但他们机修车间的钳工可以自由走来走去地到哈尔滨啤酒厂机修车间去借机械工具，而且哈尔滨啤酒厂的技工，也可以到他们这边来借电焊工具。

一九五九年春，有一回，临时停电了。刘长义那时，依靠钳工组的师傅已经有了三个车好的齿轮零件，还没有安装，又到废铁堆里去找材料。正走到院子里，就看见歇班的人都往轧钢车间那边跑，他不知道发生了什么事故，也赶紧跑去抢救。一进去，看见轧钢工人都在忙乱地围着那两座高温炉转，扒火的扒火，往外摔料的摔料，烟气腾腾。高炉上的冷却水管哗巴哗巴直响。许多人都呼喊着："赶快降温，赶快！"有的说："高炉可能发生爆炸，外边的人赶快离开轧钢车间！"不这样说还好，这样一喊，谁也不是胆怯鬼，更围在那里抢着摔料了！值班工长傅成信拿着电话耳机说："电业局的线挂不上怎么办？"脸色都变啦！这时候，车间支部书记孟继凯出现了。许多人都围上去，都看领导的脸色了。有人还是高声大叫："人都围在这里危险！""高炉有爆炸的可能！""高炉上头的管子都哗巴哗巴地响起来了！"但孟继凯书记很镇定，一点也没给这混乱场景所迷惑。只见他很快转过身去，大步走到傅成信面前，接过电话来。但他却不挂电业局，而是要哈尔滨啤酒厂党委办公室，原来领导上早已心中有底，知道啤酒厂有台自备的发电机。果然啤酒厂党委答应马上送电，一时欢声雷动，因为在公社党委会上，各厂的领导都交换了情况，要不是各厂和各企业之间都互通声气，香坊轧钢厂哪里会知道啤酒厂的家底呢？都说，还是公社好！电工很快地从后墙上接过电来，水泵又隆隆作响，冷却水管一阵嘶嘶的叫啸。不久，轧钢车间又恢复了正常的生产，仍然保证了当天的十吨左右产额。

以后,啤酒厂糖锅上的犬齿轮坏了,外修得停产一个半月。他们机修车间本是以黄功铎老模范创造的万能铣床,专啃大齿轮出名的,当时轧钢厂一听说这个消息,就要两名老钳工,放下自己厂里的加工活儿,用一天半的时间给啤酒厂铣了两个大齿轮,一个换上就开车,一个送给他们备用。从此,两厂的钳工,连车床也通用了,啤酒厂机修铣床夜班有闲额,轧钢厂的钳工就带着料过去加工,轧钢厂的机修车床夜班有闲额,他们厂的技工也带料过来干。

香坊公社各厂的生产速变,在这样的整体精神之下,怎么不飞跃地上升呢?香坊轧钢厂的左邻右舍,再也没有以铁丝网作标志的门户之分了。

但刘长义这时,胸脯还没挺起来,他还没有彻底征服那台牛头刨,它也的确顽强,硬是粗暴不驯。等到四个齿轮都换上新的了,可是给钢管车间加工大铁板,吃刀量还是不能超过三个米耗,一超过,皮带就掉下来了,老是闷车。他一琢磨,传动齿轮虽说有劲了,可是上边的传动轴太老,吃不住,还得要彻底改造。给它个脱胎换骨,仿照736刨床,丢掉十八世纪依靠皮带传送动力的方式,改用齿轮变速箱。生产班长刘耀先一听他的设计,就说,仓库里他见到过有个作废的汽车牙包盒,零件齐全,只要算算转速对不对口径,就行了。他找到这个汽车牙包盒一看有六个变速,一算,口径正好。结果一个夜班就安装好啦!一试车,不但再也听不到什么杂音了,吃刀量由三个米耗增加到一次切削十四个米耗的厚铁皮。工效提高了几倍。直到这时候,他在分配任务的小组会上,说话的声音才响啦!腰杆也壮啦!他的牛头刨已经给他撑腰啦!什么规格的活儿,他都敢伸手!在这个基础上,刘长义又创造了双刀刃快速切削法。大铁板在他的牛头刨上,柔软得像豆腐一样,切削得又平整又光滑。在劳动中,还有欣赏性的美感享受!他说不出心情是多么舒畅了!

班长刘耀先看到他的工效速度大大提高,看到他两手往口袋里一插的神气,又有些得意的样子,就说,你这次回厂,大变样啦!来了个重打锣鼓新开张,可不要有点成绩就骄傲呀!

他肃然起敬地说:"这是党的阳光在前头招引着,是公社的农民干劲在后头督促着,靠钳工组师傅的帮助才取得的一点成绩,我知道不应该骄傲!"当时就把插在裤袋里的两手抽出来了!

一九五九年,刘长义踏着先进工作者的阶梯,光荣地参加了中国共产党。他们车间那个自以为三年不会摆脱开一级徒工岗位的李修正,再也不提"手里有点玩意没处使",要到外厂去"溜达溜达"了。他在炉焊钢管生产的辅助设备中,创造了一台自动锯床机,贡献很大,取得了全厂红旗手的称号,现在已经是四级工人了。老钳工孙振堂,以创造过磅检查钢管机而当选为市红旗手。老模范黄功铎一马当先,也带着他的万能铣床,出席了全国社会主义建设先进生产者的会议,至于那些有缝钢管男女电焊手,早已丢掉嘎斯枪,现在头戴塑料面罩,在高温作业中已经完全变成钢铁工人了。

草原上

一

八月间，在大兴安岭北部的草原上，再也听不见云雀的悦耳鸣声了，却时时有大雁在山后什么地方，给看守小麦地的猎人惊起来，不住呴—嘎—呴—嘎地惊惶叫着，飞过山谷间，给人一种秋日来临的感觉。而白昼确也不似七月间那么长了。那时候，黄昏在九点之后，才开始姗姗而来，现在却是七点的时候，草原上已经夕阳斜照了。

在这足有三千公顷的空旷间，每当黄昏，就可以远远看到两股浓烟，斜斜的像在开行中的两列火车所带的浓烟一样，在空间飘展着。只有从这两股驱赶蚊虫的浓烟上，才可以感到草原上的风向，而且这风，似乎是在草原的上空飘过，因之，那浓烟才斜斜地往纵长里伸展，可见四围的山岭把这块草原封锁得多么严密了。

那两股浓烟距离有十二里路，一股烟是在一片若干年前为火所焚烧的枯树丛背后，从林业局的农场垦荒队那边升起来的；另外一股浓烟的起处，却可以看到一垛一垛像小丘陵般起伏的洋草垛，垛草场背后还可以看到紧靠一座白桦树林子搭的打草工人住宿的帐篷。

这座布帐篷只有一个篷顶，四角有小白桦树干砍成的墙柱，拉着绳子。打草工人午餐的时候，靠它遮蔽那草原上酷热炙人的阳光，晚间靠它挡露水，四面是通风的。林子背后的大乌苏河，距离帐篷也不过三五十步，从河里吹过来的风，透过树林，带着一股凉气，别提午间在这帐篷底下歇晌时候，有多凉爽啦！不过阴云的天气，通宵要靠篝火来取暖。看来，这座帐篷的黄金季节，将要很快地过去啦。可是农场，还没有收割小麦的消息。

现在，打草组老组长张万峰，正穿着棉袄在那沿河的桦树林子里，手提着打水桶采蘑菇。这是个五十开外的彪形大汉，宽肩厚背，腰粗得像圆油桶一般。头戴防蚊帽，脚下穿着头号长筒胶靴，俯着腰，隔着冷布脸罩儿，四处搜寻着。那刚出土的蘑菇，挺着又白又胖的颈子，却躲在腐朽的桦树叶子底下，头顶着朽烂的叶子，离腐殖土很高，一扒拉就是一丛一丛的。从草丛里惊起的蚊虫，就追逐着他的又粗又壮的手指头，哄哄的，时聚时散。他的手背上沾满了湿土和蚊血。看来，又要落雨的样子，林子里的空气也特别闷热。

张万峰这五十开外的彪形大汉，随着发现的出土蘑菇，一会儿向南，一会儿又向东，绕两步，停一停，手里采着蘑菇，心里却在想，大乌苏河的水还没有落下去，再要落雨，要回农场去背粮食，还过不去河了呢！正想着，就听见树林子里一阵哗剥哗剥树枝纷纷折断的响声传来，不由得悚然一惊。难道在岭后发现过的黑熊闯到这里来了么？看了看周围，林子里暮色幽黯，自己竟一时判断不出，离开宿营帐篷多远了。听大乌苏河流水的声音，还是哗哗地响，距离足有百步，自己还奇怪怎么没有经过有一堆腐烂的风倒木的空场，竟离开大乌苏河这么远了。在林子深处第二次传来树枝纷纷折断的响声时，那张万峰就大声问道："是谁在那儿呀？"离开帐篷时，他是往正东走的，他不知道，现在已经转到帐篷西边来了，原来打草组一个年轻的组员，正下夜钩回来，看到要变天，在这里折干树枝柯，准备储存一些点篝火的燃料呢！

"咱们农场的陆场长来啦！"那个年轻的打草工高声叫道，"你不是向东去了吗？孙大爷往东边林子里找你去啦！"

"我也不知道怎么转到帐篷西边来啦！"

那年轻的打草工怀抱着一抱橡子般粗的枯树棒，还要给张万峰提水桶，看看他采了多少蘑菇，有没有味美的龙须蘑和喇叭黄。张万峰就说:"我也没往远里走,哪里还有那么些龙须蘑呀!还是我提着吧!你脚下留神,可不要给倒木绊倒。"又说:"今天农场的福祥场长在这吃晚饭,咱们弄到几条鱼呀?"

"一涨水,就不咬钩啦!搞了两条细鳞三条鲇鱼,看今天夜里怎么样吧!我这回在西河岔子下钩,下出去二三里地,也许明天早晨能多见几条,我下了二十来把钩呀!"

"能再钓到一条'哲罗'么?场长在这,你能再钓上一条'哲罗',咱们跟着喝喝汤也算你的本事呀!"

"细鳞有得吃,还不行呵?"

"细鳞算什么呀,在大乌苏河边,吃顿细鳞,那还算什么讲究呀!那还算待客人的菜呀!"老组长张万峰对于细鳞,已经不感什么兴趣了。七月间,张万峰率领打草组刚来到这里搭起帐篷的时候,曾经钓到过一条在契丹语叫作"哲罗"的鲟鱼,足有三十几斤重,肥得要命,但他们自己却没有动,当天晚上就托人带到农场食堂去了,却不想,以后再也没有鲟鱼上钩了。

两人谈话时,那个彪形大汉张万峰在年轻的打草工背后走。这时候,那个年轻的打草工突然抱着木头停下来,待张万峰走近,就靠在他肩上小声神秘地说:"老组长!我往回走的时候,看见西河沟大杜实甸子的河岔里,有股烟,看样子,是鄂伦春人到咱们这条河岔子里来打围啦!咱们还有半瓶桔梗酒,换两斤犴肉招待招待咱们农场的陆场长怎么样?"

"那场长知道了,还不要批评咱们呀!"

"咱们也不是拿着酒去占人家的便宜呀!该给多少钱,照样折价还不行吗?"

"酒怎么能往鄂伦春人手里送呢,那是兄弟民族呀!你没听说么?有时喝了酒,半路上连打围的枪和马匹都丢掉了!带着现款,买两斤还可以!"

"就怕没酒,他们不卖呀!"

说话间,两个人走出林子来,一看林子外边,还没有黑呢!西落的夕阳却已经给大块的乌云遮蔽了,那夕阳的余晖就从乌云的边缘上闪出来,乌云仿佛绣了一圈金边似的,而草原上的气息,果然寒冷而且含着潮气了。远远近近那些河岔子、有沼泽地的草莽间,已经升起薄雾般的暮霭。西面沿顺河道两岸生长的柳树丛啦,小杨树林子啦,都已经淹没在轻纱般的暮霭里了,隐隐约约如画样的柔美、奥妙。

那年轻的打草工一出林子,就急匆匆地径自头前往帐篷那边跑去,口里喊着:"老组长来啦!"那张万峰一到垛草的旷场上,就看见站在帐篷底下的农场场长陆福祥了。

这是个年轻的领导干部,三十岁左右,看起来有些瘦弱,实质上,不管是筋骨啦,肌肉啦,都挺结实。他光着头,却披着件有腰带的旧式短大衣,随时要脱下来干点儿什么似的样子。脸色红红的,属于只有在草原上久受日晒所有的一种健康肤色。两只眼睛说不上俊秀,但却英武、刚毅、炯炯有光,给人一种处事果断而又率直的感觉。两只裤腿儿挽在膝下,可是膝部以上直湿到裤裆。现在见到张万峰,他脸上现着一种称心悦意的神色。这种脸色足以说明在打草进度上,草垛的数量和距离相等的规格上,他都感到了意外的满足。

他向走过来的打草组老组长张万峰应声答道:"我是蹚水过来的呀!大乌苏河的水倒像见落的样子,就是凉得要命!"他用手里的制帽驱赶着蚊虫,问道:"老张,再有三天工夫,这块地方都能打光了吧!"

"就怕变天!"老组长张万峰说。摘下蚊帽来,露出皱纹纵横如沟的酱紫色的脸来。他的下颏是光光的,一根须儿也不长,鼻梁宽大,阔嘴,有两只精力健旺的大眼睛。向来接手提水桶的一个老打草工说:"到河套里去洗一洗,洗干净点呀!"又向那个在林子里碰到的年轻打草工说:"可要快点回来呀!"之后,继续道:"要不是前两天落过几天雨,早完工啦!"

"不会有大雨了！"那农场场长说，"气象台有预报！"又说："你们干得不坏呀！再有三天，垦荒队的拖拉机可就要过来啦！你说一句，怎么样？行吧！"

"行呵！你当是我不敢说呀！"张万峰不禁得意地笑着说，"反正我们把拖拉机给拉到后头去了！我们回农场割完小麦，恐怕机耕队也不见得能赶回去翻地，这块荒，还不够那两台拖拉机忙活一气呀！呵？"

"你可不要骄傲呀，老张！要不是前两天那场雨，拖拉机这两天下不去地，枯松林背后那边的荒，早开完啦！"

"怎么骄傲呀，福祥！前两天枯松林后下雨，难道我们这里，就晴呀！"这彪形大汉两眼里闪着一种狡黠而讨人欢喜的光彩，左右环顾着，仿佛要周围的打草工证明打草组也耽误了几天工似的！

"我知道呀，老张，"那场长陆福祥响亮地说道，"你们冒着雨挖的排水沟，那当然啦，一住雨你们就下地，干起来啦！"

那些在他两人周围随着往帐篷走的打草工人，听到这话，仿佛得到领导人的夸奖似的，全纵声大笑起来。

那张万峰故作惊讶地说："呵呀，这么说，我们什么也没有瞒得住你呀！"

"听说，前天你一个人脱光了膀子打草，要七个人给你捆捆，垛垛，干什么呢？和谁打赌，还是比赛呢？"

"唔！那还不是喝了两盅酒么？试试刀……"

有人从旁插话说，那天老组长拿着一把头号刈草刀，一天打了八十垛洋草，算来一万二千斤。

"老张！"场长陆福祥说，"三十五万斤的洋草任务算是完成啦！可是今年咱们采树种的任务还很重呢！咱们农场一前一后的樟子松林子，去年采得狠了一些，今年还得要往远处走呢！"

帐篷底下早已生起篝火，架了作吊锅用的打水桶，炖着鱼。张万峰听到农场场长说话的口气,心事很重,先从床铺底下拖出两只棉鞋来,要他换上,然后说:"树种还用愁吗?等吃过饭,到西河岔去,看看鄂伦春打围的是谁,他们要进沟里去,托他们留心给查看一下就得了,只要树种多,远怕什么?"又说:"你不换下裤子来烤烤行么?"

那农场场长陆福祥听说西河岔有鄂伦春人上来了,就说:"那好呀!"知道刚打发人到那去买犴肉,还不清楚这组猎人是从哪里来的,又问:"那么咱们准备吃什么呀?"

"黄花菜炖细鳞鱼。"

"怎么?"农场场长惊叫起来,"你们还晒了一些黄花菜吗?你们可真会过日子呀,老张,我当你们除了蘑菇炖鱼,就是鱼炖蘑菇呢!农场给你们捎来的白菜吃光了吗?土豆呢?你们别舍不得吃呀!"又问:"怎么样?老张!"接着又补充道:"我是说,大兴安岭的生活,怎么样!刚上来的时候你没想到,咱们会在这里办农场,种小麦吧!呵?"

"没有!"

"今年春天你会想到,咱们的小麦长得这样好呀?呵!"

"哪想到啦!"那张万峰愉快自得地笑着说,一面卷着纸烟,"今年春天播种的时候,谁不说,到大兴安岭来种小麦,是给牲口预备青贮饲料呀,谁想到,小麦会长得这样好呀!大兴安岭不是福地么?就是福地呀!"他舒适地吸了一口烟,不由得幸福地叹息起来。

农场场长陆福祥正在烤着鞋,兴致淋漓地和打草组老组长两个人谈着话,就在背后大乌苏河的流水声中,传来一阵急促的马蹄嗒嗒声,还有林木枝柯折断的声音,显然是有鄂伦春猎人从大乌苏河滩上的杨树林子里穿过,在暮色苍茫中只听见有人叫道:"喂,鄂伦春弟兄!帐篷里去吧!"

"明天白天的来!阿拉吉的有?"

"我不知道,阿拉吉有没有,你进去看吧!"

那彪形大汉张万峰一听鄂伦春猎人要找酒喝，在场长陆福祥的眼光示意下，立刻把挂在帐篷杆上的半瓶桔梗酒，塞在作为篝火贮备燃料的木柴背后，大步迎出去。一般鄂伦春猎人，看待黎明和黄昏，就像黄金一般珍贵，因为这种暮色苍茫或晨色朦胧的时候，才是两角生长在眉端的犴鹿到河岔子里寻找水草吃的时候。现在，从那鄂伦春猎手急匆匆的语势啦，马匹不安的喘息声啦，都可以听出来，他们本想跨马穿林而过，现在又有些犹疑。在两个猎人用鄂伦春话交换过意见之后，农场场长陆福祥又听到张万峰欢呼的声音，接着一声惊叫："老张！呵！两年不见啦！""你们又到枯松林岗这边来啦！"又听得马蹄和杂乱的脚步，踏得林中的枯木柴一阵沙沙响，渐渐近了。

那农场场长陆福祥仍然赤着两脚，踏在一根朽木上，那根朽木的头部，正在篝火中燃烧着。他手里拿着一只鞋，预备掉过另一面来烤，看来，并没有意思准备站起来迎接那两个过路的猎手。

当两个背枪的鄂伦春猎人在篝火旁脱下帽子的时候，陆福祥就挪移挪移身子，说道："欢迎你们！鄂伦春弟兄！"却不想，自己的肩膀给一只有力的大手攀过去，又听到一声热烈的欢呼："你好呵！陆科长！"那眼光炯炯有神的农场场长，就一脚踏在朽木上，和一个年老的鄂伦春猎人拥抱了。

鄂伦春人全是又矮又壮的，这个年老的猎人也不例外。在那过于宽阔的两颊之间，很难看出鼻梁，只见两只又圆又黑的鼻孔底下，是两片热情洋溢的嘴唇。眉毛粗黑，两只眼睛又显得过于狭小，一只手握着鸭嘴帽，在陆福祥拥抱中，粗犷而得意地呵呵大笑。当一个人得到为自己所敬重的人赏识的时候，往往是这样得意大笑的。

"咱们可是三年没见啦！怎么样？老朋友！你生活过得好么？呵？"

在拥抱之后，陆福祥把住他的臂膀，从头到脚地观察着："呵？怎么不穿犴皮'大哈'呀！"摸了摸他的黑布带拉锁的新式棉袄，又摸了摸他那柔软似布光滑似绸的狍皮裤子。见他脚下不穿犴皮"嗡得"，而是长筒胶靴，就道："你这是城里人打扮呀！黑河镇上的人呀！"又问："这是谁呢？呵！你的女婿呀！你好，年轻人！"

那老猎人的女婿，两手捏住农场场长陆福祥伸过来的手，现出恭谨有礼的神色说："你好！同志！"

这年轻的猎手，同样宽额广颊，但却有双漂亮的眼睛。

"莫贵林！小孟！你们请坐呀！阿拉吉我们没有，可是水桶里炖的新鲜细鳞和鲇鱼，我们要煮面条儿，招待招待你们！"

那打草组组长张万峰皱纹纵横如沟的脸上，现在闪着一种兴奋光彩，俨然是好客的主人一样，又吩咐洗罢蘑菇的老打草工，称出面来，自己蹲在洗过蘑菇的面盆旁，洗手，准备亲自动手做面了。

二

原来，莫贵林和陆福群、张万峰早在一九五八年秋天就结识了。

我们知道，大兴安岭北部属于黑龙江省的塔河林业管理局，是祖国社会主义建设时期"大跃进"旗帜下的产物。在那延展在大兴安岭北部万岭丛中的西耳根、大乌苏、曼开拉开、西里尼等河流，原本都是一些仿佛生长在塔河这棵老树干上的枝柯一样，光秃秃的只有繁密的叶子，却从未结过一个果儿，有过一个小小村落的。直到一九五八年秋后，从大兴安岭外，卷来"大跃进"的风浪，在塔河这个古老的主干上所有的一些主要枝柯，才有史以来第一次出现了累累的果实，产生了在塔河林业管理局统辖之下的西耳根、大乌苏、曼开拉开、西里尼等各冠以当地河流名称的十一个林业局，并且各自都建设了以林业局职工家属为居民的现代型村镇，有了小型的水动力锯木厂和水力发电站，更有的在砖瓦建筑的红色住宅所形成的十字街口，装置了大型扩音器，每天的黎明和黄昏，向全村镇转播中央电台的新闻、音乐和戏曲。戴红领巾的少年儿童，成群结伙，在用小白桦树枝子编插起来的篱笆墙外头,用乒乓球拍子打羽毛球,用小刀刮削樟子松幼树干制的鱼竿,挖蚯蚓……大兴安岭北部的塔河流域,开始有了蓬蓬勃勃的繁荣气象。

在这之前,除了瓦拉干和塔河河源的山谷里,有一两处老金矿场,除了在哥达干有几户靠猎取兽皮、开店种菜的山户,以及呼玛县设置的几处护林哨式的林业经营所之外,再也见不到汉人足迹的。塔河流域,是百里不见人家的荒原。在那些优美的丘陵式的万岭丛中,在为猎火和自然火灾所焚烧过的原始林中,百年的新生松树和幼小的白桦林子,杂生在一起。密林中,到处可以看到为狂风吹断的大树所砸折的一些断树干,这里是狍子、犴鹿、马鹿和松鸡、沙斑鸡繁殖的地方,山谷间的草泽里,大雁成群,水獭和黄鼬来来往往……自然,这里就成了鄂伦春人经常跨马出没的天然围场了。

一九五八年秋天,开辟大兴安岭的林业工人进山的时候,除了领队人手里带的森林调查队所踏查的线路图、建局标桩分界图之外,还不得不从巴延那和哥达干找鄂伦春猎人做向导,头前跨马引路。

这鄂伦春是一个崇尚武士、嗜酒好斗的剽悍民族。直到一九五二年下山,在中国共产党号召下建宅定居的时候,还保持着为契丹人所有的种种遗风:信奉称为萨满的跳神巫婆,人死了,棺木必搁置在锯断的树木上,三年之后才拾坠骨埋葬。六年的光景,萨满的威信自然全给我们的新式医生所代替了。在鄂伦春族中出现了共产党员和共青团员,但仍然是狩猎为主,每逢春秋之交,仍然在马背上驮着寝具,远出游猎。但不管是老少猎户,都有了护林员的名义,拿着固定工资,不用说,待遇是优厚的。莫贵林当初就是给终点局陆福祥进山组做带路向导的护林员,而且做向导,另外还有一笔高额的酬金。

当时莫贵林头戴有白兔毛绳边的蒙古式雁尾帽,身穿叫作红杠子的狍皮上衣,骑着矮小的鄂伦春猎马,背着三八式步枪,见了陆福祥也不知道下马、谦让,粗犷的脸上却现着饱满的热情,笑的时候,没有声音，可见内心对"毛主席的人"怀着一种怎样深的恭谨情绪。那陆福祥呢？却背着八十斤重的粮食，还有作露宿寝具用的羊皮大衣，一杆美式卡宾枪，和伐木工人同样，随在马后，徒步在草莽间跋涉。对于作为向导的莫贵林，保持着一定程度的尊重。因为地方党委嘱咐过，说对这个鄂伦春向导，要以兄弟民族相待，尊重他们的风习，尤其是禁止以酒私自授受，因为鄂伦春人嗜酒好斗是有名的，总之，要注意民族团结。因之，一路上，双方可以说，相处得很好。莫贵林说走，就走，莫贵林说要在哪块河滩上搭"撮罗子"宿夜，陆福祥就分派人去砍搭帐篷的桦树杆子。有时哪怕太阳还很高，只因为鄂伦春向导莫贵林在河岔子里发现了兽迹，要住下来，等待黄昏时候去狩猎，陆福祥也不过度坚持自己的意见，硬要继续赶路。并还宽慰那些赶路心切的伐木工人："兄弟民族，又常在山里打围，游荡惯了的，哪里有分秒必争的时间观念。住就住下来吧！"而那向导，对于这种迁就的心理，却是完完全全不理解的。

在进山组的伐木工人当中，为向导所倾心崇敬的莫过于彪形大汉张万峰了。当时，不仅因为这个五十开外的老汉，在工具寝具之外，还背负着一百二十斤粮食，不仅因为这个魁梧的大汉总是在那匹鄂伦春猎马背后，第一个最先到达宿营地，作为领队人的陆福祥和其他的人员往往落在二三里外；主要的，还因为张万峰一卸下所背的东西来，就忙不迭地又走回头路去打接应。当莫贵林坐在倒木上向他招手，要他坐下来烤火的时候，看见他因为徒步涉水，腰部以下都是湿淋淋的样子，要他赶快脱下来烤烤时，他总是谦逊地笑笑，做手势往后面的来路上指指："他们都拉得那么远，我得去接接手呀！"因之，那个鄂伦春老猎人莫贵林，当着陆福祥称赞他说："老张，心和黄金、鹿茸一样呀！"

有一次，当陆福祥所率领的十二名林业职工全部在作为宿营地的河滩上，生起篝火，烤裤子的时候，那鄂伦春老猎人莫贵林在河岔子逡巡了一趟回来,刚坐在张万峰身旁,准备休息,见到张万峰衣裳也未烤,生起篝火,又提着斧子,要到河边林子里去砍"撮罗子"帐篷支杆去。

"不要去!"那作为向导的莫贵林粗犷的脸上现着不满的样子说,"你烤烤吧!"又夺过斧子去,随便往一个年轻力壮的伐木工人身旁一丢:"他的去吧!——喂!你去砍桦木杆子吧!"对于这个向导目无领导,纵情自恣的态度,张万峰是有些不满的,只见他那深沟纵横的脸上,现出不耐烦的样子,低着头,仍要去捡那把斧子。

"你不要去啦!"那生产科长陆福祥在篝火上添着木头说,"就要小王穿上裤子去吧!"

那莫贵林见到领队人支持他,果然要年轻力壮的伐木工走了,就昂然自得地环顾着,俨然主持公道的权威者一样:"老张!过来,烟的抽!"

夜间,围着"撮罗子"里的篝火喝茶的时候,向导莫贵林这矮小而肥壮的老人,就总是兴致淋漓地向陆福祥打听,汉人住的城市什么样?果真有着漂亮的房子在路上飞快地跑么?眼中现着向往而又不解的困惑神气。有时,也诉述在日本帝国主义侵占东北时期,鄂伦春和汉族弟兄相隔绝的野居生活,说:"我们毕拉尔人像秋天的桦树叶子一样,风来了,哗啦哗啦往下落。"那时候烟毒流行,各种疫病猖獗,尤其是日本军人以酒相诱,不但骗去大量的鹿茸,而且因为酗酒致命的猎人,更是十有九户。他说:"鄂伦春人,活到五六十岁的很少,孩子死的更多,'萨满'也没有办法!"

"现在,你们哥达干的孩子可是很多呀!"那陆福祥就有意地问他,"那是为什么呢?"

"呵!毛主席的人来啦!"他说,"我们的'撮罗子',不是用桦树皮围啦!用布和羊毛毯围啦!毛主席的人来啦!我们夏天不再穿狍皮裤啦!穿白衣服的医生来啦,我们毕拉尔人的孩子,像林子里雨后的蘑菇一样多呀！"他那宽阔的脸颊，映着篝火，这时却像牡丹一样红灼灼的，新鲜、灿烂，而两只显得狭小的眼睛，闪着喜悦的光芒。只有在这种时候，张万峰才又感到这兄弟民族确也天真可爱。

当到这有名的山涧险道狍肩山的时候，那莫贵林脸上却现出一种从来未有的严肃，而且不再骑马。当张万峰背着粮食赶到的时候，只见他牵马站在林边，眼睛一直向张万峰身后注意地瞭望着，见张万峰在道边倒木上搁下背的粮袋，就向他摇手。要他站起来，那张万峰要到林子里去采樱桃般的"雅各答"，他又摇手，问他为什么不走，他却又不说。等十三名进山汉人全都到齐了，他才说："一起跟我到'鄂博'那里去朝拜！"

原来这也是一种契丹人的遗风，在山水险要的地方，都有作为守护神的一个石头堆，凡是从这里路过的鄂伦春猎人，都要下马参拜，之后，还要向石堆里投一块石头，以求守护神保佑。陆福祥问清楚了之后，向他所率领的进山组员们说："我们是马列主义者，不是拜物教信徒，当然我们不在这里朝拜，可是兄弟民族的风俗，我们还是要尊重！"他要求大家，不要在路过"鄂博"时吐唾沫、擤鼻子、解小手，也不要大声谈笑。在他说话时，还有的年轻伐木工，手捧着帽子，从帽子里往口中大把地塞杜实吃，一见陆福群的警告目光，就把帽子里剩余的葡萄般的杜实，倒在道边上了，都现出肃然若敬的样子，有人还哧哧作笑。

"走吧！"陆福祥说。

那莫贵林尽管已经听见陆福祥的布置，说明不拜"鄂博"，却当作未听见一样。走进一块可以看到天空的林子围绕的山腰间，就丢掉了马缰绳，满脸带着虔敬而又神秘的气色，趋向石堆，用满洲礼打千，之后拜倒下去。当时，在他身后窃窃作笑的伐木工人见到陆福祥瘦削脸上的肃穆神色，越发忍俊不禁，只见那陆福祥爽朗而又英武的眼光射过来，全体才寂然无声。这时除了山涧底下流经密林丛的河水声隆隆作响外，只听见周围林木窸窸窣窣，更加显得幽静、神秘。

"陆科长！粮食搁下来，磕头吧！统统要求神保佑！"

"呵？我们不能磕头！"

那莫贵林吃惊地睁大粗暴的眼睛，十分桀骜不驯地说："统统都要朝拜！"

"你怎么能命令我们呢？"有人说，"你的任务，就是带我们走路……"

那陆福祥向前跨了一步，用手势要那些不满的伙伴不要争吵，只听见莫贵林仍然固执地不容侵犯地叫道："这是我们鄂伦春人的规矩！统统要朝拜！"那陆福祥瘦削的脸上，仍然现着爽朗的笑容说："老莫！我问你一个问题好么？"又把粮食袋向上背了背："你们过去给'萨满'磕头吧？那么现在还给'萨满'磕头吗？"只见莫贵林的肥硕而又粗犷的脸上，立刻现出迷惑不解的神气，那陆福祥继续质问式地说道："是谁说的，你们毕拉尔人像秋天的桦树叶子一样，哗啦哗啦往下落，'萨满'也没有办法呀！为什么，那时候，你们给'萨满'磕头也没用呢？呵！是谁来了，你们的孩子，像桦树林子里雨后的蘑菇一样多呢？是谁来了，你们冬天有带暖炉子的'木克楞'住宅住呢？不是毛主席的人，共产党来了，你们的生活才一天天富裕起来了么？呵？难道你现在就糊涂了么？"

那莫贵林，在听话中瞠惑四顾，仿佛要找什么人解释一样，一听到说"毛主席的人"，脸色顿然又现出驯服的样子，并且不自主地摘下头上的帽子来，咂着嘴，现出沉思的神气。最后仍然带着半是神秘半是恐怖的口气说道："神要发脾气呀！人要跌到山下去的！"

"呵！"陆福祥镇定自持地说："那是你们过去出来打猎，喝的阿拉吉太多啦！毛主席的人来了，什么神的都要逃走啦。"

"你们不朝拜，不怕？"

"不怕！"

终于那莫贵林头前牵着马迟疑地走动了。他的脸现出灰白的气色，可以看出，在他心头上遮着一层乌暗的阴云，时时以担心的眼光回顾着。所有随在他马后，在这削壁般斜坡上走过的人，都是沉默的，全都谨慎地注意着脚下所踏的石头，谁也不敢纵目往削壁下的深涧里看。有时，走两步，不得不停下来，提提神，前后两人互相搀扶着，终于，他们安然走下斜坡，又进入两边密林夹峙的猎人小道了。此后，陆福祥就被那鄂伦春向导莫贵林，当作敢于和狍肩山守护神相抗衡的勇士崇拜了，现出从未有的一种恭谨面色来。

这次两个老友在大乌苏河边又见到面，自然双方都倍感亲切。

三

"那么，你们是从哥达干刚刚上来吗？"当他在篝火旁围着吊锅坐下来之后，农场场长陆福祥问。他用一只手紧紧抱住老猎人的臂膀，仿佛借此要他安定下情绪来，要他等待着，和自己共进一顿有鱼汤的晚餐似的。

"是呀！"那莫贵林老猎人膝间夹着枪，坐在那儿，闪着两只兴奋而又喜悦的眼睛，直直望着面颊瘦削的陆福祥，仿佛回忆到什么，而又不知道怎样表白似的，在篝火上不自主地搓着两手，可以看出内心很激动。他的女婿小孟，这时候向他用鄂伦春话说了些什么，只见他眼光恍然而悟地又说道："不是哥达干来，我们早就出来啦！"足见刚才没有听见陆福祥是在问什么，而确是另有所思。他说："我们是从曼开拉开那边来！呵呀！到处漂亮的房子盖起来啦！真多呀！"

"是呀！多快呀！老朋友，你那时候还问汉族人住的城市，有漂亮的房子在路上跑，是不是真的，现在，公路沿着塔河，天天有卡车来往跑，而且今年又都种了小麦！呵？你想到建设得这样快么？呵！你们哥达干不是也有了拖拉机，今年种了大面积的小麦么？"

"我们的公社，现在是农业狩猎并举呀！两条腿走路呀！"莫贵林显然以自己懂得党的农村政策而自得,"毛主席说话啦!过去鄂伦春人大大辛苦啦!现在畜牧场要办。"他说:"犴的五年六年多多的,不进山就有犴肉吃!"

"好呵!那么你们今年的小麦怎么样呢?你路过我们农场,看过我们的小麦吗?哥达干有我们农场的小麦好吗?"又问,"你们在曼开拉开打围了吗?"

"我们七头犴打啦!"他说,"我们哪里都要看看,在这里吗?我们再打几头犴,就到内蒙古边境的河套去啦!那边,犴啦,狍子啦,野猪啦,都去啦!开会一样,从四面八方去啦!"又说:"巴延那一个狩猎队上去啦!哥达干、十八站自治乡的两个狩猎队,也统统上去啦!吃粮很多,今年春天打荒火,飞机投的白面锁在木仓里,我们去借啦!"

"你们在这里,能打到犴吗?"一直在旁边揉面的张万峰插口问。

"去年,我们哥达干来的人十三头犴打啦!"

"去年是去年呀,去年我们还在枯松林前边打洋草,还没进来呢!今年怎么会有犴能站下啦!前两天,拖拉机一天到晚嘟嘟地响,什么野牲口,还不吓跑了呀!"

"今天晚上,地面干啦!拖拉机又要加夜班干啦!"那陆福祥补充张万峰的话,"再过三天,拖拉机就到这边来开荒啦!"在那莫贵林肥硕的面颊上,现出呆然的样子,两只困惑的眼睛直望着小孟,一听到小孟的解释,就粗犷地霍霍霍笑起来。

"我们奇怪,怎么顺着这几条河岔绕来绕去,一头犴的脚印也见不到呢!不知道枯松林后边,有拖拉机呀!"那小孟又用熟练的汉话说。按鄂伦春的风习,长辈在座谈话,晚辈是不可纵情插嘴的。说完,脸上仍现出恭谨有礼的样子,沉默着。

"到我们农场去住两晚上吧!"陆福祥说,"我们那有给割小麦工人预备的阿拉吉,我们自己制的桔梗酒,在外边打围喝酒不好,到我们那儿去少喝一点,不要紧的!"

"我们明天,内蒙古边境的河套里去啦!"那小孟见到莫贵林向自己探询的眼光和咂嘴渴望的神气,正色说。

"他是毛主席的人,共青团员的。"那莫贵林解释道,"我的,要听他说话啦!"

"呵!好呀!那么你们回来的时候去吧!"陆福祥又抱抱他的肩膀,亲切地说,"老朋友!你们到两省边境的河套里去,看看那里樟子松,今年树种结的怎么样?我们这边不好,要是那边好,给我们捎个信来好吧!"

"你们人,多多地去?"

"冬天,我们要搞木材,占用人多,秋后,抽一百二百人上去几天,行呵!"

"好呵!"他说,"我再给你们当向导吧!呵?"

在他们谈话时,外面已经漆黑了。篝火正旺,但那个到西河岔去称犴肉的打草工,还没有回来,倒是另外到灌木甸子里去采杜实招待来客的打草工,捧着脸盆回来了。这人进帐篷时,还欢叫着,手里提着一条足有五斤重的细鳞鱼,却没有头;张万峰一看,就知道这又是在河岔子里为水獭吃过丢掉的。那大乌苏河的水獭吃鱼,正像塔河草原上猞猁吃狍子一样,只吃头。"拿去洗洗腌起来吧!"他悄声说,用眼睛警告别人,不要喧哗。他耳朵还在注意地听着——那莫贵林粗犷的声音在说:"你们进去,再盖漂亮的房子,拖拉机开进去吧!"

"那你们将来打围,不又得往更远的地方跑了么?"陆福祥说。

"那时候,我们犴的畜牧场,大大的啦!我们不靠枪来打围啦!"

这时候,从枯松林岗背后,传来拖拉机嘟嘟响的喷烟声。那两个鄂伦春猎人就热情地和农场场长陆福祥告别,又手提帽子和张万峰告别,因为他们担心散放在桦树林子附近的两匹猎马会受惊远窜,而且他们刚吃过一顿丰盛的犴头肉,不想再在这里打扰了。

"回来，到我们农场去住两夜！那时候，我们要用自己做的大麦酒招待你，可是在外边打围的时候，还是不要找阿拉吉喝吧！"陆福祥场长又一次关切地说。

"回来，一定来，采树种，我还是向导的干！"那莫贵林在分手时又说了一遍。

在帐篷外头，只听见空中响起飞过的大雁，呜—嘎—呜—嘎地叫着，这是为夜间开荒的拖拉机远射灯光所惊起来的。它们又飞过山谷，向僻静的有闪光的河岔道地方，另找栖息场所去了。

夜空，现在却已满天星斗。

一九六二年一月十六日

一九六二年秋天在苇河

一

从哈尔滨到牡丹江、虎饶一带去，在铁路的中途，尚志和亚巴力之间，有个火车站，名叫苇河。这是一个有名的山区，富裕而又繁荣的地方。苇河公社党委会，就设在这里。

镇市上住着七百多户居民，除了专业的养蜂人、挂马掌的铁匠、做大车的木匠、饭馆的厨师、旅舍的店伙计之外，在从前，大都是兼营山产采集的农户。往南走，不出半里路就是山，走出十里八里就是榆树林里开的木耳营子；往北走，不出二里路，也是山，走出三里五里就是出蘑菇的桦树林子，要草莓有草莓，要山丁子有山丁子，别提有多么富饶啦！

再说街道两旁的建筑吧，都是三十年前的老式门面。全是灰砖墙、灰瓦屋顶的房子，临街的窗户都有个可以在白天折叠到两侧去的护窗板门儿。一到夜晚，关了护窗的板门儿，外面见不到一点灯光，整条街上，都是黑糊糊的。若是有月亮的晚上，那月色就格外的明媚，白白的，似霜非霜，似水非水，连小树的柔弱影子都清清楚楚倒映在行人道上，柔媚得迷人。要是五月间，就格外感到春色似酒，要是秋夜，就格外感到凉意似水。但在原是僻静的街道上有些建筑，却又不同，门大，窗户也大，而且在那些大玻璃窗外既没有护窗板门，也没有挂窗帏，灯光把整排的窗子影反映到街道上，仿佛街道上安了一排天窗似的。要是白天，还会看出这些建筑的格调不但不一样，就是墙砖和房顶瓦也全然和老式的建筑不同，砖是红的，瓦也是红的。自然，这都是一九五八年"大跃进"之后在苇河镇上出现的新式建筑，苇河不但有了拖拉机站，而且有了电力碾米厂。

一到秋季山货上市的时候，土特产采购站的门市部里，人来人往，后院里是装车卸车，什么党参、五味子之类的药材啦，镰刀把、锄杠之类的小木农具啦，都是一口袋一口袋地过秤，一捆一捆地过数。苇河公社的椴树蜂蜜在国际市场上是有名的，苇河的蛤士蟆油，作为一种珍贵的滋补品，远销上海和广东。

"苇河可真富呀！从河套里抓些红肚蛤蟆，就卖五分钱一只，这不是遍山沟都是黄金么？"外来的采购员都这么惊奇地称叹。

"连一棵从山上刨下来的山丁子树苗，都卖一角五一株，苇河就是富呀！"本省来的采购员也这么纷纷议论。

庄稼刚动手割，还没有拉到打稻场上，专业猎手就带着围狗在苇河镇的街上出现了。他们背着围枪，腰带刺刀，站在挂双幌的饭馆子门前，彼此打招呼，在寒冷的空气中，口里吐着烟雾般的热气。

"怎么样？你打的那些野鸡都出手了么？"

"出手啦！你的花腰子怎么的啦！瘦了呀！"

"在大锅盔给野猪挑伤啦！"

"可不是，伤得不轻哪！这不是露出一条子肉来了么？没挑断肋条吧？"

"肋骨倒没断，当时它跌出一丈多远去，那口野猪有五百二十八斤重，你想，劲头还小么？等我跑到跟前，那口野猪就已经给大青和黑嘴儿它们围起来了，竖着两只前腿坐在倒木前头，光喘啦！口里直流白沫子……"

"它怯阵了么？你怎么还拴上绳子用手牵着呀？"

"它眷恋着家里那头母狗，不愿意出勤呀！"

"哪头母狗？是从冲河猎户手里买过来的么？怎么，揣了崽子啦？那可是条纯俄国种的猎狗呀！谁的崽子呢？花腰子的么？给我留两个崽子好么？"

就在这猎手带着围狗出出进进的饭馆里，人们可以吃到熊肩肉、炖狍尾，以及山鸡之类的野味。

总之，苇河是个土特产富饶的山区公社，我现在是第二次来访，已经相隔三年的时间了。

二

这正是山货采集的旺季已经过去，而蛤士蟆还没有上市，猎人还没有离开打粮场的农忙日子。

整条"乙"字形的主干街上，都显得空荡荡的，仿佛夏日午睡时一般安静。除了国营百货公司，几乎家家门外都摊着晒粮席，有的晒豆子，有的晒苞米，还有的摊着一些豆秸，没有打。窗底下堆着脱掉粒儿的苞米棒子，屋檐下头是红红的成串的辣椒，黄烟呢，没地方晒，都晾到屋顶上啦！公鸡昂首阔步地在街口巡视着什么，肥猪摇着尾巴从僻静的胡同里走出来，闲逛似的，准备要通过两边晒粮的街道，一见到看守晒粮席子的孩子，就机警地竖着两耳停止前进了，鼻孔里发出呜呜的抗议声，固执地站在那里，等待什么机会似的，直等看守晒粮席的孩子挥动起秫秸，这才突然发出呼哧呼哧的喘吁声，尾巴朝天竖着往原路上跑回去了。此外，还可以听到远处有鸭子群被什么人驱赶开去的喧闹聒耳的叫声。原来，镇市上的男女社员，都在天亮之前出外收割庄稼去了。有些人还在一里外的南山腰里开了一些小块荒地，怪不得南山腰里像兴修水利一般人影幢幢，那么热闹。

苇河镇上却是少有的幽静。偶尔在街道上可以看见一个神色匆匆的行人，手里提着几根准备捆庄稼的绳子，干部打扮，腰间却扎着根草绳。

"怎么样？你们在南山腰种的庄稼，都割完了么？"一个看守晒粮摊子的年老的女人问。

"队上的稻子还没有动手呢！怎么能扔下西瓜去捡芝麻呀？"

"今年可真是丰收呀！我们家种的马铃薯还没有起呢！要说，孩子他妈一个人，也能起出来，可是往回运呢？这不愁人吗？队上的大车光拉苞米还拉不过，还能顾到社员自己开的小荒地啦！"

"让她推我那独轮挎车去拉吧！有五六百斤，两趟就推回来啦！"

"那可是谢天谢地啦！一早她跑了两三家也没有借到手，这时候，谁家的手推车还有闲在家里的呀！"

谈话就这样匆匆结束了。苇河公社的文化馆，白天锁着门不说，旅舍也只留下一个会计看门，都到铁道南、木桥北，收割自留地的农作物去了。

"你们旅舍今年也开了小块荒地么？"

"开得还不少呀！比哪年都多呀！"留守的会计人员说。

"今年的收成可是好呀！"

"赶上一九五八年啦！三年不遇的年成呀！"

旅舍的后院里有菜窖，有柴垛，还没脱粒的苞米就堆在走道两旁，走道上是苞米粒儿，菜窖上是萝卜，从这过路，脚底下不踩苞米粒儿，就得从萝卜上踏过去。到处是丰收的景象，到处感到人手忙不过来，收割是那么紧迫，简直不容空儿把萝卜好好归着归着，把苞米粒儿好好打扫打扫。

三

"你还记得五九年春旱的情景么？"苇河镇苏镇长、公社党委第一副书记问。

"我们一连两年在农业上歉收呀！要是从前呀，那还不知道有多少人要背上高利贷呢！粮食不知道要贵到什么样子！可是咱们依靠公社，依靠这优越的社会主义制度，到底安稳地渡过来啦！你没有看出苇河有什么变化么？你看到那个大烟筒了么？那是咱们的火力发电厂呀!"苏镇长热情洋溢、春风满面地接着说,"这两年,咱们的山产、土特产也丰收呀!蜂蜜、木耳、蛤士蟆油、果树栽子、小木农具什么的,产量都扩大了。今年,咱们的电力榨油厂也装备起来,就要开工了,碾米厂也扩建了,改用电动力啦!自然,这些工业,都是以农业为基础,面向农村,为各屯的生产队和社员个人服务的,揽加工活儿。这样,就解放了不少劳动力,投到农业生产上去了。过去,凡是半机械化的,什么水动力打稻机呀,水动力磨面机呀,全都改装啦!今年冬天打稻子,在镇郊的生产队,都要安上电力装置了。这样一来,咱们各生产队腾出来的人手可多了,要搞副业啦,冬季的小型水利建设啦,各生产队可以随意安排了。"最后又告诉我说,公社党委书记于永和同志,昨天刚刚参加支援秋收回来,今天休息一天,明天说不定又要到外屯去了。说:"你来得正巧,一会儿,他会来看你的。"

于永和同志带着一种革命军人的爽朗风度,目光坦率,穿着一件棉军衣,敞着胸扣,带领我到胜利生产大队的脱谷场去。路上,他说:"今年春天,咱们在南山腰里烧过荒,要不,开荒不会开到南山腰上去!那里的腐殖物层厚,土肥。"又说:"镇上的人都出去收割庄稼啦!外屯的社员,不逢集日平常不进街,镇上自然就显得格外冷清了。"苇河镇是十天一个集日,这和五九年我在镇上的时候不同,那工夫,苇河没有市集,外屯生产队进街的大车,天天不断,尤其是农闲的日子。"集日热闹么?"我问。

"赶上庙会一样热闹啦!明天就是苇河的集日,可是人不一定像往日上的那么多,都忙着地里的庄稼呀!"

胜利生产大队的脱谷场,就设在公社党委会东面一条僻静的街口上,十几个社员围集在拖拉机周围忙着,原来胜利是用拖拉机作动力,正轮流用锨往脱粒机口上投苞米棒子,用锨从下面流水一样集聚起来的玉米堆上铲着装麻袋。他们是那么忙碌兴奋,头发上眉毛间都蒙着霜般的尘土,连睫毛上都挂着一层灰尘。

"进度怎么样?"

"到底这个家伙顶事呀!"有人说,"从两点钟开起来,现在已经有万把斤了!"

"一小时能脱粒三千斤吗?"

"三千斤!多!岂止三千斤呀!"

"多什么!你算算,也就是三千斤!"

"怎么一小时才三千斤呀!四个钟头了,有一万二三千斤了吧!你算算……可不是怎么的,三千多斤!"

于是围绕在拖拉机周围的人都笑啦!人人在蒙着一层灰尘的眉眼底下,都露一口白牙。他们说,今天晚上要干到九点钟,要轮班吃饭,要争取在三天之后完成粮食征购任务,他们还要等着收割稻子呢!

看来,胜利生产队今年又是一马当先,走在各生产队的前面,但公社党委书记说,今年,在完成国家征购任务上,是尚志大队夺了红旗。

"他们还是用手工脱的苞米粒呢!不但粮食产量提高了……就是经济作物,也早在十天之前就完成国家的征购任务了。这里面大有文章可写,我领你到尚志大队去看看,你一定会有收获的!"

尚志生产大队是在一条老式街道的东头,靠近镇口的北大桥。在那里,还有日本帝国主义占领时期遗留的一座桥头堡,春季护林防火时期,谁要是从这里走,就会碰到尚志生产大队的男女值班的民兵在这里检查,过桥北去的进山人,身上是不许带火柴的。过去,我只知道尚志队的男女民兵在护林防火上执行政策严格,但在农业生产上,他们是远远不及胜利大队的,怎么今年会从胜利大队手里夺过先进队的红旗,变成一马当先的全公社生产战线上的领队了呢?

尚志生产大队的办公室门口,还挂着尚志生产大队粉坊的牌子。进门是一盘石磨,拉磨的毛驴正在磨道上健捷地走着圈子,头上戴着罩眼布。一个磨工腰扎围裙,在木槽上用长柄铲子切马铃薯;另外一个磨工正给来换粉条的妇女过秤。她带来的是一口袋马铃薯。

"你是哪个生产队的呀?"公社党委书记于永和同志问。

"是从亚巴力坐火车来的!"

"你们的马铃薯,今年不坏呀!都这样大的么?是自留地的,还是大队上种的呢?"又问磨工说,"你们没有把大个儿的马铃薯选出来留种么?"

"早选出来了!"那个亚巴力来的妇女说,"我们队上的土豆子,都刨出来就地挖窖储藏起来啦!光庄稼还收不完,哪有工夫拉回来给社员分配呀!"

套间很暗,马铃薯山丘般堆在两侧,过道上也净是圆滚滚的马铃薯,我们从那儿过路,还得选择落脚的空隙。

里间的办公室,当时只有一个会计员,不久,队务管理委员会的徐主任提着铲刀回来了。在他之后进来的,有二队的李景春、一队的李富。一个是年过五十的老饲养员,一个是面目姣好似少女的小伙子。那徐主任身材魁梧,用粗大的手指卷着烟,他说:"今年的收成不坏呀!苞米的垧产量提高了,水稻的垧产量也比去年提高了。实在是不坏呀!"

"我们那个小队的苞米地,真是连棵草也找不出来呀!"那小伙子说。

"全靠我们的社员干劲大呀!要我说,光靠老天,还是不行,今年春天,也是旱得要命呀!"那生产队队务委员会的徐主任说,"你们说,不是么?"

"还是管委会抓得紧,"那老饲养员李景春说,"我们,今年春天,要不是管委会抓得紧,怎么会栽上烟呀!头茬子栽上的烟,都旱死了,当时园艺组的赵国贤就到管委会来探口气,想改种旁的东西,一探口气,非按生产计划不行,赶紧又派人到集上去现买的黄烟栽子,栽的二遍呀!"

"线麻还不是种的二回么?"一队的李富又说,"头回种的线麻,旱得就没有出芽！二回又补种的本地麻籽。"

那队务管理委员会的徐主任又说："你们不提，我倒忘记了。今年春天，队上缺绳子、缺牲口套，还不都是李元林拿出来自留地的三十斤麻，解决困难的么！人家李元林，到底是复员军人，受过严格的革命教育，集体观念强。我们下边有这样的小队长，在生产上，还会错了么？"

"要说集体观念，我们队里，有一个算一个，哪个也不差呀！"那老饲养员李景春说，"我们尚志大队的社员，都把工夫用在集体的大面积生产上了。"

"你们队上，没有人开小荒地么？"

"近一点的荒，都给人家开啦！"那徐主任说，"要是到三四里外去，窜到山沟里开荒，来回光走路啦！一样增产粮食，我们为什么不在集体的大面积的生产上多下功夫呢！谁都知道，我们一垧地能打出多少粮来，光超产粮，就足吃足用了，谁还愿意去窜山沟子，跑出那么远去开小块荒地呀！"

公社党委书记于永和同志把我带到尚志生产大队之后，就走了。我回到公社党委会的时候，他问我："怎么样？有收获么？"

我说："这确实是一个先进的生产队，他们这个队的公社社员，把全部精力都投到集体的生产事务上去了。"

最后我们约定，次日午后一起到新胜屯去。正巧，第二天是苇河的集日，于永和书记说："你还可以赶赶集，不过明天的集日不一定像往日那么热闹，因为都忙着收割哪！"

四

公社党委书记的估计一点儿也不错，尽管这天的天气晴朗，阳光如春日一般暖和，但作为集市中心的"乙"字形那条直街的街口上，赶集的人很稀落，上市的东西也不多，除了菜蔬、黄烟、柳条筐之类，见不到有背枪的猎人,自然,在这个山区集市上也见不到野鸡什么的。

"今年的野鸡,怎么在集上还不露面呀?"

"光庄稼,还收割不过来,谁还有工夫上山去呀?"

"再过两集,你看吧!"

"今年山上的野鸡、狍子什么的,都是人家尚志生产队的猎户们的出产,别的队呀!就别想啦!在一边流口水吧!"

"那怎么的?"

"怎么的?人家再有五天,稻地一割完,猎户还不腾出手来了呀!还不领着围狗上山呀!别的生产队行么?"

"这倒是实情!"

"今年沟甸子里蛤士蟆,还不是人家尚志队去捡头遍呀!天一封冻,人家可都倒出手来啦!"

"这真是一步赶不上,步步要落在人家后头呀!"

集市上,有人蹲在菜摊旁,抽烟闲谈。

不知是什么出产上市啦!有些人匆忙地围上去。货郎车子周围顿然冷落下来。

"什么呀?"

"是新鲜鱼吗?"

我还没有走到跟前,就听见小猪的激昂叫声了。原来有人推了一木箱子小猪来,那木箱座底下还安装了四个小车轮子。十几口小猪,一会儿工夫就给那些赶集的人分掉了。有一个留着山羊胡子的老头,腰里插着根烟袋,把买到手的那两口小猪,装在麻袋里背着。小猪在麻袋里哙儿哙儿地直叫,背麻袋的老汉,脸上带着喜悦的笑容说:"我带着袋子,来赶了两集,都空着手回去啦!"又说:"这还晚了一步,就捉了两口,下一集,还得来!"

"你是给人家买的呀?"

"自己家养的还不够数哪!"他说,"自己留一口过八月节杀,卖给国家一口，你嫂子还要养一口体己猪，积攒小份子呀！要不，人家的劳动报酬就没法算了，人家心里老是惦念着县城里的外孙儿呀！"

背麻袋的人一走，集市上就越发显得冷落了。过一会儿，却不想又有两小筐新鲜鱼上市了。一筐是蚂蜒河出的细鳞鱼，一筐是泡子里出的鲫鱼。细鳞鱼，眼圈儿血红血红的，挺鲜亮。鲫鱼呢，还张口动腮地喘气，活蹦乱跳的。

可惜，这两筐鱼来得晚了一些，留在集上的人已经寥寥无几了。有个腰插镰刀的社员，匆匆地走来，他说，本想赶来捉口小猪，却不料只能称两斤细鳞鱼。说着，又匆匆地提着两斤鱼走出镇口去了。

"今天赶集的，怎么散得这样早呀？"

"谁有闲工夫呀？"有人说，"你倒不如挑着去串胡同，镇上串完了，就到外屯去串乡！"

果真，午后，我们到新胜屯去的时候，在僻静的街道上，就听见串乡的卖鱼声："卖新鲜鱼咯！"

整条街上，除了看护晒粮席子的孩子，哪里还有什么人出来买鱼呀！当家的人，都在田野里收割呢！

春天的报告

一 算是序

天气暖和啦！风变得柔软了！

小河的冰面裂开来，露出了赤裸裸的流水。这童年似的流水，在阳光下闪耀着，发出渤渤作响的悦耳声音，欢腾地流去。

三月的融雪在消逝。深深的车辙痕迹形成的坑洼呀，马蹄踩成的泥坑洞呀，都积满了琥珀色的水。到处是三月天的泥泞，土地好松软呀！

还有那光秃秃的柳枝丛，近看倒和冬天一样，远远地一看哪，却已经是有着绿茸茸的颜色了。还有夜间从空中发出的赶夜路的大雁声，仿佛有的在询问："到哪里宿夜呀？还远么？"仿佛有的是回答："不远啦？在山那边呢！你们没看见山后那座人工湖么？就是去年咱们宿夜的沙滩啦！"更给人一种春天已来临的感觉。就不必说，大地上已经有人，呼喝着牲口耕地啦！总之，这是自然史上的春天。

我们所说的却不是这些，我们所说的春天，是属于社会史范围之内的，再准确一些说，是报告我们农业史上又一个新的春天。

作为春天来临标志的第一批燕子，在北京市顺义地区出现啦！

四十里纵长的密云水库灌溉渠道，早已伸展过来，像马路一般宽阔，而每一道水闸两侧，都有东西两道横伸的灌溉支渠，支渠两岸，是毛渠纵横的田园式的小麦地、稻田、种植玉米的台田。

低压线如五线谱一样竖立在空中，分出来的线路尽处，是田间的电力扬水站。村子里的电力磨粉机，在昼夜旋转着，磨麦粉的年轻女工,包着头巾,戴着口罩,胸前扎着白布围裙。眉毛呀,眼睫毛呀,都挂着一层白霜,在忙碌中,高声谈笑着。

然而我们所说的春天来临的标志,还不仅仅是在水利、电力和闪耀在农村妇女的笑声上。

在顺义地区出现的第一批燕子,在呢喃地诱人春兴地作语,从它们的呢喃声中,透出这样一个消息:"我们的生产队,一九六二年按老少人口平均的粮食产量,每人已经超过千斤。"这就是说,一个农业人口平均生产了两个人的全年口粮,可以供给一个工业人口的需用量了。难怪有人听到这个消息,就俏皮地伸出舌头来,表示他们是多么惊讶,惊讶中又带着怎样的喜悦!

作为春天来临标志的第一批在北京地区出现的燕子,有一部分都在北小营公社集聚一起了。其间翼尾修整而最悦人的一只,却落在了上辇村。

一九六二年上辇的粮食总产量,按全村大小人口平均来说,每人生产的粮食不是千斤,而是一千二百斤。一个农业人口不是供应一个工业人口的需要粮,而是可以满足两个工业人口的需要量。

如果读者感到像听见在体育运动中出现了打破全国纪录的项目那般兴高采烈,那么,上辇村在一九六二年怎样夺取了这么高的粮食生产指标,还需要从头说起。

二 老队长拿的"底子"

人们说,上辇村的自然条件赶不上它周围的任何村庄,但在粮食生产量上却夺了帅印,挂了头牌,主要的在于党的领导。这话是确有所据的。

我们且从上辇第一生产队队长老贫农出身的共产党员戴长泰说起。

一九六一年上辇的粮食总产量,创造了打破有史以来的高产纪录百万斤挂零的指标之后,除了党支部书记孙举之外,在大队支委和各小队的领导干部的头脑中,都升腾起一种生产到顶的云雾,一九五七年的总产量也不过七十五万斤呀!土地面积不增加,还能高到哪里去!北小营公社的党委书记郭子绪在跃进会上指出来,要在战略上敢于蔑视自然,而在战术上又要重视自然,人是世界的主人。他问,在施肥量上,到顶了吗?

是呀,一九六〇年上辇养猪不过三百口,化肥不过三万斤。而一九六一年秋后呢?猪已经增加了一倍,化肥用到七万五千斤。肥字上,有潜力。

公社党委书记又问,种子呢?到顶了么?水田全部都换了"水元三百粒"的高产优种么?玉米呢?全部都换了高产优种"朝鲜白马牙"么?

是呀!大片的稻田的种子不纯,有的还是退化了的种子"银坊",说到高产品种"朝鲜白马牙",还是只占玉米三分之一的面积。种子上,有潜力。

水呢?小麦冬灌过么?上辇村因为一九六一年的小麦底肥不足,不敢灌。密植呢?还没有达到合理的标准。

总之,在跃进会之后,上辇的党支部书记孙举计划一九六二年预购化肥十二万斤,纯种"水元三百粒"订购万斤,全部稻田一律换。另外,在东直门外开辟了晒粪场。一九六二年的生产指标定为一百二十万斤;但这还有保留,对内是争取一百二十万,对外呢?却只说一百一十万斤。号召各生产队,八仙过海,各显其能。

那老贫农出身的第一生产队老队长戴长泰,感到肩头上的压力很大,当天晚上找到副队长孙明说:"你看怎么样?一百二十万,有把握么?"

那个年轻力壮的副队长说:"我看呀!够呛!"两个小队的领头人,背靠着墙,抽起烟来,谁都感到担子压人。

"什么时候开队务会议呀?"孙明问。

"咱们要不拿出个底子来,在队务会议上,光说一百二十万,非砸不解。"

"这个底子,就得你拿!"

两个人就这样谈起心来。那戴长泰说:"依我看呀!咱们还得从底下找。你说,咱们今年秋天,从地里拉回来的空秫秸,没有六十大车么?"

"六十大车,一棵棒子也没有呀!都给孩子们剥掉啃青啦。"

"要是加强田间护理,这不是又会多出万把斤粮么?还有给大风刮断的那片白玉米呢?棒子才这么点,都拉回来喂了牲口,那不又是百十车么?这不都是粮食么?"

你一言,我一语,两个人越说越兴奋。公社党委书记说过,种子上有潜力,原来的黄马牙品种退化了,结的棒子粗而短,若是换了白马牙呢?而且又开辟了肥源,大粪多啦,适当地再密植呢?

"玉米还要加密,行么?"

"行呀!"戴长泰说,"肥足不怕密,就怕不通风呀!咱们的玉米,都是台田,台田和台田当间,都有那么一道泉水沟,通风呀!泉水沟要是再加宽,种上稻子呢?"

两个人一算四十万斤的产量,贴谱,全村一百二十万,有门儿。一夜工夫,两个人春风满面地打下了底子,玉米要密植,稻子也要密植,而稻子喜欢的鸡鸭粪,还要另外开辟门路,要派人挑着担子,到四外的大村镇上去收购。

党支部批准了戴长泰提出的生产计划,拿出二百元现款,要他们从全村的水田面积的施肥量着眼,鸡鸭粪收购得越多越好。

党支部委员会并且做了这样的决定,为了在粮食上大幅度地增产,副业服从农业,在采石场、砖窑、灰窑上所得的利润,全部转到购买肥料的资金开支上,一窑烧砖四万五千,六百元一万,扣去二百元的燃料，一窑就烧出两千斤左右的化肥来。肥料上的投资，绝不吝惜，孙举说："钱上没问题，伙计们拿出本事来干吧！"

于是有的到京古铁路的牛栏山、京谷公路的杨镇，有的到密云县境的村镇，没出正月十五，到处就出现了"谁有鸡鸭粪，我买！"的喊叫声。

三　四队扭转局面

生产一向殿后的上辇第四生产队队长，是转业军人周兴如。这人生来魁梧，娃娃面型，眼不露锋芒，嗓音却响亮。在北小营公社召开的跃进大会上，他找到党支部书记孙举，说："举头儿！孙家坟西，那块洼塘地，芦苇长的那个样儿，改成稻田种水稻不好么？"

孙举当时说："好呀！那块芦苇没有什么油水，应该改。"

这个年轻的彪形大汉，信心很高，却没有想到他还没有回到村子，增产的消息已经在四队里传开去，并且议论纷纷地闹起来了。老年人说："一九五八年丰收，也不过七十万斤的总产，现在全靠风调雨顺，闯出百万斤的大关去，还要往上跃呀，就凭咱们四队的那些土地，难呀！"青年社员说："咱们不会要求调整土地么？"有的说："土地再好，领头的农业技术和经验不到家，也不行。要是再往上跃呀，除非走马换将，把地里精戴长泰调到四队来，换换队长！"也有的说："一队不傻，换人是没门儿，那还不及来个土地大换班，也不必耗费人力去争论、丈量。干脆，一队的种咱们四队的地，四队的种一队的地，牲口、农具不动。"

结果，第四队的男女社员有些就这样怀着抵触情绪，找党支部书记孙举，找大队长孙孟雄，要求土地大换班，再不，一、四队长来个走马换将，或者是土地调整，要不，第四队就不能攀鞍上马。就凭四队那些土地，累死牲口也打不出四十万斤粮食来，稻子地冷水泉眼又多，三十多万斤已经是百年不遇的走运的事儿啦！谁敢保，一九六二年还像一九六一年那样，要风有风，想雨有雨？

党支部书记孙举在公社里，是有名大公无私的干部，当时，上辇大队住土房的老社员，多半都已先后盖起了带玻璃窗的砖墙瓦房，而他，这个党支部书记却仍然住着自己的小土房，要等全村的社员都住上砖墙瓦房，自己再盖。自然在上辇群众中威信是高的。他说："你们四队开过队务会议了么？"

"还没有呀！"

"队务会议还没有开，你们这个要求是从哪里出来的呢？听队务会议的决定吧！"

"好啦！"第四队那些出头露面的社员，蛮有信心地说。

因之，当周兴如召开第四生产队的队务扩大会议的时候，社员们背后都欢欣鼓舞地暗传消息："要调整咱们四队的土地啦！"有的社员还笑着打听："是不是土地大换班？"出席这个扩大会议的人，谁也没想到，这个娃娃脸儿的彪形大汉却提出了这样一个问题："都说咱们四队的土地不好，那么村西那些种玉米的地，和三队的地紧靠着，还有什么高下之分么？"

"那是一样呀！咱们没说那块地！"

"咱们还是先说这块地。不比三队的孬吧？"

"谁也没说那片地比三队的孬呀！"

"可是咱们那块地比三队的多了十七亩，收了多少呀？不错，九万斤，可是三队呢？地还少十七亩，又打了多少粮食呢！那不是三队的会计周兴九也在这里，是呀！十二万八千斤呀！地是一样的地，这倒是什么道理呀？大家伙儿说说吧！"

是呀！这倒是实情，道理到底在哪里呢？人们冷静下来了，老年人的烟嘴在找烟口袋啦，年轻的在找纸卷烟啦！这可要用脑力思考思考啦！管理得不及时吧！锄头没跟上吧！底肥也不足吧！终于有人说："还是人力没尽呀！"

结论是，事在人为！

有人说："那么，咱们在蛤蟆窝开的那些水田呢？泉眼是那么多，凡是有泉眼往外冒水的地方，四遭一圈儿的稻子就'贪青'，一个泉眼就有一分地的庄稼不打粮食，还能说是人力没跟上去么？这能不说是自然条件不好么？"

周兴如说："要我看，还是人力没跟上去，唐指山水库，把玉子沟的山洪都管住了，难道咱们连冷水泉眼还管不住吗？"

"那怎么管呢？"

"咱们是没管呀，"生产组长李世昌建议，"要是管，还有管不住的。小泉眼，咱们填平啦！大泉眼挖沟立墙呀！"

原来要求调整土地的队务扩大会议，转为改造自然的计划会议，并且还决定了把芦苇塘改作稻田的用工量。

当年春季，第四生产队抽出二十七个劳动力，连续干了十九天，从泉眼口子周围，夺回了近十亩的收获面积。

地整好啦！种子"水元三百粒"，也准备运啦！一百二十万斤的大幅度增产，当前就在于肥了。

东直门外的粪场，各队已经派了专人，大车随到随装。上辇村南的堆粪场上，细肥已经堆积如山，玉米的产量是有保证了，问题就在于水田的鸡鸭粪啦！

四　世上无难事，只怕有心人

一队戴长泰派出去的人，挑着担子，有的到杨镇、牛栏山，有的到密云县境，转了几天，收买的鸡鸭粪也不过一车，眼看要出正月啦！三百五十亩水田的底肥，还没有着落，任务完不成，影响全村的大幅度的增产计划，那些收买鸡鸭粪的社员，挑着筐子，越走越远。有一天，三个挑担子的人在密云县城碰到一起啦！不用说，都是上辇的，有孙惟伦、李兴如、孙旺，谁的筐子也不满。天也晚啦！三个人就在南关一个大车店里住下来。晚上没事儿，就向开店的掌柜打听门路。

那店掌柜的说："县城里哪有那么些鸡鸭粪呀！要收，你们为什么不到青石岭那边去呀，那里有个北京市副食品公司设的家禽繁殖场。"

"卖吗？"

"国家的场子，支援农业，有党的政策，还怕不卖吗？"

到青石岭要翻十三道山梁子，为了粮食增产，有到胸口的水，也要挽了裤脚蹚呀！三个人一商量，第二天一早，兴冲冲地挑着担子奔石骆驼家禽繁殖场去了。在那里，他们发现了丰富的肥源，而且场方又热情，又慷慨，不要什么价款，只要求拉两车乱稻草，给家禽垫垫宿处就行。

党支部书记孙举听到三个人带回来的振奋人心的消息，把大队布置生产的担子，交给了大队长孙孟雄，自己带着四队周兴如，离开上辇奔密云去了。从此，上辇村的运肥大车在青石岭的山道上，来往不绝。

底肥是有啦！人人说："一百二十万呀！也许有谱哪！"

五　肥足通风不怕密

风里来，雨里去，经过一番辛勤功夫，五月间，水旱两类农作物的苗儿出齐啦，大地一片，尽是望不断的绿色。

上辇村西北，原是蛤蟆窝、茅草塘开辟的台田，一块一块，整齐如画，台田之间的沟渠一道一道却是稻畦，秀色似锦。且说那一队的台田，玉米苗儿留得密压压，株距不过九寸，两台田之间的稻畦子，同样是苗儿稠密，超过一般的水田。

第三生产队的男女社员，在队长孙钦、张茂两个小将率领下，每次扛着锄头从这路过，看到苗儿这样的密，就总要发发议论。

"这样密，还能结棒子呀？"

"人家是一尺四五，他们一队的株距不过九寸！哼！秋天，啃甜秸儿吧!"

"戴长泰可是地里精呀!庄稼地里的诸葛亮,还从来不冒风险,稳扎稳打呀!"

"诸葛亮也有失街亭的时候。"

三队这样说,二队的人也这样讲,但戴长泰听见全当没听见一样,心里说,往年肥不及今年足,哪敢密植,台田的肥足啦,又通风,凉快,这就不怕密!

等到小麦收割之后,那一队的庄稼,不管是沟里的稻子,还是台田上的玉米,叶肥、秸壮、色泽是绿里带黑。化肥用得适量又适时,在一般的庄稼地里是独居优势了。原来那戴长泰调动劳动力有一套,水旱两路活儿安排得又有节奏,本非他队的领导干部所及。三队的稻子三遍还没挠完,党支部书记孙举带着会计出动支援了,追了第一次化肥,哪还来得及二次,又要消灭玉米钻心虫啦!

回头耪三遍,再从一队所经营的台田玉米旁一走,人人都说:"今年咱们又输啦!"稻子,稻子也是一队的挂头牌。

"又密,色又正,这样的庄稼,还是几十年不遇的哪!"

队长孙钦、张茂问:"咱们怎么办?"

"密植是赶不上啦!化肥上找吧!"

"使多少?"

"越多越好!"

众口一声,一亩稻田,最多一次来它七十斤!密度赶不上,从穗子上找!

孙钦、张茂后来说,群众的意见,有的可以听,有的不可以听。我们的水稻,比一九六一年是大幅度的增产啦!可是要比第一生产队呢!不光密度不够,主要的是化肥又用多啦!偏偏赶上七月间那场大雨,给水一泡,肥使上劲啦!叶子猛长,秸可软啦!产量有了损失。看起来,农业技术上,生产潜力大得很。

六　灾年大丰收，全凭有水库

七月间，豆子刚结荚儿的时候，那场雨好大哟！五天五夜的降雨总量，已经达到三百五十毫米。如果不是在唐指山里修了水库，玉子沟的山洪下来，还不把村西北由蛤蟆窝塘改造的三百亩台田全冲毁了呀！如果不是公社化时候建立起来的密云水库，潮白河的水还不暴涨，把村西的庄稼全都淹了呀？

倾盆大雨的晚上，上辇党支部书记孙举挽着裤腿，穿着短勒胶靴子，正坐在共青团支部书记孙智家里谈天。

"就这样，也要减产！"

"要是一半天雨住啦！影响不大！"

"四队那六十亩玉米，化肥只播了十五亩，还有四十五亩，没跟上去，就是一半天雨停啦！地里进不去人，秸棵一放圆，再播肥就误了农时啦。"孙举完全是农民打扮，剃的光头，口含小烟袋，秀眉秀眼的。说罢话，又想起街道上积水很深，再别泡倒了牲口棚的土墙，压伤牲口，就从孙智家走出来了。

孙举刚走，孙智坐在炕上就听见什么地方咕嘟咕嘟地响，带着渤渤的流水声，再一看，吓！炕底下的鞋啦，空火柴盒啦，烧过的火柴杆儿啦，全都漂起来了。这时候，已经深夜十一点，桌上的矿石收音机还正广播京剧院的演出节目，院子里，街道上，全都是没膝的水啦。

党支部书记孙举，走到当街一看，黑压压的，雾蒙蒙的，雨如垂线，心想不好，不但牲口棚要检查，有的社员还住着土房，年久失修，不要砸坏人！看到老远有人提着马灯，带着一伙人走过来，原来是大队长孙孟雄准备带着那伙人去挖村当中积水坑的排水沟，孙举说，那里有周兴如一伙儿人在挖着，咱们还是先到各生产队里去检查牲口棚吧！有的牲口棚，又漏雨，墙角不牢靠，就叫饲养员把牲口一头头牵出来，牲口淋一夜不要紧，背上搭搭麻袋什么的，可不要墙倒了压着。

之后,来到军属孙广家,只见孙广老夫妇俩,拥被而坐,炕上是大盆小碗,地下是小碗大盆,那雨水从房棚上滴滴答答往下流,孙孟雄打发人出去找席子,给军属盖屋顶。孙举说:"今年丰收啦,明年,我的房不盖啦!檩啦!椽子啦!现成的,春天先给你们盖瓦房。"

"你要不是担任了党支部书记,砖墙的瓦房早住上啦!明年春天!你要再不盖呀!就是社员也不答应呀!"

那孙广老夫妇俩,只因为女的常闹病,住医院,大队的公益金就开支了五百元出头,对公社和党支部书记怀着百般的感激,哪里肯让孙举把自己的盖房子计划再往后拖一年。

孙举说:"要盖,咱们也一起盖,你们不住上瓦房,我不动工。单看咱们今年的总产量啦!"说到这,想起庄稼来。

走呀!今天夜里,鸡叫再睡吧!到田里检查去!

孙举带着一伙人,提着马灯,出村往西一看,怎么,公路西那千亩以上的庄稼,看不到稻子和大豆,只见水里露出来的只是一块一块的台田玉米秸子,白汪汪的,好大一片水呀!难道玉子沟下来山洪啦?难道潮白河发大水啦?

党支部书记孙举和大队长孙孟雄两人的脸色变了。当时心里一惊,再一想,不会呀!玉子沟的山洪有唐指山的水库呀!潮白河的上游有密云水库呀!

有人说:"准是南面的排水沟堵住了。这是地里的积水。"

孙举带着一伙人,没锨的回去拿锨,没镐的回去拿镐,披着雨衣,打着伞,到一里外的公路涵洞那里去了。

涵洞并没有堵住,原来泄水量小,所有公路西面的大小排水沟里的雨水,都积聚在那一面,而且越来越高,往回漫延开去,公路已经形成拦水坝。要排水,就只好破公路。要是水不排出去,太阳出来再一晒,庄稼在温热的水里一泡,还要打什么粮食呀!

孙举和党支部委员们一商量,赶紧请示县委,在公路上扒一个口子,再弄木头来,连夜搭桥,保证南北交通不受影响。水一退,就立时补好。

千亩以上的庄稼,就这样抢救出来了。稻穗挂泥倒伏了,用瓢倒水浇。紧张的劳动开始啦,浇过之后施化肥。三天之后,所有倒下去的稻子,又直挺挺地站起来。

秋收时节,庄稼垛到园场上,人们估计,一百二十万斤的总产,差不离。

谁想到呢?就是有经验的老农也出乎意料之外,上辇的粮食越打越多,上报的数字一改再改。最后的数字,不是一百二十万,而是一百三十三万斤,每个劳动日的超产粮不是两斤而是三斤。

人们喜笑颜开地议论:"今年是灾年,咱们还是个大丰收,全凭什么呀!不是建立了唐指山和密云两座大水库,今年呀!还不得伸手向国家要粮吃呀!"

"我们今年吃的是党的总路线粮食!"

春节时候,家家户户买年画,贴对联。在过去贴"吉星高照"的地方,贴上"如见主席",过去贴"抬头见喜"的地方,贴上"喜见主席"。上辇村的社员,心里开了花。

七　小贩扔了担子

一个劳动日的超产粮是三斤。全上辇村的社员,家家户户院子里的大囤装玉米,倒出闲屋来囤稻子。房子显得狭窄啦!院子显得拥挤啦!猪圈呢,也一样。原养一口的增加到三口,原有三口的增加到六口。

全村男女都是喜气洋洋,只有一户社员唉声叹气,累没有少受,粮食没见增加。春忙的时候,他不出勤,却挑着担子到外村去卖菜籽,卖茄子秧,大路不走,走小道。而天天和他作对的独生子,一年却干了三百五十个劳动日,光超产粮就得了千斤以上,光现款收入就将近五百元。人人说,苦葫芦秧子上结了个大甜瓜,孙维亮到底是初中生,这回把他老子孙永比得低头不响啦!

孙永终于在进行社会主义教育的社员会上,检讨了自己的投机取巧的行径,说:"葱籽里我加了细筛过的煤末子,本地黄瓜种当进口的苏联瓜种卖,就是这样,什么也没有剩下,走到哪里倒背着个不体面的名称。"他说:"从今往后,谁看见我自留地里长出菜籽儿来,就连根给我拔了去,见到我再挑着担子去投机,就把我的烟秧子筐给踢啦!"

今年春天,孙永天天出勤了。自然,因此取得了儿子的尊重,父子俩人谐美了。已经买下屋檩,准备一九六四年盖瓦房。

四队还有一个单尚林,除了自留地之外,还有四亩祖茔地,除了树木,还有二亩左右可种庄稼,单尚林年年在这块墓地上耕种,年年也得到一些收获,但一九六二年底在社员大会上,要求把祖墓之间的自耕地交到生产队上种,自己不要耕了。

"为什么?"

单尚林说,一九六二年他播了二十五斤黄豆籽,收了一百一十斤,去掉种子,只有八十五斤的收益。但他却花了整整七个劳动日,外搭十个午间的歇晌工夫,如果折作三个劳动日,那么这十个劳动日,在生产队上可得超产粮三十斤,外加十三元现款,拿苞米来说,是一百六十斤,这不是将近二百斤的粮食么?为什么凭着又体面又轻松的二百斤粮食不去拿,而却辛辛苦苦去为了那八十五斤豆子出些傻力气呢!

在上辇,集体生产力占据着绝对的压倒优势,所有的男女劳动力,已经是在这集体生产方面竞折腰了。

八　尾语

自然,上辇村军属孙广老夫妇俩现在已经住上了半壁砖墙的带玻璃窗的瓦房,一九六二年仅在劳动日上,大队就赠送了他们夫妇四百个,那就是说,超产粮有一千二百斤,现款五百元左右。而党支部书记孙举,也不得不在社员和干部们怂恿之下,扒倒了小土房,盖砖墙瓦房啦。社员们说:"书记的房子,不盖不行,还叫举头儿住小土房,我们的心里就不踏实!"干部们说:"我们宁可不栽园子里的蒜,也要把举头儿的房子盖起来!"

电力扬水站,建起来了,电力磨粉的砖墙带玻璃窗的厂房,也建立起来了。三月的上辇,是大兴土木及电力安装的季节。妇女们就在小队长率领下,分担着田间的备耕活路,田间的坑泥土和粪肥,在上辇周围一堆一堆的仿佛无数座小山一般。

运输力,除了拉砖拉石,还有固定的车辆来往通州家禽繁殖场,来往卢沟桥,运粪肥。

那些车把式们,情绪饱满,早上在积肥场卸了车,晚上又赶着牲口出发啦!走到顺义县城,往往刚是剧院散场的时候,百里的路程,次日的黄昏才到东直门外住宿,而且半夜又得起身,趁着夜深人静,通过北京市的冷静的夜道,经广安门东去,到卢沟桥正天亮。上辇的大幅度增产,和他们的辛勤生活,是分不开的。

一九六三年,上辇的总产指标上升到一百五十万斤。

大队长孙孟雄说:"生产潜力是大的,一九六二年,我们的大面积小麦,还没有超过一九五七年的产量,因为底肥不足呀!一九六三年的小麦,在冬播时,只油渣子拌细肥,一亩就是百十斤,粪肥就更多啦!而且冬灌两遍,管理上投工很大。大幅度增产,有保证。"

四队小队长周兴如说:"去年一队的产量比我们二、三、四队超产了三万多斤,我们今年要赶上去,主要的靠适当的密植,大幅度增产有保证。"

一队的小队长戴长泰说:"去年七月大雨之前天遭旱呀!大雨之后,直到秋收没有再见雨,豆子挂了泥有损失,玉米旱了,也有损失,今年有了电力灌溉设备,大幅度增产,有保证。"

还有人说:"化肥增加到十七万斤,二队填了庄外积水坑,又增加了播种面积。一百五十万斤没问题。"

这是春天来临的标志,第一批燕子已在北京地区出现了,它们有一伙儿,集中到北小营公社了,而上辇村只是其中妩媚的一只。

我们在这里庆贺这批燕子的出现,并预祝群燕飞舞的明媚春色,将要越来越浓。从北京的三月融雪的气息中,我们已经闻到一种属于春天的土地和花儿的芳香了。

一九六三年三月

轻工业中的一枝花
——访松花江胶合板厂人民工程师刘秀丽

一

哈尔滨香坊人民公社,有一个松花江胶合板厂,这厂有三十六年的厂史,现在生产职工有一千三百多名,在十年之前呢?工人的名额只是现在技工的尾数,可见生产发展之一斑了。

但在我们的概念里,胶合板厂是和关内的花砖厂相等的。在北京高级住宅里,铺地讲究用花砖。在哈尔滨呢?铺地讲究用花纹拼凑得相当雅致的胶合板,不过胶合板比花砖更有一种朴实的美感而已。胶合板厂和香坊人民公社其他的属于轻重工业的生产场所来较量,似乎是相等的,却又似乎是"无关大局"的。正像我们对木材的一般概念一样,总不外为建筑用品、家具之类的原料,是属于普通的生活建设资料。

到了松花江胶合板厂之后,我才了解到原来胶合板的价值,不仅仅在于为了建筑物的美观,主要的倒还是在于它的耐水、耐燥,在于它的坚固性。而且它的应用范围,也不仅仅是一般高级建筑物,主要的还在支援我们国内交通工业的建设。飞机要用它,海轮、炮艇要用它,火车的车厢,公共汽车的厢壁,都要用它。一九五八年"大跃进"之前,我们国内高级胶合板的生产量,还不能满足国内交通工业建设的需要,还要从国外大批地进口。现在松花江胶合板厂的产品,不仅要满足国内的需要,而且还能支援国外,换取钢材。因之,胶合板产量的提高,实际上等于钢材吨数的增高,这就说明所以没有给它应有的注意,只是由于自己的知识有限,见闻不广而已。确乎是一种"有关大局"的生产。不要说别的,只拿它的生产量来说,一天需要那么多车皮的木材供应,就可以想象到,这个厂为我们国家积累多少财富,增加多少吨进口的钢材了。

而松花江胶合板厂的产品,尽管以胶合板为主,但又开展多种经营,产品有十六项之多,除了制橡胶的酒精,还有人造丝。木材在这里不但和橡胶联系起来,而且和丝织品联系起来,过去我们对于木材的概念,是大大地落后于现实了。"大跃进"的生产速度,把这一概念推到一个新的意义的境地,我们在完达山脉、大小兴安岭见到椴木林子,不再仅仅联想到椴树蜜和养蜂人,而会看作是未来的一片丝织的绸缎。这已经大大超出原来的十九世纪对于木材的概念了。

因之,松花江胶合板厂的党委书记说:"木材里的学问是很大的!"

二

松花江胶合板厂的多种经营,是从伊春现场会议,听到省委杨易辰书记的关于木材综合利用的报告和指示之后,重视起来的。

党的领导是生产方向的灯塔,伊春林业现场会议所播的种子,在这里生长、繁殖、开花、结果,得到了初步的丰收。

党委书记说,一方面我们依靠上级党的政治领导,一方面又依靠群众干劲,依靠群众的劳动、智慧和技术。

松花江胶合板厂的化学技术员刘秀丽,就作为群众中的代表人物,在今年三月获得了"人民工程师"的称号,为哈尔滨市八个女工程师之一。

不久,这个已有几个孩子的母亲,穿着男式短大衣,和普通的技工装束一样,走进来了。在她的秀丽的面型中,还带着一种纤弱的神态,还看得出来是个南方型的女知识分子出身的人物。两只眼睛,大而黑,不用说,在工作中,她是蛮精细的。

在我们谈话中，她照例的很谦虚，又说，在她的业务上，深深体会到，知识必须和生产结合，正像理论必须和实际结合一样，只有这样，知识才有可能取得社会生命的土壤，才能开花结果，对人民做出有益的贡献。

"过去，我虽然是在大学里攻化学的，可是那些从书本上得来的一些化学知识，是一般的，不外乎是些别人从实践中所取得的一些化学公式而已。真正的知识，还是来到胶合板厂，参加实际生产之后，在党的培养和工人的实际经验帮助之下取得的。"她又补充说："科学的高峰是无止境的。自然，今天，还是积累了关于木材综合利用的初步的一些化学知识，而物质当中的潜在的化学成分是很丰富的，还需要不断地努力去摸索，把它们的内在物质，作为各种形式的财富提炼出来。"

"哪年您在成都大学毕业的呢？什么时候离开四川的，又怎么来到东北的呢？"

她说："我是一九四八年的毕业生，那时候的毕业还不是等于失业么？"她回忆式的，带着感慨的口气说："我打算毕业之后，找个工作，可以拿到工资贴补给弟弟妹妹们，供他们读书。可是在旧社会，没有什么封建关系可依靠，哪里能找到工作呢？我自己么？是依靠大学助学金和借债升学的，父亲是四川造币厂的工人，因病退休了。当时我只有找地方管事的保长，要托他在地方上找个小学教员的位置，这就要送人情。结果腊肉送了不少，可是工作还是找不到。以后，只好留在家里种地了，因为自己是当家的长女。那时候'赶场'想穿双鞋，连买鞋面布的钱也没有，只好打双带花的草鞋穿！"

直到全国解放的一九四九年底，东北森林局在川招聘技术人员，刘秀丽化学试验工程师才作为见习人员应聘，不用说，这种职业的获得在她看来是多么珍贵了，这种不需找门路的新社会，在她看来又是怎样新奇可爱了。不管路途是多么遥远,也不管北方的风雪在传说中是多么严寒可畏,她,怀着对于未来的热情向往,随同一起应聘的水利系刚毕业的爱人,到东北来了。初在林业系统的化学部门工作,一九五二年才调到松花江胶合板厂里来的!除了她在谈话中,还有四川口音,称"赶集"作"赶场"之类的语汇外,生活习惯已经完全是北方化了。她说:"去年到上海去参观、取经,就觉得南方实在热,受不了,哪有哈尔滨舒服呢?"

"可是刚到松花江胶合板厂里来,我是闹过情绪的!这倒不是因为气候。冬天,厂里有暖气设备,坐在化验室里,不用穿外衣,毛衫外头套上件白罩衣式的工作服就蛮暖和,问题是人事。"

党委书记这时候说,当时是刚刚来,接收这个小型厂。

原来,这个厂,是远在一九二四年,由英国资本家投资经营的,不用说,这个英国资本家,依靠黑龙江的富饶的木材资源,依靠三百多雇佣工人的劳动,和后期依靠日本帝国主义的势力,在二十八年的经营中,从工人的劳动里榨取的利润是相当惊人的。在我们接管之后,化学试验室里,全是原来雇佣的外国人员,他们内心怀着猜忌,怕我们的中国女化学技术员摸熟业务之后,解雇他们,因之,在配动物血液时,都是避开刘秀丽,暗地进行,不但不让她看,而且所有化学品的瓶子也不让摸,对闯进他们试验室里来的这个女技术员,全都冷眼相待。职业在刘秀丽当时看来,尽管是那么珍贵,但等到外出解手也需要向那些外籍化学师要钥匙的时候,感到终日如被囚禁的时候,就对自己的业务和未来失去信心了。尽管当时自尊心很强,但终于不得不找当时的人事科长诉苦了。当时的人事科长,就是现在的党委书记。

他告诉她:"你要知道,不管他们怎么固执,这个工厂是我们中国的厂,主权是在我们工人阶级的手里,半殖民地的时代,已经是过去了,他们是我们的留用雇佣人员,我们中国人是主人。"告诉她,应该站在这个立场上,耐性地去团结他们,一定要从他们那里学到有用的化学知识，为我们自己的经营打基础。

另外，党又派人到化学试验室里去，向那些留用的外籍化学师表示，中国的党和政府对自己派来的化学技术员是信任的，尊重的，因之，他们作为厂里的留用人员，同样要信任和尊重。

于是那些留用的外籍化学师，为了自己的位置和薪金，不得不向刘秀丽表示歉意了。而刘秀丽直到这时，才深深体会到党是给了她多么有力的支持，多么珍贵的信任。从此，在工作上和在生活上，总是紧紧依靠着党。如她自己所说："正像在家庭中依靠自己的父母一样。"同时，对于那些留用的外籍化学师的态度，也明确而坚定了。以一个主人的应有身份，毫无怯色和拘束地和他们相处了。以主人公所有的明朗而有礼貌的严肃态度来团结他们，并开始保管化学用品，掌握钥匙。直到圣诞节去某年老的外籍化学师家里做客，并积累了一些刷胶的化学知识，是经过一段勤奋的斗争过程的。

而最困难的还是一九五八年"大跃进"之后所碰到的新课题。自然，那些外籍化学师有的都早已回国去了，化学试验室里，只有她和两个年轻的助手。

当时，松花江胶合板厂，还是只生产普通的产品，因为"大跃进"不但产品要求高级的，而且生产指标也大大提高了。党委这时号召，一定要创造一种代用胶。

人民化学试验工程师刘秀丽说："我们所以能试制成功代用胶，主要的还是我们的化学知识和工人的实际经验相结合的产物。"

原来，在试验中，代用胶的胶合力怎样也还是达不到动物血胶的标准。刘秀丽在充满松脂和木材芳香气息的热压车间里，观察着、思索着。这时候，专门搞胶的老工人刘志勇站在她旁边，也同样观察着、思索着。在她久久的沉默中，刘志勇开始问道："是不是植物里含有酸质呢？"

她心不在焉地说："是有酸质，当然有酸质。"

刘志勇又说：“那么是不是应该把植物里的酸质拿掉呢？要不，把含碱性的化学原料投进去，就不是不起作用了么？”

刘秀丽的脸转向这个老工人，眼光凝视着他。那刘志勇看出来，她实际上并没有看他，而是在思索，并且突然那双黑而大的眼睛亮了，她说：“你再说说！是呀！酸质不拿去，碱性会和酸性中和了，对！"是那么兴奋和愉快，我们可以想象到的。她的脸色顿然现出年轻而又幸福的光彩来。她之所以兴奋、高兴，不仅仅是因为在试验中有了结果的可能，对工厂提高产品质量，做出了自己应有的贡献，另外，她也深深地体会到技术人员必须与群众相结合的道理。再说，科学知识，原本就是在实践中这样一点一滴积累而成的。结果，拿去酸性之后，果然，代用胶获得成功。

自然这是一方面，而我们党在生产上的号召是两条腿走路。在工人中，也在大胆地各自做着代用胶的试验。这就是细木板工人王福同志，他是自己背地里搞试验的，很怕搞不成，而闹笑话。他所试验的是一种需要非植物原料较少的混合胶。试制出来之后，因为细木板含的水分多，热压时间长，全厂都下班了，他匆匆赶到刘秀丽的化学试验室，要求她，是不是化学试验室可以等着他所做的试验——给他检定胶力的强固程度是不是已经达到要求标准。刘秀丽答应他，可以等着他，化学试验室一定帮助他，给他的制品做鉴定。结果，鉴定的混合胶质量，达到高级胶的标准。不用说，刘秀丽是在兴奋中向他握手道贺的；但一问配方的比例，工人王福在欢笑、鼓舞的情绪中，顿然发呆了。原来，他的试验是用勺子这里舀点那里舀点，哪里有准确的配方比例呀！经过刘秀丽的指点，他才知道，如果没有科学的数据，那么这种混合胶的质量是不会稳定的。果然，在再一次的试验中，质量又发生了变化，但王福已经知道做数据比例的记录了。经过反复的试验，终于获得了准确的配方比例，而松花江胶合板厂的产品价值，因此，由一立方米的胶合板三百元，提高为一千元，这种高级胶所制成的高级胶合板，完全达到出口标准了。

在这里充分体现了知识分子劳动化和工农分子知识化的生产和教育结合的方针的作用和它所取得的经济价值。

三

关于阔叶性木材里提炼人造丝的研究，同样是在党的培养和群众的创造基础上，经刘秀丽的奋斗、钻研而获得成功的。

开始，她领受了任务，被党选拔到天津去取经。在天津的兄弟厂里，原是由针叶木材里提取纤维的，而在黑龙江省来说，针叶木材不及阔叶木材的资源广。刘秀丽在天津纺织工业部门化学试验室里，接到松花江胶合板厂党委打来的电报，受到了鼓舞，终于钻研不懈，攻下了最后一道难关，从阔叶木材里提炼出人造纤维来。在国内，这还是个创举。

党委书记说，这一项业务的成功，意义是很大的。因为黑龙江缺少的是棉花，而多的是阔叶树林子。

因为十立方米的木材，可出六百公斤的人造丝，等于六千平方米的绸缎，可以代替五公顷土地的棉产量。这样一来，不是节省了大块的土地，也等于增加了粮食的产量么？

木材的概念，在六十年代的社会主义建设中的中国，从此变化了。

松花江胶合板厂，岂止是为高级建筑物和交通工具提供了精致而美观的胶板砖，而且为橡胶厂提供了原料，为人民提供了漂亮的闪光的丝质衣料。

从此，椴树林子、杨木林子，在我们的概念里和绸缎，和漂亮的衣料联系起来了。

只有我们的这个伟大的社会主义时代，祖国的轻工业才有这样的新奇而瑰丽无比的变化！

白衣指挥者和十六条生命
——关于哈尔滨医科大学附属医院门诊部的报告

一

哈尔滨医科大学附属第一医院门诊部,把十六名化学中毒的工人从死亡线上抢救过来的奇迹,报上已经刊载了。

我们说,这是奇迹,因为像这样的化学中毒病例,在哈尔滨医大的内外科大夫们来说,是从来未曾碰到过,而且当时,查遍了所有世界各国有关化学工业病例的文献,又没有特殊的紧急医疗方法可据。

那十六名化学中毒患者,有三名送到医院之后,不但昏迷不醒,瞳孔散大无光,呼吸急迫,嘴唇指甲发青,而且都四肢抽风式地颤抖不休。

我们可以想象到,大夫们采用口服中枢兴奋剂及各种抗生素注射、人工输氧等一般化学气体中毒的急救疗法不见效果,而出现"信心不足",急迫而又无可奈何的烦乱情绪了。

不怪门诊部主任大夫说,面对着这些重患者,我们深深感到祖国化学工业的突飞猛进。而我们呢?赶不上祖国建设形势的需要,在化工医学上,是远远落在后面,简直是"空白"。

但尽管如此,所有那十六名氰化氢中毒的轻重患者,还是被这些可尊敬的大夫及护士,从死亡边缘上,抢救过来了。世界各国化工医学史上所没有的医疗方法,现在已经在我们年轻的中国医院,独创性地出现了。

因此我们说,这是奇迹。省报记者在报导里把全部急救的医疗过程，称为空前的医疗氰化氢中毒的宝典，实在，并不是夸大。

正如所有在祖国各项社会主义建设事业上所出现的奇迹一样，不外乎依据一个共同规律而获得的。那就是，思想领先政治挂帅。科学并不例外。

二

我们知道，所有这些氰化氢中毒的患者，大部分都是在车间外的走道上抢救别人而先后倒下去的。由于化验新产品的工人还不了解化验中所严格要求的各项必须注意的程序，结果，氰化氢散布到通道上。开始是经过这条走道的一个女工中毒跌倒。原来在我们呼吸的气体中，如果有千分之一的氰化氢，就会丧失生命的。第一个女工跌倒之后，其他车间工人出来抢救，自然，开始还认为是那个女工有什么病突然暴发，不想一和走道的气体接触，本来是抢救人的，也立即触电式地倒下去，变为被抢救的人，就这样连续地先后中毒。一直到最后第十七个女工高红兰意识到出了事故，向厂部奔跑着报告时，也跌倒在院子之后，工厂党委书记才发现。从发现，到进院，仅仅三十分钟的时间，从这里，我们可以看出松花江化学工厂的党委，处事是怎样果断、敏捷了。而运输汽车，还是从兄弟厂借来的。

因之，所有这十六名气体中毒的男女工人，并非一般的患者，他们是满怀阶级友爱的战士，属于集体主义思想作统治地位的先进生产者。在生死的关键上，触电性的灾害中，他们是舍己救人的。

自然，事故发生，唤起化工厂所属的区党委重视、市党委的重视，更获得省党委的关心和重视。

面对着门诊部所有的内外、急救各科大夫对那三名处于弥留状态的重患者，失去信心，产生又急迫，又束手无策的烦乱情绪的形势，附属第一医院的党支部书记王维良说话了。

他是今年夏天才从部队上转业到医院的，一个有二十二年军龄的革命军人。身体魁梧，处事果断。

他以党支部书记的名义宣布，召集全院内、外、急救、门诊各科的会诊。此外，化验、医药、麻醉、护理各科主要人员全都参加。

在紧急的诊断会议上，党支部书记王维良，这个在党二十二年的教养下成长起来的人，善于以马列主义辩证观点来分析问题。既尊重个别医学权威和专家、教授的谨慎负责的诊断意见，又尊重青年医生大胆的，敢想、敢说的建议。他所依靠的是群众所形成的集体的智慧。

首先，青年医生曲仁海提出"人工冬眠"疗法，作为第一步措施，以安定三名重患者的神经，节省新陈代谢机能的大量消耗，延长患者生命，争取时间，进行第二步医疗方法的研究。

谨慎负责的负有声望的专家和教授，提出异议，因为"人工冬眠"突然降低血压，患者有的肺水肿，可能引起心跳停止，促成死亡。

党支部书记王维良在两者之间，必须紧急地作出决定。究竟施行"人工冬眠"，避免患者新陈代谢机能的大量消耗，以延长患者的喘息时间等待第二步医疗程序的决定好呢，还是任随患者自然发展，不采取什么相应的措施，就进行第二步的讨论和研究？

党支部书记王维良，在谁也不能保证患者这样抽风式的弥留状态究竟还能延续多少分钟的时候，如在指挥阵地判断敌情一样，以挂帅的身份决定，第一步采取"人工冬眠"的建议。

医生和看护按党支部书记的决定执行。结果，反应很好。三个严重的患者，安静下来了，尽管呼吸轻微，但脉搏并没有发生新的变化。

氰化氢中毒的医疗宝典的首页，就是从此开始的。第一个战斗是胜利了。

但这仅是从死亡手里抢夺医疗的时间，为正式医疗做准备，提供较宽裕的有利于研究方案的条件。

宝典的第二步医疗程序，也是主要的独创性的氰化氢中毒的正式医疗方案，也在各科大夫的二次紧急诊断会议上订定，根据二氧化氮中毒的原理推测，重点是在血液里，在于"红血球的铁质和氰化氢的结合"。因之，大夫们主张，重患者需要大量换血。

血库里呢，同志！却只有七八百毫升呀！而赵德贵一个人就需要三千毫升，等于六市斤的血液呀！三个人需要七八千毫升！于是我们那些充满崇高的集体主义的革命友爱热情的年轻护士们，以共青团员王伶俐为首，大声响应"输血"号召。但十几个人的供应是远远不够的。于是参加诊断会议的化工厂党委书记，在电话里发出号召，两百名以上的本厂和外厂的化学工人，纷纷响应，赶来"输血"。门诊部的走道上，队伍拥挤，一直延长到寒冷的深夜街头。崇高的阶级友爱，在这里是以那么热烈、激动，而又迫切的色泽表现出来。

但，赵德贵的侧肢静脉里没有血排出来，颈静脉里自然也不会有血了，患者的血液已处凝结状态。我们可以想象到大夫们的眼色是多么吃惊、惶惑，女护士们的脸色这瞬间，是怎样的苍白失色。

三个重患者，只有两人由颈静脉排出血，换过大量的新血液。

三

在第三次紧急会诊会议上，所有内外科的权威大夫、青年医生、院方病理学教授，都参加了。在一个问题上，犹疑不决。

赵德贵的静脉既抽不出血来，傅世英教授提出要切开脑动脉，按血液循环的原理，脑动脉在最后，总还会保留一些血液的。

问题是：患者血液的储存量已经是这样微小，再进行排血，是不是会影响生命，促成死亡？

问题是：脑动脉切开之后，是不是会由于断绝血液供应过久，使患者侧肢从此残废？

问题是：如果不切开脑动脉排血，怎么能大量换血？静脉已经是不存一滴血了呀！

楼上的大夫在争执，楼下的患者在微弱地喘息。这是间不容发、分秒必争的紧急形势。

党支部书记王维良了解到所有的大夫们的论点,以战斗指挥者的姿态决定。施行脑动脉切开,大量换血。至于一只手是不是残废,可以放在次要地位上去考虑,主要的是抢救生命。因为拖延过久,不换血,必致患者于死亡。静脉血液已凝结,就是根据。

大夫和护士按照党支部书记的决定执行了。赵德贵的脑动脉被切开了,只他一个人就输血三千毫升,排血一千三百毫升。

结果证明党支部书记决定的正确,赵德贵的呼吸力增强了,脉搏速度降低,趋稳了。

时间已经是下半夜,十三名氰化氢中毒的患者,已安全转院部医疗,门诊部只留下三名重患者,仍然是处于昏迷不醒的弥留状态。松花江化工厂和哈尔滨化工厂的献血工人,他们仍在焦急地等候着病人脱险的消息,从拥挤的门诊部直排到深夜的街头,他们的,属于工人阶级所有的友爱和热情的关怀,深深感动了门诊部所有的大夫和护士,他们一再地劝慰和宣告,换血的手术已经胜利完成了,所有的来人,都该回去休息了,因为,天亮之后,他们还有生产任务。但他们还不肯走,还要期待脱险的消息。有的直站到天亮。

四

哈尔滨医大附属第一医院门诊部的大夫和护士们,尽管劝慰哈尔滨化学工厂和松花江化学工厂的"输血"工人回家休息,但他们自己,却没有谁脱下白大衣来。

大量换血之后,党支部书记王维良又连续地召开了第四次诊断会议。所有化验室、医药管理部门,都来参加。

现在是我们在医学史上独创的氰化氢中毒医疗宝典的第三阶段的医疗方案的研究了。因为,尽管三名重患者危势已好转,但仍然还是处在弥留状态。

大夫们提出，赵德贵可能由于中毒引起肺水肿，压迫着心脏，必须透视拍照。但，若移动，仍然可能导致死亡。

在这里，党支部书记王维良决定，患者绝不移动，由护士连床轻轻抬到 X 光室去，进行透视摄影。

大夫们提出，要抑制患者内部的分泌物，提高血压，须用"考的松"，因为，患者仍然还吐血沫之类的液体，另外，还需要许多属于抗生素性质的贵重药品。

医药部门提出药费负担的问题，在我们这个优越无比的社会制度底下，药费还能由因公负伤的人来负担么？不管药品怎样贵重，当然应由国家来负担。党支部书记王维良同志说："不管什么贵重药品，只要大夫提出，院方批准，就该供应。"

但是所有链霉素、金霉素、四环素等注射之后不生效，大夫们提出的"考的松"和"红霉素"，院里没有库存。特别是"红霉素"，是我们的新产品，为稀有的珍贵药物。

我们必须在这里补充说，在连续召开的会诊会议上，团市委的副书记赶来了，区委书记赶来了，市人委工业局的局长和医药局的负责人都赶来了。

于是，医药局的同志，亲自率领医大的医药管理人员，半夜三更，去敲哈尔滨医药公司的大门，公司的党委书记和经理们一听是抢救氰化氢中毒的工人，库房的钥匙又给管理人带走了，在分秒必争的形势下，砸开了库房的锁，把仅有的全部"考的松"和"红霉素"，拿出来了。

在间续注射了这些珍贵药品之后，三名处于弥留状态中的重患者终于有两名在第二天的上午脱险了，这就是王桂兰和张维苹两个年轻的、在一九五八年"大跃进"当中刚刚从家庭里解放的妇女，前者已有七个月的身孕。

不用说，王桂兰的婆母在第二天去探望她的儿媳的时候，对党支部书记,对医院的大夫和护士是充满感激的泪水的。我们知道,很多青年医生如范大夫,很多的年轻护士如王纯如、万品兰等人都是已经连续一昼夜,没有休息地进行间续注射和护理,才取得这样的成绩,这光辉的战绩是集体的智慧、集体的行动所获得的。王桂兰的婆母,要找党支部书记王维良,她除了感激还有要求,她要求,不但保全大人,还要保全胎儿。党支部书记王维良作为诺言,向大夫们提出来了,主诊大夫当即作为附加任务接受下来。

五

但两名重患者的脱险和胎儿获得安全的战果,还不能算是全面的胜利,问题是赵德贵还是没有脱离弥留状态。

尽管赵德贵在第二天早晨,在别人大声呼喊他的名字时,曾经睁开过眼睛,仿佛那瞬间,还有听觉力,曾经带给大夫和护士们胜利的笑容、鼓舞和希望,但,仅只一瞬间,很快又恢复原状。十二点之后,呼吸越来越困难了。

党支部书记王维良,又召开紧急的会诊,包括耳鼻喉科、麻醉科主要医生,院方各科专家、教授在内。

大夫们,有的认为呼吸管超过应用时间,不利于患者呼吸系统排泄分泌物,应该拔除呼吸管,从喉下做切开气管的手术,便于吸痰。有的认为呼吸管便于加压给氧,呼吸急迫可能是片子上所显示的肺水肿及气胸的现象所致。而且喉下手术增加患者痛苦。

党支部书记王维良把增加患者痛苦这一点抛开,从宁可防其有,不幻想其无的慎重考虑,既然,呼吸管超过应用时间,不利于呼吸系统,必须拔开,就做了"喉下切开"的决定。

究竟是先拔除呼吸管,还是先动"切开"手术呢?仍有两种意见。

一种意见是,先拔除呼吸管,可能由于中断助力促成死亡;一种意见是,不拔除呼吸管,不便于手术的行动。

党支部书记王维良支持前一种意见，对后者提出改进操作的要求。

结果，外科大夫按党支部书记的要求执行了。气管一切开，就有阻塞呼吸的食物渣滓喷出来，又加吸器插入清理，呼吸道畅通了。

所有的大夫和护士，都又一次小声欢呼，这是政治挂帅、群众路线这一伟大方针的胜利。它不仅仅在工业建设上，在科学建设上，还在医学的发展史上，发挥了光辉的，宝石般的珍贵作用。

现在虽然患者的呼吸道畅通了，脉搏降低了次数，由于并发症的肺炎及肺水肿没有完全根除，仍然处于弥留状态。

这一天深夜，赵德贵的病势又转危，而"红霉素"和"考的松"又全部用完，哈尔滨市再也没有这样珍贵的存药了。

于是药局的负责人，给北京医药公司特药科挂长途电话。尽管按规定"红霉素"不是直接供应医院的药品，但特药科仍然慷慨地答应，要多少供应多少，因为他们知道，急需它来抢救氰化氢中毒的工人。并由他们和中国航空公司联系，第二天，药品就经航空运输到哈尔滨，转交到主诊大夫的手里。

这种全国一家人的集体主义的精神，崇高无比，不仅是抢救了处于危急状态的患者，也再次深深地教育和感动了医大所有的医务人员。

我们知道，在等待"红霉素"的同时，在党支部书记王维良主持的会诊下，又研究过X光照片，决定抽气，以减轻肺部对心脏的压力，等等。

总之，大小会诊是十五次，赵德贵在弥留状态中延续保持了两夜的呼吸，终于在"红霉素""考的松"，及各项抗生素的注射下，肺炎消失，肺水肿吸收，于十六日转好，十八日就完全脱险，神志完全恢复，等到我们去探望他的时候，已经在床下能够走动自如了，而那只做脑动脉切开挽救下来的手臂，仍然伸展自如，并未遗留下什么残疾。所有在门诊部进行抢救的十六名化学气体中毒的患者，没有一名死亡。

这是党的胜利，我们的优越无比的社会制度的胜利。

这是我们党的政治挂帅、群众智慧两条腿走路方针的胜利，也是高度的集体主义精神，共产主义风格的各方大协作的胜利。

让我们在这里庆祝氰化氢中毒医疗宝典的诞生，让我们在这里欢呼党在科学上领导的胜利。

十二月四日

八十年代一座农业里程碑
——窦店纪行

"广大农民多年来没有像今天这样高兴过。"

——录自胡耀邦总书记在党的十二大的报告

引　言

世界是动的！

不管是自然界，还是人类各民族组成的各自的国家与社会，都在由量变到质变的社会史发展规律中蜕化着，而质的突变速度，却又各自不同，有的以百年计，有的以千年计，但都在变化着！

地球不但在自转不息，据说，还在以每秒若干里的速度随着太阳系在往织女星座的方向前进着。

但这种变化，往往是为人们的直感不易察觉的。因之，香港有位才华出色的女诗人在一篇抒情散文中，提到一出门碰见的还是那个在公元前一万八千年或一万七千年就这样临空照耀着人间的太阳，还是公元前七千年或三千年就这么临空照着的那个太阳。反映了她的心灵深处，对于那个日日如旧的繁华而又褴褛，富丽而又穷困的大不列颠统治下的殖民地雇员式写字间生活的厌烦，在渴望着客观世界——起码是自身所处的环境与人事的变化。

公元前一万年人类的氏族社会生活，我们知道的还很少，公元前两千三四百年之间的奴隶制形成阶段的社会生活，我们中国的五帝金文、唐虞金文，却已有着青铜器上的象形文字的记载了。那正是舜都称"北"（读如亳），倡导背叛母权制所遗留的男赘于女方的"普奴鲁亚"式的婚姻风习和传统，极力推行"兄弟相背，各自为家而共耕封土"的维新制在意识形态领域中的反映。从此在东方，人类以血缘关系所组成的氏族集团式的家族公社生活才彻底崩溃，以个体为主的单门独户的奴隶制度下的小农经济才出现。在唐虞金文里，还留有"单壴卤"（郭公鼎堂称"单卤"或"壴卤"），这个单独立厨灶过活，并以此计划时代的维新事物为自己命名"单壴（古厨字）"的人，就是《史记·五帝本纪》之帝尧"不肖子"饰笔作"丹朱"的人物。到如今，对舜之帝都称"北"，在《诗经》里还空留"邶"的章目，而《日知录》注者还知道邶、鄁古一字，却已不知这个帝都的名称，是标志着帝舜倡导背叛母系之群婚遗风的古道。至于"维新"一词，虽还见于《诗经》，但其源、其古旨，前人却再也无法正确理解了！

今天照临我们头上的太阳，早已不是公元前两千三四百年之间那个"春分"位置居于金牛宫之位的太阳了。因之，早在宋代我国有名的学者苏轼，在《赤壁赋》中就说过：

客亦知夫水与月乎？逝者如斯，而未尝往也；盈虚者如彼，而卒莫消长也。盖将其变者而观之，则天地曾不能以一瞬；自其不变者而观之，则物与我皆无尽也！

是的，从变的角度看，江水之流，瞬息不同；而月之盈亏，日有差异，时秒在变。但从不变的角度来看，日月永在，江水永流而似未变。实际上，日月早已不是在原处，水流也是一瞬而过的。就地球绕日而运行的轨道来说，一年"复始"，也不是"回归"原地了！因为天体在运动中是以有"岁差"之别。积两千二百年之差有一"宫"三移，因而在日本以新城新藏为代表，在欧洲以十八世纪法国比约为代表的天文学家，还能根据《尧典》所载的星象，推算出它们确为公元之前两千三四百年之间的天文记录。今天，美国地理学会的会员，八十高龄的法学女博士亨利埃特·默茨，则根据她到墨西哥古印第安人文化遗址经过前后十四次的实践考察，创建了中国人于公元前两千二百年已到达美洲的学说[1]，而在那些遗址里出土的标有虞舜兄弟之辈的族称"亚"字，在唐虞金文中就有命氏金文的记载。《尔雅·释亲》"两婿相谓曰亚"是母系制遗风于虞舜未当政前的存在反映。对于公元前两千三四百年之间以及公元前一千一百多年殷周两世交替的变化，我们且不说了。就本世纪四十年代中期，我们终于在民族革命与民主革命的两大战争中都取得辉煌的胜利——遣送数以万计的业已投降的日本侵略者及其家属回国。变化之大，是抗战初期我们的南京沦陷敌手，我们的男女同胞为日本军国主义者屠杀约三十万之多的时候，很难想象到的。蒋介石王朝由一九四五年冬撕毁"双十协定"到前后有八百万之多的部队，全部覆没，仅仅是不足五年的过程，而在我们东方就出现了旭日东升般五星红旗。这些震撼世界的"质"的变化，又是四十岁左右的人都曾目睹耳闻的。这是两次由量变而一旦达到的突然的质变。

  笔者在这里要向读者介绍的是直感不易觉察的在质变过程中的量变的典范事例。也就是说，在向共产主义质变中的社会主义某些方面量变的事实。首先，它是以体力劳动与脑力劳动的差距逐渐在量的方面的消失反映出来的。

  这就是笔者从北京市郊区窦店公社的窦店大队访问中所得到的直感。这是我们祖国本世纪八十年代在农业现代化进程中的一座里程碑！我们来到这个里程碑的前面，就如来到了可以瞭望到共产主义理想之乡的远郊区，仿佛那理想之乡的辉煌而灿烂耀眼的高度文明与高度民主的宫殿之顶，我们已经遥遥在望了。

---

1 见一九八二年六月六日袁先禄之专访《墨浓情浓》。

窦店之行的启机

我和北京市郊区的窦店公社窦店大队从无来往，和这个大队的党支部书记倪振亮同志，更是素不相识。在庆祝中国共产党诞生六十一周年的座谈会上，我们走进铺有地毯而广阔如小型球场的大厅里来了！

座谈会的气氛既欢欣，又庄重，是北京市市长焦若愚同志主持，市委第一书记段君毅同志讲了话。可以说，参加人除笔者与记者外，大都是来自首都基层党组织的优秀代表：这里有西单区新华书店门市部的年轻的女书记，有中年秃顶的大学教授，有王府井百货大楼的模范售货员，也有属于轻工业纺织印染部门的工程师、工艺设计者，以及党在清华大学的学生支部的代表。他们坐满主席台两侧与对面的三条铺有桌帏的大长案后面，共有五十九人。谁在这个座谈会上都想发言，而谁也不愿多占发言的时间。在党的三中全会以后，他们有多少话要在这个吉庆的节日里讲呀！因而人人的眼光闪着兴奋，情绪激动而神色又是那么端庄持重。

窦店大队的党支部书记，风度潇洒如无须的诸葛，就在这样的气氛中说话了！这是一个年在五十左右的城镇老干部。蓝布制服，一口地道的北京腔，口齿利落，柔中含甜。说的话极平淡，不过举了几个数目字，但这些原本为诗人不感兴趣的数目字，却各有各的色泽，反映了各自所属的时代。那仅仅不过十分钟的讲话，仿佛来自社会主义一座小小的峰岭之巅。如果说，党中央的三中全会已形成旭日再升般的天宇，那么站在这座峰岭之巅的讲话，离天也不过咫尺之间。说明政策贯彻得好，窦店仿佛是反映了各有关农业政策的一面宝镜，一卷反映了农业现代化与联营计酬生产责任制的显影明晰的胶卷。

倪振亮这个窦店大队的灵魂式人物说：

我们窦店,

过去是有名的"破街烂镇",

七七年,"四人帮"垮台已经一年,

我们窦店,

还欠着国家贷款!

粮食总产,

论斤已超过三百万,

可是社员日子过得很艰难,

大半都吃国家的返销粮,

有的还靠政府救济款。

劳动日值八角九分钱!

数字这样可怜,

社员们还交口赞叹!

都说,日子有缓口气的希望了。

因为在那史无前例的十年,

劳动日值一年不如一年,

到了最后

毛主席随着周总理、朱老总相继而逝的

那一年,

我们所属的第十三生产队,

劳动一天,

只拿一角九分七厘钱!

大批"唯生产力论"的年月,

兴的是"吃大锅饭","穷过渡"。

社员坐在田间,

净抽烟。

男的打扑克,

女的织毛线。
买盐拿不出一角钱!
得用一个鸡蛋换!
但今天,
我们的粮食,
论斤已近六百万。
还是那些庄稼汉,
因为农业机械化的实现,
农业劳力解放出来十分之三。
因为"联营计酬责任制"的实现,
农业劳动力又解放出十分之三。
都转到了工、副业战线。
劳动日值,
一年胜一年。
去年结账,
一天两元八角五分钱!
零头也顶得住七七年。
十家三户有电风扇!
今年春天,
公社分配国库券的任务,
是七千,
我们一传达,
自报交款的数目,
超额一万元。

  我已经离开农村很久,在"牛棚"就住了近十年。从半封建半殖民地的旧社会的三十年代开始,从在北京图书馆与山东会馆的寓所接触了马列主义的理论，接触了十九世纪的世界名著（包括高尔基的作品）开始，我不是一直在梦想着这样一个与城市的差距缩小的农村，人人勤劳而又富裕的生活自如的理想之乡么？长征途中沿路流着斑斑血迹的红军战士、雨花台刑场壮烈牺牲的约十万名以中国共产党人为主的烈士，还有闻名于中外的瞿秋白、方志敏、诸无产阶级领袖人物，以及在东北抗日战场上以杨靖宇将军为代表而壮烈殉国的先烈们，不都是为了在中国的神圣国土上驱逐出日本帝国主义的侵略部队，取消各式各样的不平等条约，而建立这样一个不以土地、资金与生产资料进行剥削，而以劳动之勤惰计酬的理想之乡么？如今在我们国土上这样一个可以瞭望"理想之乡"的远郊区出现了！它既然离北京又这样近，我当然要去走一趟。尽管我腿脚不灵，拄着我的六楞木手杖，我也要去！因为三十三年当中，我有二十年是年年背着行囊跑农村！

窦店街上静悄悄

七月天，正是麦茬苞米扬花的季节，我终于来到了距离火车站足有八里路的窦店。

相传，窦店是唐代初年窦建德在这里作战牺牲的战场。相传，从窦店镇的东面到西面，还有五里一墩的古烽火台的遗迹。但我却不是为了考古而来的！我来窦店，是为了"勘探未来"！

我要从机耕土地面积的数字上，从农业的科学化程度上，测量测量这个窦店大队在中国农业现代化的路程上，走了多远，尤其是近四五年来马列主义农村经济学的新发展，在这里出现的标志！它必然会以工农业的生产比值与劳动日值之类的形式出现，我要据此探察一下，衡量衡量，距离那个共产主义理想之乡，究竟还有多远，是不是还那么渺茫无边，要走两三个光年？

窦店不小也不大，原有千户，都住在镇上。当中是个十字路，隔作四大片，分为十三个农业生产队。南北是条土筑的三级路，宽而平坦，路面坚实；东西却是三合土筑的二级公路，短途公共汽车经过这里去房山县，路口是中间站。这条公路不算宽，倒也扫得洁净。近十字路口是一家长方形两层楼国营百货商店，斜对面是门面大开的饭店。不是逢五的集日，饭店前却摆着私营的羊肉摊，还有几席堆在地上的西瓜、辣椒、黄烟和大蒜，冷冷清清，不见人往还。说明窦店的农民都在田间勤耕于各自的责任田，不到午间，没有回还。这是窦店村镇的第一个特点。再就是东西两端，几乎户户都是新建的红砖泥顶的农舍，家家有个小方院。那小院或带有猪栏，或种着向日葵、芝麻和黄烟。而且家家窗玻璃，擦得明亮耀眼，有的是上半部绿纱窗，十有九户是漆着屋檐的檩头，画着门窗上的横梁，而且窗棂不都是方格，有的是四角等边宝石形，有的是方孔铜钱形相连环，说明了窦店的农户，确确实实过得不但富裕而且喜悦！反映了窦店农业社员内心对于今天的社会主义现代化进程中的生活，怀着无限欢欣与赞美！

十点正是工间操的时间，不知从哪里突然出现了三三两两的年轻的姑娘。你说是农家女吧，脚底下却是嘚嘚作响的半高跟皮鞋，穿的是双排扣的新式夏装，或是白底小蓝花罩衣，或是黑底红牡丹的短衫。肥口西式裤或灰或蓝，完全不是二十年前农村妇女所喜欢的大红大绿的打扮，而是带有知识分子所欣赏的素雅色调，或红黑相间，有点浓烈如火的西方色彩了！是的！东西走向的那条二级公路的一头，有窦店公社的花园般幽雅的疗养院，但女护士没有那样多。南北走向那条三级土路上，有挂着自行车零件厂招牌的县办工厂，但没有一个姑娘戴手套，身着油腻的工装裤！那么这是些什么人呢？后来才知道这些姑娘原来都是窦店大队的联营服装加工厂的女工，都是在七九年前后陆续从农业上调到厂里转业为工的。不但从她们的衣着款式和色彩上反映出来她们对于美的观点，已经深受北京王府井或前门大街的感染，而发生了变化，更从她们步履健捷，神色匆匆，感到时间的节奏。这种节奏已经是现代化，或具体点说，是工业化的时间节奏了，有如上海街头的行人步伐的节奏。这与原来在北京街头提着鸟笼坐茶馆,以及拉着骆驼进西直门的步伐节奏,相差确似一两个世纪一般!从这里我感到窦店的面貌已经有种不同于六十年代北京郊区村镇的样子。在这些工休时间出现于窦店街头的年轻女工的装饰与打扮上,分明有种什么混合型的东西,一时说不清楚。而工休时间一过,街上仍是静悄悄的,越发显得镇南遮天的一片杨树丛中,蝉鸣响亮,显得当头太阳更加炎热。有什么外地小贩嘹亮的叫卖声隔着东西二级水门汀马路,在背阴胡同里也听得清清楚楚。越发显得五日一集的窦店街镇的寂静。

整条南北大路都是空荡荡的!而人们却都各自在镇外的责任田里忙碌着,有的干些机械中耕之后的扫尾活,有的看守着高压抽水泵。电滚在急速地旋转,千米以下的深井,水不停地往外流着。人们都在各自所属的厂房、车间忙碌着,粉状综合饲料在不停地流着,瀑布般流着。服装厂排排满员的缝纫车间,脚踏机声喳喳在响,针头起落声陀陀在响。压棉机车间的马达在转,成捆的原棉变成薄如毛毡的成品,如流水般流着。剪裁车间的电剪像小型剪草机一样,沿着约三五米长的大裁案的缆绳在来往,马达同样也在迅速地运转。那么些穿戴整洁扎着工作裙的年轻女工,各自都在忙着赶超自己的责任定额。是单纯地为了超额奖金么?我们在一个成品车间门口,参观一个熨衣女工操作。电熨斗在她手里同样不停地来往,机械般来往,另一只手在翻着布面大衣的两袖,是那么熟练,动作有着音乐般节奏!有着这样灵巧两手的女工,一抬头,在那漂亮面型上,闪着两只透明水晶般的大眼睛,带着既欢迎我们来访,又无暇招呼的神色与微笑,又低头于自己手握的电熨斗了,显然她对于自己的业务不仅熟练,而且对于自己的熨衣技艺,很得意,对于自己应付自如的属于手工业方面流水作业的劳动节奏,简直是有点自我欣赏与陶醉!

"一天能熨多少件大衣呢?""日产量的定额,个人是五十件!六分九秒钟完成一件,是责任定额,我一天完成六十五件。"

全厂年产大衣二十多万件，仅八二年上半年上缴国家营业税十四万，纯利十二万五千元。足见时间的分秒，在她们是多么珍贵了！因为在这里不仅仅是关系到个人的长征突击手的荣誉，还关系到车间集体的荣誉！难道人是为了奖金活着么？不是为了祖国与民族的荣誉而献身么？不是为了要在二十年之后置身于一个有着高度文明高度民主的社会主义现代化强国之中么？从这个女工的欢欣的面型和操作的姿态看，这不是个一般的女工，说不定是个共青团里的优秀人物，一个共青团的车间组长，懂得为了一个共同的理想而生活得有那么点儿骄傲气，有那么点儿自豪气！

因而我贸然地问："你一定是个高小毕业生吧？"

"我么？高中毕业！"

她，这个漂亮的女熨衣工，正说话之间，眼一抬，仿佛是偷眼相瞧，要看看我们听到回答之后的反应，是不是目瞪口呆！这姑娘好机灵！好乖巧！我虽然没有瞠目相对，但确确实实感到自己对于祖国的农村的概念，已经落后了二十年。我的农村概念仍然停留在六十年代所形成的人民公社初期的印象上。原来这个有着红砖泥顶大车间的属于大队联营企业的服装加工厂，初中、高中毕业生在三百挂零的年轻女工中占百分之八十以上！

显然这已经不是六十年代的农业公社的一般社员了，而是八十年代一些身着女工服的中级的知识分子！

于是原来在街头上产生的一个朦胧的思想，从那些工休时间匆促而过的健捷步伐所显示出来的属于工业流水作业的快速节奏上感受的印象，此刻变得清朗如画了。这就是说，从她们穿戴衣裤的款式与色彩的选择上，甚至于在这方面所透露的风韵中，都明显地反映出来她们的审美观已经不是中国农村的传统所属的了，而是有了现代化的或是说城市化的趋向了！自然，这种意识形态的变化是取决于存在，来源于存在的。在窦店的农业社员家庭中，电灯、自来水、电风扇、收音机与电视机、沙发、大衣柜，不都标志着城乡差别在逐渐缩小吗？更不用说作为交通工具的自行车，早已代替了京西的小毛驴，成为户户必备的最普通的东西了！

而城乡差别的缩小，正如一个金币的两面，它的另一面就是共产主义因素成分的扩大。是的，我们说过，在窦店联营的服装加工厂的三百有零的女工中，不是标志着体力劳动与脑力劳动差别同样的是大幅度地缩小么？此外是工农业之间的差距了。

而且在窦店，从小麦播种、施基肥到灌溉、喷药、中耕、按科学需要分期分类施氮磷钾化肥，直到收割、脱粒，甚至于剥玉米棒子、玉米秸的收割打捆、做青贮饲料等，都已经全部机械化。因之，才能使农业战线上三分之一的劳力解放出来，而余下的三分之一，用到各自定量包产责任田上的机械辅助工，保证灌溉时不漏水，喷药灭虫时解决机械达不到的地边角落的管理。

窦店农村的发展反映在生产的产值上，就是农业产值不及工业、副业、手工业（包括烧砖厂、制造珐琅铜器等手工艺车间）、畜牧业（包括肉牛、家禽饲养场，养猪场）的队办联营企业的产值比率了！

总之，在窦店，笔者明确地感到，中国的农村已经走上了复兴之道！当然，要使中国整个的农村都进入富裕之乡，还需走一段遥远的路程。至于二十年内达到"小康"的要求，那是可以预期的。而今日的窦店，则可以说是为中国农村的建设树立了一个里程碑。是不是这样呢？这可以从全国的农业现代化建设的水准来衡量！

我们的运气真不坏，在窦店大队党支部书记倪振亮去周口店公社做报告归来的第二天，从全国著名的河南七里营公社来了七名干部，在八里外的窦店火车站下车，步行走到这个窦店做调查来了！七人当中有地委机关的干部，有县委级的干部，还有七里营公社一级的干部。我们要听听从这个来自全国有名的典型社会主义农村公社七人观访团的意见。

贵在开创新局面的速度

我们再次越过南北向马路,走向我们住的那所有着向阳两排玻璃窗的办公小楼的院子。这里同样是静悄悄的,贴院墙的几棵冲天杨树上,蝉鸣"知——了"声交织一片,但树荫底下,自行车纵横地陈列着,可见会议室里正在召开着各生产队与联营企业管理人的会议。是田间检查的总结,还是研究肉牛饲养场扩建奶棚的设计?是服装加工厂的福利建设基地需要砌浴池花砖,还是要研究本届高中毕业生在各生产队的分配名额以及从各生产队选拔到队办企业的分配名额?由于队办各个企业的发展,奶牛场要在肉牛饲养场的基础上扩建,要选调将去房山县城受训的挤奶员、奶牛饲养员,邻社在讨换数以千斤计的小麦优良品种……我的脑力已衰惫,于是回到自己的住宿室休息。

傍晚,我外访回来,只听到队里的面包车的马达嘟嘟响,有人上车,有人围着车门,握手相送。很遗憾,原来河南七里营的来客是要赶当天晚上的火车归去,午前开的是窦店联营计酬生产责任制的情况介绍会。倪振亮书记的谈话,我们单独听过,他以前对部队参观团的讲话录音,我们也一再播放过,实际上我们仍愿列席再听听,尤其是还有那七名步行八里路赶来"取经"的典范公社的三级领导干部。他们到底有什么观感?做出了什么样的评语?

倪振亮同志说:"给他们印象最深的,是我们窦店大队的各项联营企业发展以及农业机械化科学种田的发展速度。我们在这三四年当中发生的变化,若在他们,花的时间会比我们长得多……自然,我们在各方面还不及他们!我是七三年去参观过的。今天,我们的分配赶不上他们的劳动日值价码高,社员家庭用的电风扇、电视机也没有七里营的数字比例大,但我们只有一点,给他们的印象深,那就是'发展迅速'。"

是的!我们到窦店参观服装加工厂的时候,男女职工还是三百五十人，但一周之后，我们告别的时候，名额已超过三百七十人。七一纪念座谈会的时候，窦店大队响应北京市委满足城市居民需要的号召，——筹办奶牛场，这仅是党支部的口头计划。两周之后，我们到达窦店的时候，已经派出了采购员，汇出了专款。当我们临走的前一天，夜间值班室来了长途电话，说奶牛已经从唐山车站发车了！我们临走的时候，肉牛饲养场还未动手扩建，十头奶牛已经进了饲养场，而且有一头当天一早就产奶五十斤。

资金要变为生产资料，生产资料要变为商品，商品再变为生产资金！窦店的发展就循此规律而来的。它的联营经济发展速度超过全国有名的典范公社。

我们说过，如果窦店大队不是由于党中央三中全会在农村各项政策上的利剑，斩断了由于"吃大锅饭"，由于"穷过渡"，由于大批"唯生产力论"等等束缚农业生产力的种种钢丝与绳索的束缚，就解放不了第二个百分之三十的农业劳动力，那么只靠农业的机械化解放出来的第一个百分之三十劳动力是不会有今天的。现在是几乎全大队五分之三的劳动力转业到服装加工、烧砖、建筑工程、手工艺品生产、饭店、饲料加工、畜牧场等等各项联营的队办工、副业战线上来的局面了！总之，那种靠国家救济、政府贷款吃返销粮过活的年月，已经是属于历史的记录了。虽然仅仅过去五六年，但毕竟是过去了。这说明，我们党的三中全会确确实实开创了社会主义在中国光辉发展的新纪元！

窦店大队社会生活面貌和三大差别的大幅度的缩短的速度就反映着社会主义在中国共产党十一届三中全会以后所驾驶的奔往共产主义理想之乡的历史巨轮的航速。这是质变的速度，它是以不断的量变的形式出现的。

正如一分钟转速在五千转以上的电柱轴承的速度，它是与刀具、刃具的科学角度的切削功能密切相关一样，劳动生产的速度，以及从健捷的步伐上反映出来的社会生活的节奏，是与联营计酬的生产责任制密切相关的。它标志着——中国农业建设的现代化。只要到达这座农业建设现代化进程的一座里程碑,那么它将发现共产主义理想之乡,不是如幻境那么的渺茫,而是遥遥在望。因之,我选窦店为我们中国农业的社会主义现代化建设进程中的一座里程碑。

国庆三十三周年节日完稿

《初春集》编后语

一

《大上海的一日》与《夏忙》两集的报告文学,都是一九三七年"八一三"上海抗日战争爆发之后的作品。前一集是在茅盾先生主编的《呐喊》以及其后改称《烽火》的周刊上发表的,而后一集除首篇《失去暖巢的人们》外,大多是作者离开"孤岛"式的上海——经茅盾、胡愈之两先生的资助和安排,并受冯雪峰、王任叔两同志具体的指导和协助而转赴浙东——于一九三八年春在嵊县三界茶叶改良场前后两个自然村创办起两所农民夜校——之后的产物。有的是在茅盾先生继《烽火》之后主编的《文艺阵地》上发表过。当时由于环境关系,文中人物大都用虚名代替,事实虽然未变,但失去"报告文学"的特有的"真实"色泽,而近于速写式的文字了!

《白衣指挥者和十六条生命》(关于哈尔滨医科大学附属医院门诊部的报告)、《轻工业中一枝花》(关于松花江胶合板厂的报告)、《当轧钢厂在香坊诞生的时候》,还有访北京郊区农业先进生产队而写的《春天的报告》以及《一九六二年秋天在苇河》,又都是六十年代初(作者下放黑龙江一两年之后),在《黑龙江日报》文艺副刊或《北方文学》等刊物上发表过的。除了后两篇曾经分别刊载于《人民日报》副刊及《人民文学》之外,可以说由于年代久远与地区的限制,这些报告文学是为广大的青年读者所未接触过的。因为这是属于两个时代而又是产自南北两个地区的作品,虽然统称"报告文学",但中间却相隔二十五年以上。作者呢?也已经由一个十九岁的年华正茂的青年，成长为四十五六岁的中年人了。因之，从前后两部分的"报告文学"对比中，不但分明地反映了两个截然不同的生活时代，也可以看出作者在文学方面所经过的历程，更可以明显地得出一个结论：生活，只有生活，才是文学艺术的源泉。这应该是当代革命现实主义文学艺术旗帜所指的方向。

二

如果说，前一部分文字都是属于新批判现实主义的产物，那么后一部分的文字才能说是属于六十年代的当代革命现实主义初期的作品。

当代革命现实主义的文学，应该说是我们社会主义文学艺术领域中的主流。依据作者个人的理解，在七十年代末的"祝辞"发表之后，用我们的一般流行的话来说，它应是歌颂与批判相结合的社会主义文学。自然，属于主要以形式或表现方法为"创新"目标的社会主义文学艺术，就不在这个范畴要求之内了。

我们所说的当代革命现实主义的歌颂，并非粉饰现实；我们所说的批判，在这个领域内又不等于"暴露阴暗面"，它们应是当代革命现实主义文学艺术这个"金币"的两面，正如阳光与阴影，是不可分割的。

但在这一点上，作者这些发表于六十年代初的"报告文学"，歌颂有余，而在批判方面又有所不足。

例如《当轧钢厂在香坊诞生的时候》，虽然开始提出了问题，就是说，原为五金生产的这个小厂，还在"大跃进"之前，原料就已经不足了，已经处于待料停产的阶段了。作者在这里歌颂的是以黄功铎、刘长义等为主的先进的老、青两代技术工人，在促使这个专以生产装油大铁桶为主的"五金"厂转业于轧钢的建设性创造精神——改变客观世界的精神，而对于装油大铁桶未来的生产和需要方面的问题（阴影）就置于文外而不提了。在这里说明作者虽然感到问题，提出问题，但却还认识不到当时党的"总路线"还有过"左"的问题。而在文学创造上，只教条式地尊奉"歌颂无产阶级光明者其作品未必不伟大，刻画无产阶级所谓'黑暗'者其作品必定渺小"这一论点，而且做了机械的理解和绝对化的看待。还没有认识到，在无产阶级还未掌握全国政权，或开始掌握政权，而统治力还不十分巩固时，是一个历史阶段；而在全国解放十五年前后，正当祖国欣欣向荣，党的威信崇高如峰，无产阶级政权稳固如山时，又是一个历史阶段。

因之，这些报告文学，虽然是真实地纪录了一个时代的侧面，歌颂了应该歌颂的那些科学技术领域里的医生、化学工程师，还有老、青两代技术工人的创业精神，但也带着"批判"不足的弱点。自然，这也是属于时代本身的"烙印"。现在就让它们保存在这里，作为历史侧面的一个橱窗式的展览品吧！

如果在四个现代化的建设中，它们还能给人以激励的作用，那就说明，它们还有一定的现实意义了！

当代革命现实主义的文学艺术，应该是不受时代阶段的限制的，尽管它还带着初期的弱点。

此外，是"书评"两篇：一是评丁玲同志著《我在霞村的时候》，这是一九四五年，该集在重庆出版之后，作者应冯雪峰同志之约写的；一是《读诗小论》，这是田间著《抗战诗抄》的读后感。同样都为广大青年读者所未见过的文字，虽写作年代不同，却仍列在一辑里了。

还有《大兴安岭散记》三篇，曾在《黑龙江日报》文艺副刊发表过，而《纪念高尔基，学习高尔基》是五十年代之始在"高尔基逝世十四周年纪念大会"上的讲话稿。这次大会是由山东大学校长华岗同志召集，作者当时是应约在青岛讲学。《我们带回来的是什么？》为陪伴山东省文联主席王统照先生率领的山东省政府代表团（王当时任省文教厅长，作者曾任省文委会委员），春节慰问杨得志司令员为首的十九兵团归来之后的收获。如今，华岗同志与剑三先生都已作古，留此两篇兼志作者对两公的悼念之情。

三

《我的创作历程》是根据——一九七七年十二月二十八日《人民文学》召开的"文学工作者会议"中——作者在小组会上的一次发言，追记、整理的。

这次发言，后经《人民文学》编者根据记录发表的那部分，只是作者在正式发言之前的一段"插话"式的引言，许是时间过于仓促吧，这段插话式的引言，作为综合报导发表时，未及给作者过目，因之有一点失误，还有一点用词不明确的地方，如"我还记得后来批'第三种人'，也是在党的领导下进行的"，就兼备这两点。

关于鲁迅批判"第三种人"的杂文，载于《准风月谈》，这是一九三五年作者在北京山东会馆寓居时，作为"禁书"阅读过的；而关于两个口号的论争却是一九三六年春末，我由哈尔滨逃亡上海以后，从零售报刊上知道的，因之，"后来"两字就把两件事的时间次序颠倒了，这是一点失误，却很关键；而在"党的领导下"，是作者原本说得含糊，实际上，是指瞿秋白同志对于鲁迅先生的思想影响，因为当时关于瞿秋白同志，中央还未及做结论的缘故。所以形成用词"不明确"了。总之，我的主要发言，在于《我的创作历程》，它具体地说明了在十七年的作者创作实践中，究竟是站对的"红线"呢，还是"黑线"；同时它也反映了一个当代革命现实主义作家的成长，是和中国共产党的文艺工作组织者的关心以及其执行的方针政策分不开的，过去是这样，现在是这样，将来也会是这样。

全国第四次文代会期间，远方朋友曾关心地问我："为什么你这样沉默？"说从"简报"上见不到我的反应。《我们如处春天》就是我在北京市代表团小组讨论会上，作为"发言"而朗诵过的一首诗，以后又在香港《文汇报》文艺周刊上发表过。

今天，我们是处于促进社会主义祖国实现四个现代化的历史新阶段。因之，在我们祖国社会主义上层意识形态领域里的文学艺术，就反映了这个新的历史阶段的形形色色，确在形成着一种百花争芳的繁荣局面。

作者诗里提到"歌颂"与"批判"是一块金币的两面，这是作者个人读"祝辞"后，对于当代革命现实主义文学艺术所肩负的历史使命的理解。自然，属于新批判现实主义（不等于"暴露文学"）的社会主义文学艺术，还有新"西方"式或又称之为"意识流"派的文学艺术，是不在此限的。

当代革命现实主义的文学艺术是继承了过去的革命浪漫主义和革命现实主义相结合的创作方法，重点在于"生活"的实践，而不是单纯着重于表现方法上的"探新"。过去，要歌颂刘胡兰、雷锋，要歌颂张志新以及张志新式的典范人物，批判落后的、阻碍历史前进的那些属于半封建半殖民地社会的遗留势力、作风、习惯；今天，它仍然要歌颂足以影响我们社会主义祖国处于新阶段的风尚的典范人物。在祖国奔向四个现代化的长征途中，难道我们"邓小平式的"船长，以及《大雁情》《固氮蓝藻》中的科学家，"榜上无名，脚下有路"而攀越科学高峰的新一代典范青年还少么？而阻碍他们攀登科学高峰的属于封建官僚的势力，不应该批判么？这些应是当代革命现实主义文学艺术所要探索的对象！诗中抒感未尽，现在就趁这本集子出版的机会，补充说明如上。

一九八〇年秋

关于我的报告文学及其他
——《诗文自选集》编后记

一

本集分上、中、下三卷。

上卷的《大上海的一日》与《夏忙》两集都是一九三七年"八一三"上海抗日战争爆发之后的作品。前一集是在茅盾先生主编的《呐喊》以及其后改称《烽火》的周刊上发表的,而后一集除首篇《失去暖巢的人们》外,大多是作者离开"孤岛"式的上海——经茅盾、胡愈之两先生的资助和安排,并受冯雪峰、王任叔两同志具体的指导和协助而转赴浙东——于一九三八年春在嵊县三界茶叶改良场前后两个自然村创办起两所农民夜校——之后的产物。有的是在茅盾先生继《烽火》之后主编的《文艺阵地》上发表过。当时由于环境关系,文中人物大都用虚名代替,事实虽然未变,但失去"报告文学"的特有的"真实"色泽,而近于速写式的文字了!

中卷的《白衣指挥者和十六条生命》(关于哈尔滨医科大学附属医院门诊部的报告)、《轻工业中一枝花》(关于松花江胶合板厂的报告)、《当轧钢厂在香坊诞生的时候》,还有访北京郊区农业先进生产队而写的《春天的报告》以及《一九六二年在苇河》,又都是六十年代初(作者下放黑龙江一两年之后),在《黑龙江日报》文艺副刊或《北方文学》等刊物上发表过的。除了后两篇曾经分别刊载于《人民日报》副刊及《人民文学》之外,可以说由于年代久远与地区的限制,这些报告文学是为广大的青年读者所未接触过的。因为这是属于两个时代而又是产自南北两个地区的作品，虽然统称"报告文学"，但上卷与中卷却相隔二十五年以上。作者呢？也已经由一个十九岁的年华正茂的青年，成长为四十五六岁的中年人了。因之，从前后两卷的"报告文学"对比中，不但分明地反映了两个截然不同的生活时代，也可以看出作者在文学方面所经过的历程，更可以明显地得出一个结论：生活，只有生活，才是文学艺术的源泉。这应该是当代现实主义文学艺术旗帜所指的方向。

二

如果说，上卷文字都是属于新批判现实主义的产物，那么中卷的文字才能说是属于六十年代的当代现实主义初期的作品。

当代现实主义的文学，应该说是我们社会主义文学艺术领域中的主流。依据作者个人的理解，在七十年代末的"祝辞"发表之后，用我们的一般流行的话来说，它应是歌颂与批判相结合的社会主义文学。自然，属于主要以形式或表现方法为"创新"目标的社会主义文学艺术就不在这个范畴要求之内了。

我们所说的当代现实主义的歌颂，并非粉饰现实；我们所说的批判，在这个领域内又不等于"暴露阴暗面"，它们应是当代现实主义文学艺术这个"金币"的两面，正如阳光与阴影，是不可分割的。

但在这一点上，作者这些发表于六十年代初的"报告文学"，歌颂有余，而在批判方面又有所不足。

例如《当轧钢厂在香坊诞生的时候》，虽然开始提出了问题，就是说，原为五金生产的这个小厂，还在"大跃进"之前，原料就已经不足了，已经处于待料停产的阶段了。作者在这里歌颂的是以黄功铎、刘长义等为主的先进的老、青两代技术工人，在促使这个专以生产装油大铁桶为主的"五金"厂转业于轧钢的建设性创造精神——改变客观世界的精神，而对于装油大铁桶未来的生产和需要方面的问题（阴影)就置于文外而不提了。在这里说明作者虽然感到问题,提出问题,但却还认识不到当时党的"总路线"还有过"左"的问题。而在文学创造上,只教条式地尊奉"歌颂无产阶级光明者其作品未必不伟大,刻画无产阶级所谓'黑暗'者其作品必定渺小"。这种把两者对立的论点,而且做了机械的理解和绝对化的看待了。还没有认识到,在无产阶级还未掌握全国政权,或开始掌握政权,而统治力还不十分巩固时,是一个历史阶段;而在全国解放十五年前后,正当祖国欣欣向荣,党的威信崇高如山,无产阶级政权稳固如山时,又是一个历史阶段。

因之,这些报告文学,虽然是真实的纪录了一个时代的侧面,歌颂了应该歌颂的那些科学技术领域里的医生、化学工程师,还有老、青两代技术工人的创业精神,但也带着"批判"不足的弱点。自然,这也是属于时代本身的"烙印"。现在就让它们保存在这里,作为历史侧面的一个橱窗式的展览品吧!

如果在四个现代化的建设中,它们还能给人以激励的作用,那就说明,它们还有一定的现实意义了!

当代现实主义的文学艺术,应该是不受时代阶段的限制,尽管它还带着初期的弱点。

此外,是"书评"两篇:一是评丁玲著《我在霞村的时候》,这是一九四五年,该集在重庆出版之后,作者应冯雪峰同志之嘱写的;一是《读诗小论》,这是田间著《抗战诗抄》的读后感。同样都为广大青年读者所未见过的文字,因为年代不同,就分列在上、中两辑里了。

还有《大兴安岭散记》三篇,曾在《黑龙江日报》文艺副刊发表过,而《纪念高尔基,学习高尔基》是五十年代之始在"高尔基逝世十四周年纪念大会"上的讲话稿。这次大会是由山东大学校长华岗同志召集,作者当时是应约在青岛讲学。《我们带回来的是什么?》为陪伴山东省文联主席王统照先生率领的山东省政府代表团(王当时任省文教所长,作者曾任省文委会委员)春节慰问杨得志司令员为首的十九兵团归来之后的收获。如今，华岗同志与剑三先生都已作古，留此两篇兼志作者对两公的悼念之情。

三

下卷存文七篇，新、旧体诗共四首，都是我们祖国一九七六年十月革命揭开"继往开来"的历史新篇之后的写作了。

内中《我的创作历程》是根据——一九七七年十二月二十八日《人民文学》召开的"文学工作者会议"中——作者在小组会上的一次发言，追记、整理的。

这次发言，后经《人民文学》编者根据记录发表的那部分，只是作者在正式发言之前的一段"插话"式的引言，许是时间过于仓促吧！这段插话式的引言，作为综合报道发表时，未及给作者过目，因之有一点失误，还有一点用词不明确的地方，如"我还记得后来批'第三种人'，也是在党的领导下进行的"，就兼备这两点。

关于鲁迅批判"第三种人"的杂文，载于《准风月谈》，这是一九三五年作者在北京山东会馆寓居时，作为"禁书"阅读过的；而关于两个口号的论争却是一九三六年春末，我由哈尔滨逃亡上海以后，从零售报刊上知道的，因之，"后来"两字就把两件事的时间次序颠倒了，这是一点失误，却很关键；而在"党的领导下"，是作者原本说得含糊，实际上，是指瞿秋白同志对于鲁迅先生的思想影响，因为当时关于瞿秋白同志，中央还未及作结论的缘故。所以形成用词"不明确"了。总之，我的主要发言，在于"我的创作历程"，它具体地说明了在十七年的作者创作实践中，究竟是站对的"红线"呢？还是"黑线"？同时它也反映了一个当代现实主义作家的成长，是和中国共产党的文艺工作组织者的关心以及其执行的路线分不开的，过去是这样，现在是这样，将来也会是这样。

全国第四次文代会期间，远方朋友曾关心地问我："为什么你这样沉默",说从"简报"上见不到我的反应。《读'祝辞'有感》就是我在北京市代表团小组讨论会上,作为"发言"而朗诵过的一首诗,以后又在香港《文汇报》文艺周刊上发表过。

今天,我们是处于促进社会主义祖国实现四个现代化的历史新阶段。因之,在我们祖国社会主义上层意识形态领域里的文学艺术,就反映了这个新的历史阶段的形形色色,确在形成着一种百花争芳的繁荣局面。

作者诗里提到"歌颂"与"批判"是一块金币的两面,这是作者个人读"祝辞"后,对于当代现实主义文学艺术所肩负的历史使命的理解。自然,属于新批判现实主义(不等于"暴露文学")的社会主义文学艺术,还有新"西风"式或又称之为"意识流"派的文学艺术,是不在此限的。

当代现实主义的文学艺术是继承了过去的革命理想主义和革命现实主义的创作方法,重点在于"生活"的实践,而不是单纯着重于表现方法上的"探新"。过去,要歌颂刘胡兰、雷锋,歌颂张志新以及张志新式的典范人物,批判落后的、阻碍历史前进的那些属于半封建半殖民地社会的遗留势力、作风、习惯;今天,它仍然要歌颂足以影响我们社会主义祖国处于新阶段的风尚的典范人物。在祖国奔向四个现代化的长征途中,难道我们"邓小平式的"船长,以及《大雁情》《固氮蓝藻》中的科学家,"榜上无名,脚下有路"而攀越上科学高峰的新一代典范青年还少么?而阻碍他们攀登科学高峰的属于封建的势力,不应该批判么?这些应是当代现实主义文学艺术所要探索的对象!诗中抒感未尽,现在就趁这本集子出版的机会,补充说明如上。

骆宾基年谱

1917 年

1917 年 2 月 12 日（农历正月二十一日），出生于吉林省珲春县商埠地韩家大院一个小商业者家庭，本名张璞君。父张青山，又名张成俭，在县城经营有名的"通聚号"茶庄。母张金氏，勤于女红。父母均出身山东省平度县的贫困农民家庭。

1920 年

在父母怀抱中，经朝鲜渡海过烟台，回祖籍山东省平度县张舍乡廉家村探亲。

1923 年

冬，在隔街为邻的韩家府邸设立的私塾上学。启蒙老师为宅主——清末珲春县唯一的满族秀才"三先生"。读《三字经》《百家姓》《幼学琼林》《唐诗合解》。

1924 年

春，考入县立二级小学，为初小二年级一班插班生。

1927 年

"通聚号"茶庄负债倒闭，全家由商埠地迁入铧尖茶庄院内。家业由此衰落，仅靠"占荒地"和母亲做女红维持生计。

冬，初小毕业，又转北河沿后街李罗锅油坊大院读私塾。

1928 年

春,全家三迁至西门外北河沿后街"协合永"酒坊遗址。由于地处边境地区,战争气氛很浓,但仍去李家私塾走读,已读完《诗经》。

1929 年

春,三转南河沿后街私塾。先生是由莱阳特聘到关外,却原是一位江湖郎中。故,秋季四转位于城里祖师庙的张海涛先生私塾就读。同样,只是背诵《诗经》《古文观止》《论语》等,并不开讲。

1930 年

再次考入县立二级小学,插班高小一年级。恰逢北平香山慈幼院刚毕业的高才生、地下党员白泉泰来当班主任兼国文老师,带来五四运动后的新学风,开始接受革命启蒙教育,第一次听到"打倒列强,救中国""共产党救中国"等进步言论。

秋,学校成立学生自治会,当选学校图书馆负责人。

1931 年

九一八事变次日,学校停课,白泉泰老师声情并茂讲解都德的《最后一课》,感受到文学名著的震撼力。

秋,以老师白泉泰、教育局长郎程久及好友初中生周树东(1936年在汪清牺牲,时任东北抗日联军第二军副师政委)为首,毕业班学生前往九十里外的东兴镇,参加后改编为东北抗日救国军第六旅的王玉振营。遂报名,因年龄偏小被列入第二批入伍名单。不料被父母发觉遭阻止。

秋末,九一八事变后,"占荒地"被日本关东军霸占。随父母到珲春城郊黑顶子山,在仅有三户人家的九道泡子村垦荒务农。投军未果。

1932 年

夏,只身返校复课,寄宿同学家。

秋,全家四迁到京剧大舞台西侧的杨家小院内,租屋一间半。逢哈尔滨水灾,小学与初中学生联合演出赈灾话剧。首次观看《娜拉》与《威尼斯商人》的演出,知道了挪威有易卜生,英国有莎士比亚。

冬,高小毕业。同班同学穆学武由东兴镇王玉振旅解甲归来,谈及参军后的种种经历,是为三年后写作《边陲线上》之主要素材来源。本欲效仿白泉泰老师去东兴镇投军,但得知王玉振旅已"接受敌伪改编",白泉泰老师和周树东等人已加入共产党东满党组织领导的"东北人民革命军",即放弃。

1933 年

春节之始,为了摆脱日本奴化教育,父亲安排随胶东爱国同乡、前王玉振旅医官孙梅魁离珲春,经朝鲜平川回山东平度老家。一路听孙梅魁讲述战斗见闻,是为写作《边陲线上》之素材来源。在平度等待筹措考学费用期间,务农、自修,深感苛捐杂税下中国农民的贫苦生活,是为日后写作长篇小说《人与土地》之素材来源。

暑期,接到父母从关外汇款后赴济南,考取私立正谊中学黄台分校,读初一。

秋后,接到父病危消息,赶回家时父已病故。辍学。

1934 年

春,母亲变卖仅存的全部土地,与两妹妹一起随母亲送父灵柩回山东平度,家资耗尽。此后仍务农。

夏，母以私蓄供去北平，拟报考公费东北中学。因错过报考时间，暂寄居"山东会馆"。去北京大学，旁听胡适讲哲学史、闻一多讲《诗经》等名家讲座。

秋，转北平图书馆自学，阅读鲁迅的《淮风月谈》、茅盾的《子夜》，以及托尔斯泰、狄更斯、契诃夫等名家著作，对日后的文学创作风格有很大影响。同时自学英语。

1935 年

借助《英汉词典》已能初步看懂《富兰克林自传》原文版及莫泊桑《两渔夫》等短篇小说英译本。开始接触马克思理论，对苏维埃有了初步了解，萌生了去苏联留学的想法。

夏，与友人同返珲春，拟越境赴苏联东方大学求学，但由于边境已被日本关东军封锁，转赴哈尔滨，进入道里七道街的"精华学院"学俄语，为赴苏联做准备。后和校方商定，成为学校提供免费食宿的初级英语和国文补习教员，初步实现经济独立。通过好友介绍，与《大北画报》编者、地下党员金剑啸相识，在交往中得知萧军、萧红的作品，坚定了走文艺创作道路的信念。

1936 年

春节前，第三次返珲春，与中国大学肄业的同乡狄耕（张棣赓）相遇，商议在哈尔滨创办文艺刊物，定名"艺蕾"。春节后，与狄耕同回哈尔滨。

4 月，因阻止同校日籍教员安本元八欺辱中国同事，被其向日本宪兵队告密有亲共嫌疑，不得不逃离哈尔滨，赴上海。

5 月，在上海法租界汶林路二十七号一栋两层洋房的亭子间里，开始第一部文学作品——长篇小说《边陲线上》的写作。

7 月至 9 月间，以张依吾为笔名两次与鲁迅先生通信，希望对已写就的《边陲线上》前两章予以点评。得鲁迅先生回复：只看部分章节不好评价，且身体不好，同意作品完成后再看。

10月，赶写完成《边陲线上》全稿，但突闻鲁迅先生病逝噩耗。幸逢茅盾先生同意看稿。不久，应邀赴《文学》杂志社见到茅盾先生，作品得到茅盾先生的肯定，并表示将向出版社推荐出版。因受到茅盾先生的鼓励，坚定了从事文学创作的信心。茅盾先生先后向生活书店和良友书店推荐，均遭退稿，再向天马书店推荐。

冬，与狄耕迁居吴淞。狄耕邀来萧军初次见面（也是新中国成立前仅有的一次见面），相谈甚欢。

1937年

除夕前，为一旦再遭退稿拟自费出版回平度筹资后返上海，住法租界美化里。

5月，地下党员、中国文艺家协会发起人、上海天马书店主编王任叔（巴人）亲来探望，并告知经茅盾先生推荐，天马书店已决定出版《边陲线上》。

6月，在悼念高尔基逝世一周年之际，作《他永远活在我们心中》（署名金敫）发表于《东方快报》，这也是第一篇公开发表的文章。

7月，抗战全面爆发。

8月，"八一三"淞沪会战爆发。立即前往上海文艺界救亡协会报到，参加"上海青年防护团"支援前线。以骆滨基为笔名，从火线上陆续发回《救护车里的血》《"我有右胳膊就行"》《拿枪去》等多篇战地报告文学，在茅盾先生主编的《烽火》上连续发表，引起极大反响。

9月，投笔从戎，与诗人辛劳一起参加准备赴敌后打游击的"别动队"，领到枪支后，连夜急行军赶赴前线"大场"。在《烽火》上连续发表《在夜的交通线上》《大上海的一日》等多篇战地报告文学。

10月,因发现"别动队"混进不少军统特务,遂与辛劳一起离开。先在辛劳、陈亚丁负责的马思南路难民收容所任宣教员,巴金前来探视并送稿费。后转木刻家曹白任所长的康悌路难民收容所工作,茅盾先生与上海地下党组织负责人冯雪峰前来探望。鉴于当时上海租界已成孤岛,经茅盾先生建议并资助路费,由胡愈之、王任叔两位介绍,到浙东嵊县茶场从事基层抗日救亡活动,行前冯雪峰邀约在鲁迅寓所面谈,告知"民族的希望在西北……毛泽东是东方的巨人……"并将自己的黄呢子军服相赠,以壮行色。

12月中旬,经绍兴抵达嵊县,经著名茶叶专家吴觉农介绍,与嵊县"乡村救亡协进会"领导者、嵊县地下党组织负责人张珂表相识。随吴觉农赴金华浙江省建设厅"农业技术推广所"报到,被任命为"建设厅农业技术员",并以此合法身份为掩护。12月24日,在钱塘江大桥爆炸声中,与撤退人流逆向相行,抵达吴觉农任副场长的嵊县三界茶叶改良场,从事浙东前线抗日救亡组织宣传工作。

1938年

以嵊县茶场为基地,在附近两个村庄创办农民夜校,宣传抗日运动,并组织了由新任场长吕允福为首的"茶场抗日救亡宣传队",以及"乡村救亡协进会三界分会"和"三界地区小学教员救亡联谊会",在上虞、绍兴、嵊县交接地带逐步扩大抗日救亡运动规模,也因此受到时任宁绍特委领导人邢子陶的重视。

2月,创办油印《七七周刊》。正逢国民党16师48旅驻防"三界"地区,旅部设于茶场。经请示张珂表后,与旅长刘勋浩个别接触,做抗战宣传。

2月至3月,以嵊县"乡村救亡协进会三界分会"名义,向48旅官兵展开抗日救亡宣传,引起强烈反响。

4月,经宁绍特委邢子陶介绍,加入中国共产党。出席嵊县县委会议，任县委第一任宣传部部长。积极组织抗日宣传工作，募捐并捐出自己全部积蓄，协助开办地下党联络站"群力书店"，出色完成上级党组织交给的任务。同时，创作《在庙宇里》《失去了暖巢的人》等战地报告文学作品，发表于《文艺阵地》《烽火》等进步期刊。

5月，第一部文集——《大上海的一日》报告文学集，由巴金主办的上海文化生活出版社出版，茅盾先生给予高度评价，并亲自撰文推荐。

5月至12月，边从事抗日宣传组织工作边写作，中篇小说《罪证》，短篇小说《夏忙》《第四个孩子》，战地报告文学《落伍兵的话》《意外的事情》，散文《戏台下的风波》《夜与昼》等多篇作品相继发表。

1939年

1月，赴上海，王任叔前往探视并款待。

2月，受王任叔委托，专程赴浙江义乌神坛村冯雪峰家，送交新出版的《鲁迅全集》。与冯雪峰长谈三夜，深受教益，影响终身。在《文艺阵地》上发表多篇报告文学作品。

3月，为纪念三八妇女节，创作多幕话剧《十八世纪末到十九世纪初》，在嵊县演出获得成功。创作《东战场别动队》等战地报告文学、散文和评论，发表于《文艺阵地》《鲁迅风》等刊物。回到茶场仍主持"茶训班"教务，但政治环境逐渐恶化，县城内地下党组织秘密联络点"群力书店"遭查封。

5月，由于茶场抗日宣传活动的出色表现已引起县国民党党部的注意，为保存实力，经嵊县县委安排赴嵊县中学任教，创作短篇报告文学《两只箱子》。

9月，创作短篇小说《千人塔下的声音》，发表于《文艺阵地》。第二部文集《夏忙》由上海文化出版社出版。

11月，接时任宁绍特委书记杨思一电话，调绍兴主编《战旗》。

自此,这本由第三专员公署主管的期刊,就掌握在了绍兴地下党组织手中。

实际上的第一部作品——长篇小说《边陲线上》的手稿,被王任叔从遭遇日军轰炸的天马书店中抢救出来,最终得以在巴金任主编的上海文化出版社出版。

1940 年

年初,赴金华"国际新闻社金华分社"为《战旗》组稿,遇邵荃麟、冯雪峰、聂绀弩、葛琴、辛劳等好友,并应友人之邀赴温州度除夕。接到黄源自皖南新四军来信,邀约去苏北前线采访,以报告文学反映陈毅"梅花桩"战术在敌后根据地所取得的辉煌战果。

2月至4月,写作评论文数篇,发表于《战旗》。

3月,日军突然在六百亩头登陆,并侵扰萧山。第三专员公署撤退,遂离嵊县,决定去皖南。行前再去义乌乡间,四会冯雪峰并辞行。

4月,在金华等待交通关系期间完成中篇小说《吴非有》,部分章节发表于《现代文艺》。浙江省文委领导人邵荃麟以个人名义写了一封致新四军军部的介绍信。

5月,中篇战地报告文学作品《东战场别动队》由上海大路出版公司出版。

6月,在金华出席秘密举行的纪念高尔基逝世四周年晚会,次日与林淡秋等同赴皖南,步行十多天抵达云岭新四军军部。由于交通封锁,未能去苏北敌后游击区采访,暂留新四军军部宣传部任编辑。

7月至8月,中篇小说《罪证》连载于《文阵丛刊》。

9月至10月,因不能去敌后采访,同时党组织关系始终未转到军部,经军部李一氓批准回浙东,行前组织部长曾山亲自交代回浙东后和地下党组织联络的"暗号"。不料,回到浙东发现形势已大变,地下党组织领导的"国际新闻社金华分社"已空无一人,邵荃麟等相熟同志都早已离开。几次往返金华、嵊县皆无法找到地下党组织。碰到另一位地下党员竺可羽，但他当时也无法找到党组织。自此失去了党组织关系，成终生遗憾。

第三次赴义乌乡间冯雪峰家，冯雪峰建议赴桂林从事文学创作，并资助旅费。

年底，抵达桂林，在聂绀弩引荐下初访夏衍，暂住自由中国社。

创作短篇小说《生与死》《寂寞》等作品，并开始创作长篇小说《人与土地》。补选为桂林"文艺界抗敌协会"理事。

1941 年

1 月，皖南事变发生。聂绀弩去重庆，夏衍去香港。完成童话小说《鹦鹉与燕子》。

春，赴广东博白中学边教书边写作，第二部长篇小说——三十余万字的《人与土地》完稿。短篇小说《寂寞》由桂林文献出版社出版。

7 月至 8 月，去广州湾转澳门。

9 月，抵香港。茅盾先生闻讯后委托叶以群前往旅店探视，并安排移住时代批评社，与胡风见面。两周之后，又经叶以群介绍，移住九龙太子道文艺界友人聚居之寓所的二楼居住。应茅盾先生约稿，创作中篇小说《一个倔强的人》并在其主编的《笔谈》连载。长篇小说《人与土地》开始在《时代文学》连载。作短篇小说及散文等作品，发表于《人世间》《文学报》《笔谈》等刊物上。

11 月，先后两次去乐道二十二号看望萧红。当时她已身在病中不能站立，但仍为《人与土地》作"墨笔高粱林"的题头画。短篇小说《庄户人家的孩子》发表，中篇小说《仇恨》开始在《笔谈》连载。

12 月 8 日晨，太平洋战争爆发，在日机轰炸中，当即匆忙去探视萧红，被请求留宿在寓所帮助搬迁。次日黎明，接于毅夫电话，安排偷渡海峡封锁线,当日三迁转移至香港思豪大酒店,从此在日军炮火中陪护萧红生命中最后的四十四天。

12月26日,香港完全被日军占领。

1942年

1月12日,独自陪护萧红,六迁香港跑马地养和医院。

19日,再转圣玛丽医院。

21日,见萧红病情稍平稳,也有人照料,急回九龙寓所欲取已完成的长篇小说《人与土地》和中篇小说《仇恨》手稿。不料寓所被占,屋内所有书籍、稿件、衣物、家具均被劫掠一空。虽日后补写了《仇恨》,但第二部长篇小说《人与土地》除已连载发表的三章外,全貌从此无缘面世。

22日晨,赶回香港,见萧红原住的"圣玛丽医院"已挂上"大日本陆军战地医院"的牌子。得知萧红已被移至红十字会临时设立的"圣士提反临时医院",赶到时萧红已处弥留状态,当日中午病逝。

23日,与端木蕻良一同葬萧红部分骨灰于香港浅水湾"丽都花园"海边。

25日,于友人杨木之母处借得百元港币后离港去澳门。

中篇小说《吴非有》由文化供应社出版。

3月,经澳门等地重返桂林。友人石联星、彭燕郊以及姜庆湘夫妇等到车站迎接。初住创作出版社宿舍,不久移居新中国剧社附近的二楼寓所,继续创作。

4月,桂林文化生活出版社重版《边陲线上》。

夏,去桂林兴安小住。与抗日荣誉军人休养院为邻,是为日后创作短篇小说《由于爱》的素材来源。开始创作第三部长篇小说——自传体《姜步畏家史》第一部《幼年》。

秋,回桂林,初住黄新波处,与周钢鸣为邻,得识舒强。后随田汉、徐之乔以及苏联塔斯社记者去柳州走访演剧四队和五队。

冬,迁三义公寓。其间,创作短篇小说及散文等多篇文章。

1943 年

春,去两江师范学院讲演,并在乡间写中篇神话小说《蓝色的图们江》。后在桂林与聂绀弩合编《文学报》,得到胡风的支持,载《乡亲·康天刚》于创刊号。但第二期全部稿件被广西省"图书杂志审查委员会"没收,刊物被取缔。

这一时期作品有短篇小说《红玻璃的故事》《北望园的春天》《老女仆》《周启之老爷》《当那幅油画诞生的时候》,散文《萧红逝世一周年祭》等多篇文章,分别发表于《文学创作》《青年文艺》《人世间》《当代文艺》等刊物。

5月,散文集《播种者》由桂林创作出版社出版。

秋,与诗人伍禾同住广西平乐中学教书,完成长篇自传体小说《幼年》,交三户书店出版。

1944 年

年初,去广东平石,收到冯雪峰从重庆寄来的信,就短篇《一个唯美派画家的日记》提出严肃批评。

4月,国民党军队豫湘桂大撤退前夕,与漫画家余所亚同路转道柳州赴重庆,宿"文艺界抗敌协会"会址张家花园。再遇叶以群,初识郭沫若、冯乃超、老舍、臧克家、姚雪垠、碧野、田仲济、王亚平等人。见到冯雪峰,并对短篇《一个唯美派画家的日记》再次提出批评。

5月,第三部长篇小说——自传体《姜步畏家史》第一部《幼年》由桂林三户书店出版。

6月,中篇小说《一个倔强的人》由福建永安东南出版社未经作者授权出版。

暑期，因西南战线崩溃，与作家丰村相约应邀转四川丰都适存女子中学任教。由于年初受到批评，故格外重视政治方面的活动，以便更好在文学上反映。

开始写作自传体长篇小说《姜步畏家史》第二部《少年》，部分章节陆续发表于《抗战文艺》《青年文艺》和《时与潮文艺》等刊物。

作有关丁玲的评论《大风暴中的人物》，发表于《抗战文艺》。完成《少年》部分章节，载于《文哨》《文艺杂志》等刊物。

9月，返重庆，应邀在天官府聆听周恩来在"文化运动委员会"所做形势报告。归途中特意在涪陵短暂停留，向吕荧作传达。回到丰都学校后，立即向丰村传达报告内容。

11月，学校政治环境恶化。因在课堂上选读《新华日报》社论《论联合政府》及在学生作业上的批语被人告密，不得不与丰村、杜巴等人相约计划在寒假考试前离开重庆。

1945年

1月10日，与丰村等五人在丰都江轮码头离开时被军统特务闻讯赶来逮捕，作为"主犯"被单独羁押，因拒绝签署"悔过书"，遭受刑讯。

2月10日，经郭沫若、冯雪峰、冯乃超等人通过国民党左派人士邵力子电告当地县长张一之（邵力子的学生）从中协调，再有老舍亲自去托冯玉祥将军面见蒋介石，陈述利害，另有丰子恺委托当地开明人士林梅荪出面保释，经通力营救而无条件获释，当晚县长张一之设宴压惊。数日后，由郭沫若领导的文化工作者委员会特派冼锡嘉中校着军装专程来丰都护送上船。返回重庆后，冯雪峰等好友到码头迎接；郭沫若、胡风分别设家宴款待；夏衍特派新华社医生来体检；出席郭沫若在天官府招待文艺界的宴会，并受到欢迎与慰勉。

4月，去北培草街子育才学校，又转山间保育院，后偕同聂绀弩回重庆。

夏，去江北兴隆场治平中学附近居住，从事写作。继续创作长篇小说《姜步畏家史》第二部《少年》，部分章节发表于《文萃》等刊物。作短篇小说《一个坦白人的自述》，以及抗战时期的最后一篇作品《贺大杰的家宅》。

8月，抗战胜利。闻讯毛泽东等抵达重庆，立即收拾行李返回重庆。

10月，"双十协定"签订后，在八路军驻渝办事处宋黎领导下筹办成立"东北文化协会"，与阎宝航、徐中航、杨晦、周鲸文等五人一起当选为常任理事（未选主席），兼秘书长，负责日常事务，编辑不定期刊物《东北文化》，以团结东北知识分子。

12月，在新华日报社遇周恩来。问及有关恢复党组织关系事宜，周恩来嘱去找徐冰联系。不巧，徐冰不久北上参加"三人小组"工作。

1946年

年初，以"东北文化协会"名义致电昆明学联，声援民主运动。

1月22日，主持由"东北文化协会"携"中苏友协"组织召开的"萧红逝世四周年纪念会"，郭沫若、茅盾、周叔通、周鲸文等五十多位文化界著名人士出席。这是在国统区仅有的一次有规模的纪念萧红活动。

春，作评论《萧红小论》、短篇小说《一个奉公守法的官吏》，发表于《新华日报》；短篇小说《贺大杰的家宅》发表于《文讯》。

春末，因局势恶化，"东北文化协会"已无法活动。应陶行知、李公朴聘任为社会大学文学教授。

6月，去徐州与阔别十年的母亲及六年未见的大妹张璞之相见。不久，只身赴上海，得丰村协助在宝山乡间赁屋，返徐州接母亲和大妹至宝山居住。写作短篇小说《由于爱》、话剧《五月丁香》及《少年》部分章节，发表于《侨声报》《文艺复兴》等刊物。

8月，中篇小说《罪证》由上海民声书店出版。

参加上海文艺界维护人权的民主运动。

送母亲、大妹返回东北,赴杭州附近赁屋写作。

10月,开始写作传记体文章《萧红小传》。

年底,完成《萧红小传》,返回上海,将《萧红小传》手稿交黎澍转骆何民主编的《文萃》(我党地下刊物)连载,取得较大反响。

1947年

年初,长篇自传体小说《混沌》(《幼年》)由上海新群出版社出版。

作《少年》部分章节,发表于《文艺复兴》《文艺春秋》等刊物。

除夕之夜,由上海启程回东北探亲。出发前,作为民盟常委的周鲸文介绍与来自沈阳的"东北青年协会"特派代表陈健中见面,陈声称该协会在东北国共之间的中立地带掌握有数万名地方武装力量。周鲸文希望骆探亲时能顺道去了解这个"中立区"的情况。经请示冯雪峰初步同意,决定答应周鲸文的委托,伺机作"兵运"工作,并准备途中去北平再次征求徐冰的意见。

2月,由天津绕道北平,可惜未能见到徐冰。

3月,陈建中来信说已放弃与民盟合作的意向,改与民革合作,正准备去哈尔滨与解放区方面进行三方会谈,接受八路军改编,并邀请以个人名义一同前往解放区。因此随陈健中离开长春,在经农安去哈尔滨解放区途中,在长春市郊被杜聿明"特刑队"以"勾结共匪武装叛乱"的罪名逮捕,当夜专车解往沈阳"东北行辕军法处"秘密羁押,案件由军统少将衔处长文强直接负责。连夜突审,只承认在政治上是无党派,反对国共双方内战而到东北。几天后,突然有新进来的"犯人"传出"共产党已撤离延安"的消息,有人甚至喊"这回八路的老窝给端了",引起一阵混乱。为稳定人心,遂不顾个人安危,大声斥责道:"这是毛主席的战略战术,不在一城一地的得失,主要是消灭有生力量",由此身份暴露。国民党"东北行辕军法处"书记官邹某一连三次施以威逼、利诱,并允诺登报声明即可获释,均未得逞,遭酷刑。三个月后,转军法处老北边门外监狱,经军法处公审,虽答辩同前,但自知已无生还之望,反倒凛然处之。

《边陲线上》由文化生活出版社再版。

7月,《萧红小传》由建文书店出版。

8月,第一部短篇小说集《北望园的春天》、神话《蓝色的图们江》、话剧《五月丁香》、中篇小说《一个倔强的人》等,先后由星群出版社、上海新丰出版公司、建文书店和益智出版社出版。

9月,《萧红小传》由建文书店再版。

1948 年

陈诚来东北之前,转沈阳地方高等法院监狱羁押。

7月,沈阳解放前夕,大妹张璞之探监话别。由中央陆军监狱提出,戴脚镣押赴机场,乘军机经北平再转南京军法局。初被押在"军法局"监狱,后转"特刑厅"。

12月,被判刑两年半,正值蒋介石发表"元旦文告"下台前夕。

1949 年

2月,李宗仁上台。作为政治犯"已决犯"获特赦,但却拖延到除夕黄昏时才释放,并有两名特务暗中尾随。预料特务可能会在无人处搞暗杀,紧急情况下寻找到《大公报》驻南京办事处求救,在《大公报》两位年轻留守记者王华宾及周瑜瑞帮助下,次日清晨化装甩掉特务跟踪,搭乘美国大使馆文化参赞的汽车经宁沪公路赶赴上海(几天后,伪南京警备司令部果然连续传讯《大公报》驻南京办事处负责人,追查行踪;后得知,当晚被释放后又遭暗杀的"政治犯"达七十余人)。正月初三,在"国际文化服务处"与冯雪峰电话取得联系,当晚向冯当面汇报了狱中情况。

4月初，在上海隐蔽两个月后，经《大公报》驻上海记者、同乡刘北汜帮助，终于离开白色恐怖下的上海，抵达香港，与邵荃麟、聂绀弩等重逢，再次向邵荃麟详细汇报狱中情况。11日，在《大公报》香港版发表入狱两年后的第一篇文章《虐杀者与战士》。25日，在《文汇报》香港版发表《读毛泽东和朱德的总攻击令》。

5月4日，出席"中华全国文艺协会"香港分会年会，发表即席演讲。

6月，离开香港，与吕荧、蔡楚生以及英国回归的杨云慧等人同乘"湖北号"客船北上，经天津抵达北京。

7月，在北京出席首届中华全国文学艺术工作者代表大会，当选为第一届全国文联候补委员。后应邀参加《人民日报》创作组工作。与久别的母亲团聚。

10月1日，应邀参加开国大典观礼。

中秋节，与邹民才在中山公园"来今雨轩"举办婚礼，茅盾先生主婚，冯雪峰、许广平、胡风、凤子、葛琴、吴祖光、楼适夷等好友到场祝贺。

11月，《人民日报》创作组解散。调济南，出席山东省首届政协会议，任政协委员。任山东省文联（筹）副主席、山东省文学工作者协会（作协前身）主席。

1950年

2月，长篇小说《混沌》（《幼年》）由上海新群出版社再版。

春，赴山东新华印刷厂采访，赴鲁中南参加"土改补课"，并参加导沭整沂水利工程的实际工作，走访附近农村互助组和初级农业合作社。

8月，长女张小新（又名张小欣）出生。

作短篇小说《张保洛的回忆》。

9月，应人民日报社邀，作为采访记者随华东代表团赴京列席全国战斗英雄代表会议和全国工农兵劳动模范代表会议。选吉林韩恩互助组为访问重点。

新中国成立后的第一篇短篇小说《张保洛的回忆》发表于《山东文艺》。

10月1日，应邀参加国庆观礼。

1951年

1月，随山东省政府代表团慰问杨得志的第十九兵团，共度元旦。

3月，去青岛参加高尔基纪念会，并在山东大学讲学。受山东大学校长华岗聘任文学系教授，因事未赴任。后当选为山东省文联副主席（王统照任主席），山东省作协主席。

冬，继续去水利工程参加建设、访问活动，并到费县访嗯嚨山，是为《王妈妈》的素材来源。

经中央政务院政务会议决定、周恩来签发，被任命为山东省人民政府文化教育委员会委员。

1952年

年初，作短篇小说《王妈妈》。

2月，长篇《混沌》由新文艺出版社出版。

剧作《姑嫂和》由济南评剧团上演。

冬，母病逝。

1953年

访鲁南临沂、胶东文登等地农村互助组。

春末，调回北京，在北京电影剧本创作所从事专业创作，采访吉林蛟河保安屯先进农业社。

5月，短篇小说《王妈妈》发表于《人民文学》。

6月，新版短篇集《北望园的春天》由新文艺出版社出版。

夏，再去吉林蛟河保安屯长住，体验生活。

10月，完成短篇小说《夜走黄泥岗》等，发表于《人民文学》。

年末，短篇小说《王妈妈》作为"初级文学读物"，由人民文学出版社出版。

1954年

春，访吉林韩恩农业社，得识全国工业劳模孟泰。

5月，短篇小说《旅途》，发表于《人民文学》。短篇小说《王妈妈》收入中央人民革命军事委员会总政文化部《不能走那条路》文集。

7月，《混沌》由作家出版社出版。

11月，写作短篇小说《交易》及《年假》等文章。

1955年

作短篇小说《父女俩》。

3月20日，由日本汉学家饭塚朗教授和小野忍教授翻译，后者编辑的日文版《北望园の春》短篇小说集，由岩波书店出版。

春，由葛琴、刘溪介绍重新入党，上报中宣部审批。

6月，因胡风问题受牵连，入党搁置。审查持续一年之久。

1956年

7月，隔离审查结束，宣布"虽文艺观点与胡风相近，但非胡风集团分子"的结论。

产生告别文坛想法，开始读古代典籍，从事中国古代史和钟鼎文、金文研究。

开始去北京西郊南苑金星农业生产合作社体验生活。

10月，《父女俩》发表于《人民文学》。

11月，短篇小说集《年假》由作家出版社出版。

1957年

开始从事中国古代史和古金文的研究。系统研究《诗经》及甲骨文字，通读《二十四史》。3月，以张怀金为笔名，创作短篇小说《老魏俊与芳芳》，发表于《人民文学》第4期。

秋，在南苑金星农业社采风。并以此为素材，以"北京近郊的月夜"为题，写作一组反映农村生活的短篇小说，陆续发表于《人民文学》《北京文艺》等刊物。

1958年

春，继续阅读古籍，在作协颐和园创作基地完成《老魏俊与芳芳》及《北京近郊的月夜》等反映农村生活的短篇小说。

6月，被下放黑龙江省，只身前往哈尔滨，受到黑龙江省委第一书记欧阳钦、省委宣传部部长严泽民礼遇。

8月，短篇小说集《老魏俊与芳芳》由作家出版社出版。

冬，自愿选择到条件艰苦的黑龙江省尚志县苇河深入生活，挂职苇河公社副主任。

1959年

4月，次子张书泰出生。

夏秋两季，根据毛泽东、周恩来视察黑龙江时所作的要求整理抗日联军第四军军史的指示，受黑龙江省委宣传部部长严泽民委托，六次走访抗联第四军军长李延禄将军，并由李延禄陪同，实地考察宁安抗日联军第四军作战遗址，访问抗联老战士和村民，又多次到方正、依兰等地搜集有关抗联活动的资料，写成《有关抗日联军第四军军史》的报告呈送中央。在征得组织上同意后，将其中部分章节重新整理成传记体文章。

1960 年

春，根据《有关抗日联军第四军军史的报告》部分内容，整理而成的传记体回忆录以"疾风知劲草"为题，发表于《北方文学》《黑龙江日报》，并转载《收获》。

夏，调回哈尔滨，当选为黑龙江省文联常务理事。协助省作家协会辅导业余作者，工余阅读古籍，发表神话诗《秃尾巴老李的传说》。

7月至8月间，作为黑龙江省代表，赴京出席第三次全国文学艺术界代表大会。

秋冬两季，赴哈尔滨市松花江胶合板厂、哈尔滨轧钢厂、哈尔滨医科大学附属医院等处采访，并写作相应报告文学作品，发表于《哈尔滨文艺》等刊物。

1961 年

5月，作短篇小说《山区收购站》，发表于《人民文学》。

秋，漫游大兴安岭，在黑龙江上航行。随后，写《大兴安岭散记》数篇，发表于《北方文学》等刊物。写作反映农村生活的短篇小说。

获黑龙江省先进工作者奖章。

1962 年

年初，作报告文学作品《草原上》，发表于《人民日报》。

结束下放生活，调回北京，分配到北京市文联，任北京市作协筹委会副主席，后任北京市作协副主席（老舍任主席）。

秋，再次漫游大兴安岭、访苇河。以下放黑龙江时的见闻为素材，写作报告文学《一九六二年秋天在苇河》及散文和短篇小说等，发表于《人民文学》《北京文艺》等刊物。

1963 年

春，作报告文学《春天的报告》，发表于《人民日报》。去北京西郊斋堂采访。

4月，由日本汉学家小野忍教授翻译的《老女仆》，收集在平凡社版《中国现代文学选集》第8卷《抗战期文学集》。

10月，短篇小说集《山区收购站》由作家出版社出版。

1964 年

再赴京西宛平斋堂、顺义北小营等地农村深入生活。

完成耗时两年的话剧剧本《结婚之前》，由北京人艺作为重点剧目推出，连演两个月一票难求，并被作为文艺界代表性作品制成彩车参加国庆大典游行。辽宁、甘肃等多省话剧团也相继排演。

1965 年

继续去农村深入生活。赴房山参加"农村社会主义教育"运动。

为响应党的号召，表示"割断小资产阶级思想的尾巴"，把自己耗尽所有积蓄购置的位于市中心、有二十多间房屋的大四合院，自愿无偿上交给国家。

1971 年

作品《萧红小传》由日本汉学家市川宏教授翻译，收录在河出书房新社版《现代中国文学》第12集。

1972 年

完成关于《春秋左传》批注的十万字初稿，并开始著述《金文新考》。

1973 年

正式开始致力于上古史和古金文的研究。

1974 年

春节，偕夫人拜访茅盾先生。

9 月，完成《货币集》和《兵铭集》约二十余万字的古金文考证研究工作。

1975 年

春初，去江苏洪泽农场，探望久未见面的大妹张璞之夫妇。

4 月，回京。仍借居东郊堡头第二化工厂职工宿舍，以床板为桌，继续《金文新考》的初稿写作，完成《人物集》等初稿。

1976 年

6 月，增补完成了十万余字的《典籍篇》。

7 月初，约周而复等友人准备庆贺茅盾先生八十大寿。因茅盾先生不同意庆寿，生日当天只送去《鲧篇》手稿一本为贺礼。

随楼适夷参观"大甸子早期青铜遗址出土文物"展览，始发现称之为"妇好墓"出土的青铜器原为夏禹阜夷氏婚宴青铜礼器。

本年完成的《典籍篇》，加之前面完成的《货币集》《兵铭集》《人物集》，总计四十余万字。对早于殷墟甲骨文千年以上的古命氏金文和尧舜时期的"唐虞金文"，做了比较系统的考证和整理。

1977 年

10 月，完成《六十自述》。

12 月 24 日出席知名人士座谈会，汇报了金文新考研究成果。27

日《人民文学》召开文学工作者会议,会上发言表示要继续金文考证,并开始中断十年以上的文学创作。后将会上发言整理成《我的创作道路》。

1978年

1月,向张洁转述从朋友处得知的高考故事,提出故事结构建议,后由张洁写出获奖小说《森林里来的孩子》。

2月6日,因住房条件差休息不好,加上赶着为张洁看稿子,劳累过度,突发脑血栓,经抢救恢复后轻度半身不遂。

6月,转小汤山疗养院。与黑龙江出版社编者共校《过去的年代》清样,谈及《萧红小传》再版问题。

7月,"文化大革命"后首次全国统一高考,长女张小新和次子张书泰,分别考入北京第二外国语大学和北京第二医学院。

10月,《关于〈金文新考〉的报告》与《夏禹皋夷(子)氏青铜婚宴礼器于殷墟出土的报告》脱稿。

11月,出院借住密云县前县委书记何其珍宅,得助将两报告打印成册。

12月26日,《关于〈金文新考〉的报告》与《货币集》由女儿张小新面呈中国社科院领导。

1979年

1月,迁入前三门大街新居。

春,从北京文史馆调回北京市文联。

4月,开始写《对于古金文需要重新再认识》,完成《悼冯雪峰同志》,并整理《〈诗经〉新解》与《〈左传〉批注》等文章。

6月,《过去的年代——关于东北抗联四军的回忆》由黑龙江人民出版社出版。

7月，作《生死场，艰辛路——萧红简传》，发表于次年《十月》第1期。

11月，出席第四届全国文学艺术工作者代表大会，当选为主席团成员、中国作家协会理事。19日在北京市文艺代表团分会上朗诵《我们如处百花争妍的春天》以代发言，后发表于《文汇报》香港版。

继续从事上古史与古文字学研究，送中国社科院第二份《关于夏禹婚宴青铜礼器在殷墟出土的报告》。

1980年

3月7日，北京作家协会党支部全体会议一致同意，骆宾基重新入党，并由市文联送市委组织部等候正式批准。

4月，出席北京市第二次文学艺术工作者代表大会，当选为北京市文联常务理事、北京市作协副主席。当选为北京市政协委员。

5月，《骆宾基短篇小说选》由人民文学出版社出版，内附《我的创作历程》。

6月，完成《中国新考古学发掘系统的辉煌贡献》《紫禁城内有待重新开垦的古文化领域》。

7月，去北戴河休假。完成对《关于〈金文新考〉的报告》修订，寄中国社会科学院，12月发表于《学习与探索》第6期。

9月，作回忆散文《美学家——吕荧之死》，发表于《文汇报》香港版。

10月，作电影文学剧本《镜泊湖畔》。

1981年

1月30日，《古金文"羊角"是族称》在《北京晚报》上发表，反应强烈。但《再论》未能发表（此文已收入《诗经新解与古史新论》集内）。

3月，茅盾先生病逝。作回忆散文《悼茅盾先生》《与茅盾先生第一次见面的前后》《茅盾先生题签〈金文新考〉附记》以及《太平洋战争爆发的时候》。

4月12日，《悼茅盾先生》发表于《北京日报》。

5月，《夏禹阜夷（非妇好）氏婚宴青铜礼器于殷墟出土的报告》发表。

6月，赴哈尔滨，出席黑龙江省召开的"纪念萧红七十诞辰"研究座谈会。散文《太平洋战争爆发之后》在《北方文学》上发表。

7月，《与茅盾先生第一次见面的前后》在《中国建设》上发表，《茅盾先生题签〈金文新考〉附记》在《北京文学》上发表。

9月9日，离京去浙江嵊县三界茶厂访问。探视张珂表墓。出席绍兴地区召开的"鲁迅百年诞辰纪念会"，经上海应约为戈悟觉短篇小说集《记者和她的故事》作序。

11月，《萧红小传》修订本由黑龙江人民出版社出版，内附《修订版自序》及《修订版编后记》。

古金文新考《夏禹婚配之一——司母辛氏（非妇好）氏系考》与《夏启嗣帝位前一次大屠杀的物证》发表。

1982年

1月，中短篇小说集《骆宾基小说选》由湖南人民出版社出版。

3月，作回忆散文《纪念老舍的几句话》。

3月23日，经北京市委组织部批准，由雷加、古立高介绍，经过四十四年始终如一的不懈努力，终于获批重新加入中国共产党。写《三月书怀》《宣誓归来》二首诗歌以表达喜悦心情。

4月，会见由日本御茶水女子大学教授中山时子团长率领的老舍著作爱好者第一次访华代表团全体成员。初识中国现代文学研究家、《北望园的春天》日译本译者之一小野忍教授的遗孀小野纯子女士等日中友好人士。

发表《〈功与罪〉代序》《关于镜泊湖畔的通信》《重读〈边陲线上〉有感》《怀念郭沫若》《〈诗·绵〉篇新解》等文章。

5月，长篇自传体小说《姜步畏家史》第一部《幼年》由文化艺术出版社出版。《关于作者柳溪》（《功与罪》代序）发表于1982年7月15日《天津日报》。

6月30日，北京市作协党支部召开扩大会议，举行骆宾基等四人入党宣誓仪式。

10月，报告文学《八十年代一座农业里程碑》（窦店纪行）脱稿。《初春集》由江西人民出版社出版。

11月，上古史研究文章《晋与周非弟兄之族说》在青海《中小学语文教学》上发表。

年底，《纪念郭沫若师承其创新精神》脱稿。

1983年

1月，应楼适夷约开始写《初访"神坛"（第一夜）》，后在《新文学史料》上发表。完成《〈剡溪美展〉前言》。

3月12日，与从日本专程来访的中国文学评论家西野广祥教授、《萧红小传》译者市川宏教授会见。

5月底，去浙江义乌，出席纪念冯雪峰八十诞辰的学术研究会。

《鲁季孙氏始祖公子友非文姜所生说》发表。完成《珲春小志》四篇。

11月，《从"拿来主义"说起》脱稿，交《文艺报》。

1984年

1月，校订长篇小说《人与土地》遗存稿三章。

3月，《生活是文学艺术之源》发表。

5月27日，离京去泰安。30日登泰山，得见"十八盘"之险，写五言绝句《泰山行》。

6月3日，在曲阜访轩辕黄帝诞生地寿丘及少昊陵，证实晋《帝王世纪》中记轩辕黄帝生于寿丘为确有根据的记载。

6月10日，经上海去厦门。14日出席为纪念丁玲八十八诞辰而由厦门大学召开的"丁玲创作研究会座谈会"开幕式，16日作题外发言。

7月8日，出席《北京日报》在劳动人民文化宫举办的"新中国，新北京"活动。13日出席千宗室团长率领的"日中友好文化交流裹千家之船"在人大会堂举办的"茶道"活动。

8月1日，参加北京市文联整党活动。

本年，作品《父女俩》被《中国文学》杂志社译为英文，并收录到英文版《五十年代小说集》中。

1985年

5月23日至25日，古文字研究文章《说龙》在《中报》（纽约版）上连载，在海外汉学研究界引起巨大反响。

9月20日，应邀赴阔别了四十一年的桂林，参加有关抗战史料的座谈会。所著上古史和古金文研究文集《诗经新解与古史新论》由山西人民出版社出版，并被选入同年10月在香港举办的中国书展。

10月2日及24日，古文字研究文章《再说"龙觚"》及《三说人首龙尾伏羲氏夏禹》先后在《中报》（纽约版）发表。

1986年

3月，重要上古史研究文章《释"日"》在《辞书研究》上发表。

6月，应邀赴湖南长沙与常德地区，出席丁玲"创作六十周年学术研究纪念座谈会"并作发言。

7月，由长沙赴贵阳、访遵义、走土城，沿当年红军长征路线直到赤水，为回忆冯雪峰的《初访"神坛"（第二夜）》的写作做准备。《人首龙尾伏羲氏夏禹考》在上海社会科学院主办的《学术季刊》首次发表。

9月15日和19日，《人民政协报》先后发表致编者的两封信。第一封信，谈有关"中华五千年文明史的古文化发源地"问题；第二封信，谈有关"中国古史分期"的研究。

12月，杂文集《书简·序跋·杂忆》由青海人民出版社出版。23日，《人民政协报》发表致编者的第三封信，谈有关"早于殷墟甲骨千年以上、有古金文记载可考"的中国上古史问题。《往事堪回首——为了纪念韩侍桁先生而想起的》在全国文联机关刊物《文艺界通讯》上发表。

1987年

2月18日（农历正月二十一日），七十岁生日，分别收到老舍夫人胡絜青的贺寿条幅、诗人艾青贺联及中国现代文学馆副馆长舒乙、刘麟的贺寿蛋糕等。

3月，古文字研究巨著《金文新考》由山西人民出版社出版，引起巨大反响。该书依托考古新发现的钟鼎铭文等古文字研究，将中国古文明史至少推前了一千五百年，填补了中国上古史和古金文研究的空白。

4月，应邀赴深圳特区参观访问。30日，《黄帝"骑龙登天"非神话而为妄言议》在《人民日报》海外版发表。

8月30日，新华社发出报道《金文新考》出版的专电，称"有学者认为这是填补了人类社会发展史上不为人知的一段空白。对中国上古史的研究做出了建设性的贡献"。《人民日报》海外版也先后发表了上海社会科学院唐元节与北京图书馆邱崇炳的评论，肯定了《金文新考》的巨大学术价值。

9月15日赴西安，准备作"秦公一号墓"出土文物的专题考察，未果，却意外发现半坡遗址的志氏陶文，对五帝时期的"阪泉三战"获得了新的参考性旁证。24日，参观了轩辕黄帝陵与秦始皇墓出土的兵马俑，回京。

10月，应浙江宁波大学校长朱兆祥之邀，赴该校讲学。主题是"对于中国上古史应该更新认识"（讲话录音稿后经整理，刊于《宁波大学》1988年创刊号）。讲学期间，由该校副校长裘克安先生陪同，参观了余姚河姆渡古文化遗址。21日，参观了嵊县金庭晋代书圣王羲之墓。

12月，《二十八宿源于中国》之《参商篇》发表。

本年，搜集资料，补充改写《姜步畏家史》第二部《氤氲》，考证论文《三星堆出土的古蜀"龙护柱"族标考》定稿，《金文新考》外编《中国上古社会研究》交稿。

入选英国版《世界名人录》。

长女张小新自费赴日留学，后考取日本东京大学日本儿童文学博士。

1988年

1月，《迎龙年话黄帝》，在《人民日报》海外版发表。

3月，《伏羲氏夏禹更命改制的论例》之《释"笔""壁""碑"》一文，在《辞书研究》发表。

5月，近年所作部分散文结集《瞭望时代的窗口》，由人民日报出版社出版。

6月，《得睹天姿岂恨晚——半坡遗址识陶文》在《香港文学》发表。

9月，《说龙》一文由日本东京大学汉学家伊藤敬一教授译出，在中日友好协会东方学会主办的《中国季刊》第十四期发表。《铁在中国出现的年代》，在上海社会科学院主办的《学术季刊》发表。编者按语称，作者的考证"与近年中国科学院对一块出土铁器的科学测定的年代基本上是吻合的"。

10月3日，《"图腾"即"族徽"说》一文在《人民日报》发表。

12月，《过去的年代》改版，命名为"李延禄将军的回忆"由湖南人民出版社出版。《古文字出于炎帝神农氏说》发表。《史料贵于真难于确》在哈尔滨《东北文学研究史料》发表。

本年，整理好的《氤氲》，题名"少年"。《幼年》开始整理。

日本汉学爱好者在东京成立"骆宾基爱读会"。

入选美国版《世界名人录》。

次子张书泰被世界卫生组织保送至英国留学，后考取英国伦敦大学医学博士，并成为第一位获得欧洲围棋冠军的中国业余棋手。

1989年

1月，完成《致南韩古史学者金载燮答有关〈金文新考〉书》。此文并谈及古"高句丽"的命名源于中国上古以青铜礼器命名氏族之称的文制。

2月，初次整理《携笔从戎奔云岭》之"一、离绍兴、二、走嵊县"两章。最后增订《二十八宿源于中国》之"鸟""昴""毕"三宿之考证。为"汪及锋画展"作《前记》（因故未刊出）。

4月，为《葛琴小说选集》作《后序》（因鲁迅为《总退却》写的序文称《前序》故）。

5月1日，《后序》完成，以"三十年代左翼女作家葛琴"命题投寄《文艺报》，8月12日发表。应约为《人民文学》创刊四十周年作纪念性《祝辞》。阅读赵大年的长篇小说《大撤退》。

6月，开始撰《大撤退》的评论稿。

7月，校订长篇小说《姜步畏家史》第二部《少年》的誊清稿。

8月，完成《中国考古学发掘系统的新发现》，寄韩国古史学者、汉学家金载燮教授。此文论及西安"秦公一号墓"出土载有十六字墓志铭的石文，为自殷墟甲骨卜文出土后的第二次卓越发现。重新订正文联内部刊物《文艺界通讯》所载之纪念萧军的文章《相隔十八年的两次会见》。《对于中国上古史应该更新认识》录音整理稿经订正，再刊于哈尔滨《学术交流》，为《新华文摘》所转载。

9月，为纪念《金文新考》脱稿十周年，开始作《老问题与新认识》一文。该文实际上是与考古、历史学界两位"古史否定派"权威就《金文新考》引起的内部辩论的小结。

11月，《姜步畏家史》第二部《少年》前五章约十万字，在哈尔滨《东北作家》发表。

12月，开始作《"台历日记"补略》（未完篇而搁笔）。完成《往事堪回首》的校订稿，寄《文艺界通讯》编辑部。

本年，《幼年》定稿，题名"混沌初开"。《少年》部分章节在长春《作家》杂志发表。

韩国汉学爱好者成立研究骆宾基"古文字学会"，探讨研究《金文新考》。

入选英国《世界著名作家辞典》。

1990年

1月，为《中国上古社会研究》重编书目。

2月，完成《关于古代中朝文化交流的若干问题》《庚午书简》（即致文艺评论者常勤毅编辑的评论）等文章。

3月，完成怀念老诗人王剑三（统照）先生的散文。

5月，读山东泰安中青年作者毕玉堂散文集《兰心》打印本，作代序，以志读后感。《祝〈抗日时期大后方文学作品书系〉的出版》一文，在《文艺界通讯》发表。《大后方》由北京作家出版社出版。

6月，完成《今天文艺学的ABC》。

7月，散文《关于"围棋"的话》发表于《文艺报》。

9月8日，因脑血栓第二次发作，送北京市同仁医院急救。双侧瘫痪，住院治疗。

本年，苏联汉学家李福清以及日本汉学家中山时子教授先后来访。杂文《竹林七贤非等贤》发表。

入选英国《世界作家辞典》和英国《澳洲及远东名人》等。

1991 年

4月，转往北京宽街中医医院治疗。

6月，出院，回家疗养。

9月，《金文新考》外编《中国上古社会研究》由北京华文出版社出版。

本年，《萧红小传》由香港天地图书再版。

韩国"古文字学会"发展已逾百人，成立"骆宾基研究所"。

日本汉学家宫尾正树教授来访。

入选英国版《卓有成就者》。

1992 年

本年，《三星堆出土的古蜀"龙护柱"族标考》在成都《四川文物》发表。《"淝水之战"解析》在北京《中流》发表。

《韩文版〈金文新考〉序》定稿寄出。

韩国汉学家金载燮教授、崔瑛泽博士，香港书法家张贻来等人，以及日本汉学家伊藤敬一教授夫妇先后来访。

1993 年

本年，《谁人之宝玺》完稿。

《韩文版〈金文新考〉序》在《香港文学》发表。

《混沌初开》交稿。

韩国汉学家金洋东教授、诗人罗石，以及日本汉学家市川宏教授、井口晃教授，东京都都立高等学校访华团团长小黑康司等先后来访。

入选英国《国际传记辞典》《1993年名人录》等。

1994年

3月，《混沌初开》看稿校对，接受出版者来访。

5月，当选为"韩国古文字学会"顾问。23日上午，古金文研究文章《新国学古金文考证又一例》前一部分完稿。下午，接受四川抗战时期陪都博物馆工作人员探访。

6月7日和8日，血压升高，坚持续写上古史、古金文考证文章。

6月9日上午，《新国学古金文考证又一例》后一部分完稿。下午，校对、整理誊写好的《新国学古金文考证又一例》前一部分，交后一部分请人誊写；口述信件并校阅，发出。

6月10日上午，继续校对、整理《新国学古金文考证又一例》前一部分，自觉头痛。

中午，说："我累了，想休息一会儿。"躺下后，又对身边人说："你也休息一会儿吧。"

晚9点，被发现仍是中午躺下时侧卧的姿势，急送北京市急救中心抢救，确诊为脑溢血。

6月11日上午11点半，青年时期的老友韩念龙坐轮椅前来探视，俄顷呼吸停止，未留下片语遗言。

追悼会后，骨灰盒被特批安置在八宝山革命公墓西二室。

8月，第三部长篇小说——自传体《混沌初开》（即《姜步畏家史》——第一部《幼年》和第二部《少年》）在时隔五十年后，终于完整出版面世。

张小新　张书泰　整理

参考文献：

[1] 骆宾基.我的创作历程[M]//骆宾基.骆宾基短篇小说选.北京：人民文学出版社，1980.

[2] 骆宾基.《骆宾基小说选》后记[M]//骆宾基.骆宾基小说选.长沙：湖南人民出版社，1982.

[3] 骆宾基.六十自述[M]//骆宾基.骆宾基短篇小说选.北京：人民文学出版社，1980.

[4] 骆宾基.作者自传[M]//骆宾基.初春集.南昌：江西人民出版社，1982.

[5] 张小欣.骆宾基年表[M]//张小欣.骆宾基.香港：香港三联书店.1994.

[6] 韩文敏.骆宾基年表[M]//韩文敏.现代作家骆宾基.北京：北京燕山出版社，1989.

[7] 于立影.骆宾基评传[M].东北师范大学中国现当代文学专业博士学位论文，2006.

[8] 常勤毅.骆宾基年表[M]//常勤毅.从共时到横跨——骆宾基：中国现当代作家中的一个抽样分析.北京：作家出版社，2011.

骆宾基作品年表

1. 边陲线上 （长篇小说）

署名骆滨基[1]，1936 年作，1939 年 11 月由文化生活出版社出版；1942 年 4 月由文化生活出版社（桂林）出版（称"桂一版"）；1947 年 3 月文化生活出版社再版（称"沪二版"）；1950 年 1 月文化生活出版社再版（称"沪三版"）；1984 年 10 月吉林人民出版社出版；2020 年 5 月北方联合出版传媒（集团）和春风文艺出版社联合出版。

2. 他永远活在我们心中——悼念高尔基逝世一周年 （散文）

署名金敫，1937 年作，载 1937 年 6 月《东方快报》文艺副刊。

3. 救护车里的血 （战地报告文学）

署名骆滨基，1937 年作，载 1937 年 9 月 12 日《烽火》第 2 期，初收 1938 年 5 月文化生活出版社版《大上海的一日》报告文学集。

4. "我有右胳膊就行" （又名"左臂受伤的伤兵"，战地报告文学）

署名骆滨基，1937 年作，载 1937 年 9 月 19 日《烽火》第 3 期，初收 1937 年 11 月战事读物出版社版《抗战文编》第 1 辑。

5. 在夜的交通线上 （战地报告文学）

署名骆滨基，1937 年作，载 1937 年 9 月 26 日《烽火》第 4 期，

---

[1] 以下作品凡未注明署名者，均为骆宾基。

初收 1938 年 5 月文化生活出版社版《大上海的一日》报告文学集。

6. 阿毛 （又名"难民船"，战地报告文学）

署名骆宾基，1937 年作，载 1937 年 10 月 10 日《烽火》第 6 期，初收 1938 年 5 月文化生活出版社版《大上海的一日》报告文学集。

7. 拿枪去 （战地报告文学）

署名骆宾基，1937 年作，载 1937 年 10 月 17 日《烽火》第 7 期，初收 1938 年 5 月文化生活出版社版《大上海的一日》报告文学集。

8. 诗人的忧郁 （速写）

署名骆宾基，1937 年 2 月作，载 1939 年 2 月 16 日《文艺阵地》第 2 卷第 9 期，初收 1939 年 9 月文化生活出版社版《夏忙》文集。

9. 大上海的一日 （战地报告文学）

署名骆宾基，1937 年 11 月 3 日作，载 1937 年 11 月 21 日《烽火》第 12 期，初收 1938 年 5 月文化生活出版社版《大上海的一日》报告文学集。

10. 一星期零一天 （战地报告文学）

署名骆宾基，1937 年 11 月 23 日作，载 1938 年 5 月 1 日《烽火》第 13 期，初收 1938 年 5 月文化生活出版社版《大上海的一日》报告文学集。

11. 第四个孩子 （短篇小说）

署名骆宾基，1938 年作，载 1938 年 5 月 5 日《少年先锋》第 6 期。

12. 在庙宇里 （战地报告文学）

署名骆滨基，1938年4月作，载1938年5月16日《文艺阵地》第1卷第3期，初收1939年9月文化生活出版社版《夏忙》文集。

13. 大上海的一日 （报告文学集）

署名骆滨基，1938年5月上海文化生活出版社和桂林烽火社分别出版。

14. 戏台下的风波 （速写）

署名骆滨基，1938年5月作，载1938年7月1日《文艺阵地》第1卷第6期，初收1939年9月文化生活出版社版《夏忙》文集。

15. 失去了暖巢的人 （战地报告文学）

署名骆滨基，1938年5月10日作，载1938年8月21日《烽火》第18期，初收1939年9月文化生活出版社版《夏忙》文集。

16. 夏忙 （短篇小说）

署名骆滨基，1938年作，载1938年9月1日《烽火》第19期，初收1939年9月文化生活出版社版《夏忙》文集。

17. 意外的事情 （战地报告文学）

署名骆滨基，1938年8月作，载1938年9月16日《文艺阵地》第1卷第11期，初收1939年9月文化生活出版社版《夏忙》。

18. 落伍兵的话 （战地报告文学）

署名骆滨基，1938年8月10日作，载1938年10月11日《烽火》第20期，初收1939年9月文化生活出版社版《夏忙》文集。

19. 夜与昼　（散文）

署名骆宾基，1938 年 9 月作，载 1939 年 1 月 18 日《鲁迅风》第 2 期，初收 1939 年 9 月文化生活出版社版《夏忙》文集。

20. 罪证　（又名"水火之间""被损害的人"，中篇小说）

署名骆宾基，1938 年冬完稿，1938 年冬起以"罪证"为题在《文艺阵地》上连载，未登完；1940 年夏以"水火之间"为题连载于《文阵丛刊》7 月《水火之间》和 8 月《鲁迅》；1943 年 4 月至 9 月以"被损害的人"为题连载于《中学生》第 62 期至第 67 期；1946 年 8 月上海民声书店初版。

21. 东战场别动队　（战地报告文学）

署名骆宾基，1938 年冬至 1939 年 3 月作，连载于 1938 年 12 月 16 日至 1939 年 4 月 1 日《文艺阵地》第 2 卷第 5、6、7、8、12 期；1940 年 5 月上海大路出版公司初版。

22. 两只箱子　（战地报告文学）

署名骆宾基，1939 年作，载 1939 年 5 月 20 日《鲁迅风》第 14 期。

23. 十八世纪末到十九世纪初　（多幕话剧剧本）

署名骆宾基，1939 年 3 月作。

24. 夏忙　（短篇小说集）

署名骆宾基，1939 年 9 月由文化出版社出版。

25. 《边陲线上》后记　（序跋）

署名骆滨基，1938年6月12日作于浙东前线，初收1939年11月文化出版社版《边陲线上》。

26. 千人塔下的声音　（短篇小说）

署名骆滨基，1939年9月作，载1939年12月16日《文艺阵地》第4卷第4期，初收1947年东北书店版《一天的工作》。

27. 播种者　（散文）

署名骆滨基，1940年1月作，载1940年2月25日《刀与笔》第3期，初收1943年5月桂林创作出版社和大地图书公司版《播种者》文集。

28. 生与死　（短篇小说）

署名骆滨基，1940年2月完稿，载1941年4月20日《中学生》第42期，初收1943年5月桂林创作出版社和大地图书公司版《播种者》文集。

29. 纪念孙中山先生逝世十五周年　（评论）

署名张普君，载1940年3月15日《战旗》（革新号）第81期。

30. 关于宪政——由知与行，认识与实践上说起　（评论）

署名金阳，载1940年3月25日《战旗》（革新号）第82期。

31. 欧洲和远东　（评论）

署名金阳，载1940年3月25日《战旗》（革新号）第82期。

32. 七十五届议会后敌国国民将怎样生活 （评论）

署名金阳，1940年4月1日作，载1940年4月5日《战旗》（革新号）第83期。

33. 后方 （短篇小说）

署名骆滨基，载1941年4月25日《奔流文艺丛刊》第4期，初收1990年5月作家出版社版《大后方》文集。

34. 男女间 （中篇小说《吴非有》之一章）

署名骆滨基，1940年5月作，载1940年5月《现代文艺》第1卷第2期。

35. 吴非有 （中篇小说）

署名骆滨基，1940年4月至1941年2月作，连载于1941年7月15日至1942年1月10日《自由中国》新1卷第2期至第6期，1942年1月文化供应社初版。

36. 怎样才能写出像样一点的文章 （又名"答读者"，评论）

署名骆滨基，1941年7月作，载1941年7月15日《中学生》第49期，初收1943年5月桂林创作出版社和大地图书公司版《播种者》文集。

37. 寂寞 （短篇小说）

署名骆滨基，1941作，载1941年8月桂林文献出版社《现实文丛》之一，初收1982年1月湖南人民出版社版《骆宾基小说选》。

38. 站在犀牛岭上 （又名"纪犀牛岭"，散文）

署名骆滨基，1941年9月23日作，载1941年10月16日《笔谈》

第 4 期，初收 1943 年 5 月桂林创作出版社和大地图书公司版《播种者》文集。

39. 人与土地 （长篇小说）

署名骆滨基，1941 年作，载 1941 年 9 月至 11 月《时代文学》[1]。

40. 一个倔强的人 （又名"仇恨""胶东的'暴民'"，中篇小说）

署名骆滨基，1941 年秋作，部分原稿在太平洋战争中遗失，1943 年初补写；以"仇恨"为题，分别连载于 1941 年 11 月至 12 月《笔谈》第 5 期至第 7 期，及 1942 年 11 月至 12 月《文化杂志》第 3 卷第 1 期至第 4 期；1944 年 6 月以"一个倔强的人"为书名，由福建东南出版社初版；1947 年 8 月益智出版社出版；1982 年 1 月以"胶东的'暴民'"为题，收入 1982 年 1 月湖南人民出版社版《骆宾基小说选》。

41. 鹦鹉与燕子 （童话）

署名骆滨基（又署名金羽衣），1941 年 11 月作，载 1941 年 11 月文化供应社《少年文库》。

42. 庄户人家的孩子 （长篇小说《幼年》之一章）

署名骆滨基，1941 年至 1942 年作，载 1941 年 11 月 15 日《文艺生活》第 1 卷第 3 期，初收 1943 年 9 月桂林远方书店版《二十九人自选集》。由日本著名汉学家饭塚朗教授译为日文，收于 1955 年 3 月岩波书店日文版《北望园の春》短篇小说集。

---

[1] 因原稿在太平洋战争中遗失，未能登完。

43．生活的意义 （短篇小说）

署名骆宾基，1941年冬作，载1942年6月20日《文学报》第1期，初收1947年8月星群出版社版《北望园的春天》短篇小说集。

44．萧红逝世四月感 （散文）

署名骆宾基，1942年5月作，载1942年6月《半月文萃》第1卷第3期，初收1986年12月青海人民出版社版《书简·序跋·杂记》。

45．孤独 （散文）

署名骆宾基，1942年5月作，初收1943年5月桂林创作出版社和大地图书公司版《播种者》文集。

46．乡居小记 （散文）

署名骆宾基，1942年6月17日作，以"邻居小记"为题，初收1942年11月桂林华华书店版《雪山集》。

47．鸡鸣与狗吠 （散文）

署名骆宾基，1942年6月24日作，载1942年7月25日《文化杂志》第2卷第5期，初收1943年5月桂林创作出版社和大地图书公司版《播种者》文集。

48．周启之老爷 （短篇小说）

1942年9月21日作，载1942年11月15日《青年文艺》第1卷第2期。

49．老爷们的故事 （短篇小说）

署名骆宾基，1942年10月作，载1942年12月15日《创作月刊》

第 2 卷第 1 期，初收 1982 年 1 月湖南人民出版社版《骆宾基小说选》。

50．**少年（1）** （长篇小说《少年》之一章）

1942 年作，载 1942《世界政治》第 7 卷第 14 期。

51．**红玻璃的故事** （短篇小说）

1942 年冬作，载 1943 年 1 月 15 日桂林版《人世间》第 1 卷第 3 期，初收 1947 年 8 月星群出版社版《北望园的春天》短篇小说集。由日本汉学家饭塚朗教授译为日文，收于 1955 年 3 月岩波书店日文版《北望園の春天》短篇小说集。

52．**读诗小记** （散文）

1943 年 1 月 14 日作，载 1943 年 5 月 15 日《青年文艺》第 1 卷第 5 期。

53．**萧红逝世一周年祭** （散文）

1943 年 1 月 22 日作，载 1943 年 3 月 15 日《青年文艺》第 1 卷第 4 期，初收 1986 年 12 月青海人民出版社版《书简·序跋·杂记》。

54．**乡亲——康天刚** （又名"康天刚的故事"，短篇小说）

1943 年春作，载 1943 年 5 月 10 日《文学报》第 1 卷第 1 期，初收 1947 年 8 月星群出版社版《北望园的春天》短篇小说集。

55．**播种者** （短篇小说集）

1943 年 5 月桂林创作出版社和大地图书公司分别出版。

56．**蓝色的图们江** （中篇小说）

1943 年作，连载于 1943 年 7 月 1 日至 11 月 5 日《文学杂志》创刊号至第 1 卷第 2 期；1947 年 8 月上海新丰出版公司初版；1990 年 5 月收于作家出版社版《大后方》小说集。

57．北望园的春天　（短篇小说）

1943 年作，载 1943 年 10 月 1 日《文学创作》第 2 卷第 4 期，初收 1947 年 8 月星群出版社版《北望园的春天》短篇小说集。由日本汉学家饭塚朗教授译为日文，收于 1955 年 3 月岩波书店日文版《北望园の春》短篇小说集。

58．幼年　（《姜步畏家史》之第 1 章至第 5 章，长篇小说）

1942 年至 1943 年作，连载于 1943 年 10 月 15 日至 1944 年 4 月 1 日桂林版《人世间》第 1 卷第 1 期至第 4 期，初收 1944 年 5 月桂林三户图书社版《姜步畏家史——第一部"幼年"》。

59．老女仆　（短篇小说）

1942 年冬至 1943 年 7 月 10 日作，载 1943 年 10 月《青年生活》第 4 卷第 3 期，初收 1947 年 8 月星群出版社版《北望园的春天》短篇小说集。由日本汉学家小野忍教授译为日文，收于 1955 年 3 月岩波书店日文版《北望园の春》短篇小说集，及 1963 年 4 月平凡社日文版《中国现代文学选集》第 8 卷《抗战期文学集》。

60．当那幅油画诞生的时候　（又名"一个唯美派画家的日记"，短篇小说）

1943 年作，载 1944 年 1 月 1 日《当代文艺》第 1 卷第 1 期，初收 1982 年 1 月湖南人民出版社版《骆宾基小说选》。

61．三月书简 （书简）

1943年3月作，载1944年4月1日《当代文艺》第1卷第4期，初收1982年10月江西人民出版社版《初春集》。

62．一九四四年的事件 （短篇小说）

1944年4月作，载1944年6月15日《文学创作》第3卷第2期，初收1947年8月星群出版社版《北望园的春天》短篇小说集。

63．新诗和诗人 （评论）

1944年5月1日作，载1946年1月《新世纪》文艺月刊第1卷第1期，初收1982年10月江西人民出版社版《初春集》。

64．幸运的人们——旅途小记 （速写）

1944年作，载1944年7月10日《新华日报》。

65．冬天 （长篇小说《幼年》之一章）

署名骆滨基，1944年作，载1944年9月《抗战文艺》第9卷第3期和第4期合刊，初收1944年5月桂林三户图书社版《姜步畏家史——第一部"幼年"》。

66．红旗河上的新年 （长篇小说《幼年》之一章）

1944年作，载1944年9月《青年文艺》新1卷第2期，初收1944年5月桂林三户图书社版《姜步畏家史——第一部"幼年"》。

67．在学校里 （长篇小说《幼年》之一章）

1944年作，载1944年10月10日《青年文艺》新1卷第3期，初收1944年5月桂林三户图书社版《姜步畏家史——第一部"幼年"》。

68. 大风暴中的人物——读丁玲著《我在霞村的时候》 （评论）

1944年9月4日作，载1944年12月《抗战文艺》第9卷第5期和第6期合刊，初收1982年10月江西人民出版社版《初春集》。

69. 窝棚 （长篇小说《幼年》之一章）

1944年作，载1945年5月《文哨》第1卷第1期。

70. 姜步畏家史——第一部"幼年" （又名"幼年"，长篇小说）

1944年5月桂林三户图书社初版（称"三户版"）。

71. 端午节 （长篇小说《少年》之一章）

1944年秋作，载1944年11月15日《时与潮文艺》第4卷第3期。

72. 村庄 （长篇小说《少年》之一章）

1944年作，载1945年《青鸟》第1卷第1期。

73. 少年（2） （长篇小说《少年》之一章）

1944年作，连载于1945年6月25日和9月15日《文艺杂志》第1卷第1期和第2期合刊及第3期。

74. 序曲 （短篇小说）

载1945年2月《新世纪》第2期（连载未完）。

75. 忘却——读《发疯》之后 （评论）

1945年6月作，载1945年6月5日《青年知识》第1卷第3期。

76. 贺大杰的家宅 　（短篇小说）

1945年作，载1946年3月15日《文讯》新3号第6卷第3期，初收1947年8月星群出版社版《北望园的春天》短篇小说集。

77. 秋收 　（长篇小说《少年》之一章）

1945年作，载1945年12月11日《文萃》第10期。

78. 一个坦白人的自述 　（短篇小说）

1945年作，载1945年12月《希望》第1集第1期，初收1947年8月星群出版社版《北望园的春天》短篇小说集。

79. 论感伤 　（评论）

1946年1月13日作，载1946年2月4日《和平日报》，初收1982年10月江西人民出版社版《初春集》。

80. 发表欲小论 　（评论）

1946年1月20日作，载1946年3月《客观》第12期。

81. 萧红小论——纪念萧红逝世四周年 　（散文）

1946年1月作，载1946年1月22日《新华日报》，初收1986年12月青海人民出版社版《书简·序跋·杂记》。

82. 一个奉公守法的官吏 　（又名"一个官吏"，短篇小说）

1946年1月作，载1946年1月23日《新华日报》，初收1953年6月新文艺出版社版《北望园的春天》短篇小说集。

83. 可疑的人 （短篇小说）

1946年6月22日作，载1946年8月1日《文艺复兴》第2卷第1期，初收1982年1月湖南人民出版社版《骆宾基小说选》。

84. 《罪证》后记 （序跋）

1946年7月19日作，初收1946年8月上海民声书店版《罪证》。

85. 节日 （短篇小说）

载1946年8月15日《文艺春秋》第3卷第2期。

86. 地主之家 （长篇小说《少年》之一章）

1946年8月26日作，载1946年8月15日《文艺复兴》第3卷第2期。

87. 答友问——关于写作种种 （书简）

载1946年10月21日《前线日报》。

88. 《萧红小传》后记 （序跋）

1946年11月19日作，收于1947年7月建文书店版《萧红小传》。

89. 萧红小传 （传记）

1946年秋作，连载于1946年11月14日至1947年1月1日《文萃》第6期至第11期；1947年7月建文书店初版。由日本汉学家市川宏教授译为日文，收于1971年河出书房新社日文版《中国现代文学》第12集。

90. 氤氲 （长篇小说《少年》之一章）

1946年作，连载于1946年6月10日至10月15日《清明》第2

期至第 4 期。

91．祝福　（散文）

1947 年 1 月作，载 1947 年 1 月 10 日《大公报》天津版。

92．给 C 君　（诗）

1947 年 1 月作，载 1947 年 1 月 14 日《大公报》上海版。

93．混沌——姜步畏家史　（又名"幼年"，长篇小说）

1947 年 1 月新群出版社初版（称"沪一版"），1950 年 2 月新群出版社再版（称"沪二版"），1952 年 2 月新群出版社再版（称"沪三版"）。

94．文学与人生　（评论）

载 1947 年 1 月《文艺知识连丛》第 1 卷第 1 期。

95．由于爱　（短篇小说）

1947 年 1 月作，载 1947 年 4 月 20 日《同代人文艺丛刊》第 1 集，初收 1953 年 6 月新文艺出版社版《北望园的春天》短篇小说集。

96．"新春噩梦"之外的话　（评论）

1947 年 2 月作，载 1947 年 2 月 14 日《评论报》第 11 期和第 12 期合刊。

97．姜仰山的农舍　（长篇小说《少年》之一章）

1947 年作，载 1947 年 2 月 15 日《文艺春秋》第 4 卷第 2 期。

98. 海上人间——从上海到塘沽　（报告文学）

1947年2月作，载1947年3月《人世间》复刊第1期。

99. 下屯去　（长篇小说《少年》之一章）

1946年至1947年作，载1947年7月1日《文艺复兴》第1卷第1期。

100.《五月丁香》　（话剧剧本）

1946年至1947作，1947年8月建文书店初版。

101. 少年（3）　（长篇小说《少年》之一章）

1947年作，载1947年《春潮》第1卷第2期。

102. 虐杀者与战士　（评论）

1949年4月11日作，载1949年4月14日《大公报》香港版，初收1982年10月江西人民出版社版《初春集》。

103. 我欢呼，我怀念，我又担心呀！　（诗）

1949年4月22日作，载1949年4月27日《大公报》香港版。

104. 总攻击令　（又名"读毛泽东和朱德的总攻击令"，诗）

1949年4月23日作，载1949年4月23日《文汇报》香港版。

105.《萧红小传》自序　（序跋）

1949年12月14日作，收于1981年11月黑龙江人民出版社版《萧红小传》（修订版）。

106. 纪念鲁迅，加强学习 （评论）

1950年春作，收于1982年10月江西人民出版社版《初春集》。

107. 读诗小论——兼评田间《抗战诗抄》 （评论）

1950年春作，收于1982年10月江西人民出版社版《初春集》。

108. 纪念高尔基，学习高尔基——在山东大学召开的"纪念高尔基逝世十四周年"大会上的讲话 （致辞）

1950年6月作，载1950年6月18日《青岛日报》，初收1982年10月江西人民出版社版《初春集》。

109. 替身寡妇竖牌坊 （民间故事）

署名羽衣，1950年6月30日作，载1950年8月15日《山东文艺》第1卷第2期。

110. 八月一日记事 （诗）

署名羽衣，1950年7月作，载1950年8月15日《山东文艺》第1卷第3期。

111. 张保洛的回忆 （短篇小说）

1950年8月5日急就章，载1950年9月15日《山东文艺》第1卷第4期；1951年3月山东人民出版社初版。

112. 伟大的印象 （评论）

载1950年10月4日《人民日报》。

113. 国庆大典观礼记 （速写）

1950年10月作，载1950年10月15日《山东文艺》第1卷第5期，初收1986年12月青海人民出版社版《书简·序跋·杂记》。

114. 马小贵和牛连长 （短篇小说）

1950年作，初收1953年6月新文艺出版社版《北望园的春天》。

115. 有理由自豪，但并不满足 （评论）

1950年6月作，载1951年2月1日《山东文艺》第2卷第2期，初收1986年12月青海人民出版社版《书简·序跋·杂记》。

116. 我们带回来的是什么？——慰问十九兵团归来 （散文）

1951年1月作，载1951年1月13日《大众日报》，初收1982年10月江西人民出版社版《初春集》。

117. 英雄气概与生产艺术家 （评论）

1951年3月12日作，载1951年4月1日《山东文艺》第2卷第3期和第4期合刊，初收1982年10月江西人民出版社版《初春集》。

118. 故事新写 （古代故事）

署名金羽，1951年1月29日作，载1951年3月《群众文艺》第3卷第5期。

119. 纪念高尔基——济南高尔基逝世十五周年纪念晚会上的演讲 （致辞）

1951年作，初收1986年12月青海人民出版社版《书简·序跋·杂记》。

120. 纪念民盟先烈的几句话 （散文）

署名一民，1951年作，载1951年7月15日《大众日报》，初收1982年10月江西人民出版社版《初春集》。

121. 王妈妈 （短篇小说）

1952年3月作，载1953年5月2日《人民文学》第5期，1953年12月人民文学出版社初版，收于1954年5月中央人民政府人民革命军事委员会总政文化部《不能走那条路》文集。由日本汉学家小野忍教授译为日文，收于1955年3月岩波书店日文版《北望园の春》短篇小说集。

122. 夜走黄泥岗 （短篇小说）

1953年10月作，载1953年12月《人民文学》第12期，初收1963年10月作家出版社版《山区收购站》短篇小说及报告文学集。

123. 旅途 （短篇小说）

1953年11月作，载1954年5月《人民文学》第5期，初收1956年11月作家出版社版《年假》短篇小说集。

124. 年假 （短篇小说）

1954年3月作，载1954年4月《人民文学》第4期，初收1956年11月作家出版社版《年假》短篇小说集。由日本汉学家小野忍译为日文，收于1955年3月岩波书店日文版《北望园の春》短篇小说集。

125. 略谈契诃夫 （评论）

1954年6月作，载1954年7月《人民文学》第7期，初收1956

年 11 月作家出版社版《年假》。

126.《混沌》 （又名"幼年"，长篇小说）

1954 年 7 月作家出版社出版。

127. 交易 （短篇小说）

1954 年 11 月至 12 月作，载 1955 年 8 月《人民文学》第 3 期，初收 1956 年 11 月作家出版社版《年假》短篇小说集。

128.《北望园の春》 （日文短篇小说集）

1955 年 3 月 20 日岩波书店初版。

129. 父女俩 （短篇小说）

1955 年作，载 1956 年 10 月《人民文学》第 10 期，初收 1956 年 11 月作家出版社版《年假》短篇小说集。英文版以 *Father and Daughter* 为题，收于 1984 年《中国文学》杂志社版《五十年代小说集》（*Chinese Stories From the Fifties*）。

130. 年假 （短篇小说集）

1956 年 11 月作家出版社初版。

131. 以往和未来 （评论）

1957 年 2 月 25 日作，载 1957 年 4 月 24 日《文艺报》。

132. 老魏俊和芳芳 （《老魏俊和芳芳》系列短篇小说之一）

署名张怀金，1957 年 3 月作，载 1957 年 4 月《人民文学》第 4 期，初收 1958 年 8 月作家出版社版《老魏俊与芳芳》短篇小说集。

133. 关于饲养员被狗咬伤的问题　（《老魏俊和芳芳》系列短篇小说之二）

1957年8月作，载1958年1月《收获》第1期，初收1958年8月作家出版社版《老魏俊与芳芳》短篇小说集。

134. 黄昏　（又名"黄昏以后"，《北京近郊的月夜》系列短篇小说之一）

1957年10月作，载1957年11月《人民文学》第10期，初收1958年8月作家出版社版《老魏俊与芳芳》短篇小说集。

135. 夜晚　（《北京近郊的月夜》系列短篇小说之二）

1957年11月作，载1958年1月《人民文学》第1期，初收1958年8月作家出版社版《老魏俊与芳芳》短篇小说集。

136. 从王府井大街所见而想起的　（评论）

1958年初作，载1958年2月《人民文学》第2期，初收1982年10月江西人民出版社版《初春集》。

137. 月出　（《北京近郊的月夜》系列短篇小说之三）

1957年10月8日至1958年2月1日作，载1958年2月20日《北京文艺》第2期，初收1958年8月作家出版社版《老魏俊与芳芳》短篇小说集。

138. 半夜　（《北京近郊的月夜》系列短篇小说之四）

1958年1月作，初收1958年8月作家出版社版《老魏俊与芳芳》短篇小说集。

139．夜归　（《北京近郊的月夜》系列短篇小说之五）

1957年10月8日至1958年2月1日作，载1958年3月1日《新港》第2期和第3期合刊，初收1958年8月作家出版社版《老魏俊与芳芳》短篇小说集。

140．六月的早晨　（《老魏俊和芳芳》系列短篇小说之三）

1958年2月作，初收1958年8月作家出版社版《老魏俊与芳芳》短篇小说集。

141．午睡的时候　（《老魏俊和芳芳》系列短篇小说之四）

1958年3月作，初收1958年8月作家出版社版《老魏俊和芳芳》短篇小说集。

142．《老魏俊与芳芳》后记　（序跋）

1958年3月作，收于1958年8月作家出版社版《老魏俊与芳芳》短篇小说集。

143．老魏俊与芳芳　（短篇小说集）

1958年8月作家出版社初版。

144．十年，奔驰了百年的路　（诗）

1959年9月12日作，载1959年10月5日《北方文学》国庆特大号10期。

145．抗联四军的"童年"　（传记体报告文学《过去的年代》，又名"李延禄将军的回忆"之一章）

1959年夏作,载1959年7月至8月《北方文学》第7期至第8期,初收1979年6月黑龙江人民出版社版《过去的年代》。

146. 疾风知劲草　（传记体报告文学《过去的年代》,又名"李延禄将军的回忆"之一章）

1960年春作,载1960年2月至3月《北方文学》第2期至第3期,初收1979年6月黑龙江人民出版社版《过去的年代》。

147. 响应号召,持续跃进　（评论）

1960年春作,载1960年4月5日《北方文学》第4期。

148. 社员之家　（电影文学剧本）

与陈桂珍、丛深合著,连载于1960年5月5日和6月5日《北方文学》第5期和第6期。

149. 少年英雄何畏——记东北抗日联军一战士　（传记体报告文学）

1960年六一前夕作,载1960年5月29日《黑龙江日报》,初收1986年12月青海人民出版社版《书简·序跋·杂记》。

150. 争取做红色文艺工作者　（评论）

1960年夏作,载1960年9月5日《北方文学》第9期。

151. 秃尾巴老李的传说　（神话诗）

1960年夏作,发表日期和刊物不详。

152. 在大跃进的日子里 （又名"当轧钢厂在香坊诞生的时候"，报告文学）

1960 年 10 月 20 日作，载 1961 年 1 月《哈尔滨文艺》新年特大号，初收 1982 年 10 月江西人民出版社版《初春集》。

153. 轻工业中的一枝花 （报告文学）

1960 年作，初收 1982 年 10 月江西人民出版社版《初春集》。

154. 白衣指挥者和十六条生命 （报告文学）

1960 年 12 月 4 日作，初收 1982 年 10 月江西人民出版社版《初春集》。

155. 黑龙江大合唱 （歌词）

与严辰、逯斐等合著，载 1961 年 1 月 15 日《黑龙江日报》。

156. 山区收购站 （短篇小说）

1961 年 5 月作，载 1961 年 7 月 20 日《人民文学》第 7 期和第 8 期合刊，初收 1963 年 10 月作家出版社版《山区收购站》短篇小说与报告文学集。

157. 富饶迷人的黑河 （散文）

1961 年 10 月 5 日作，载 1961 年 11 月 5 日《北方文学》第 11 期，初收 1982 年 10 月江西人民出版社版《初春集》。

158. 航行在黑龙江上——大兴安岭散记之一 （散文）

1961 年 11 月 25 日作，初收 1982 年 10 月江西人民出版社版《初春集》。

159. "燕子峡"外——大兴安岭散记之三 （散文）

1961年春作，1979年11月再订正，载1982年10月江西人民出版社版《初春集》。

160. 初冬 （又名"大车轱辘和家具"，短篇小说）

1961年作，载1962年1月12日《人民文学》第1期，初收1963年10月作家出版社版《山区收购站》短篇小说与报告文学集。

161. 草原上 （报告文学）

1962年1月16日作，载1962年2月24日《人民日报》，初收1963年10月作家出版社版《山区收购站》短篇小说与报告文学集。

162. 高举毛泽东旗帜前进 （又名"关于《在延安文艺座谈会上的讲话》"，评论）

1962年1月作，载1962年6月5日《北方文学》第6期，1966年4月27日修订，初收1986年12月青海人民出版社版《书简·序跋·杂记》。

163. 白桦树荫下 （短篇小说）

1962年作，载1962年7月12日《人民文学》第7期，初收1963年10月作家出版社版《山区收购站》短篇小说与报告文学集。

164. 暴雨之后 （短篇小说）

1962年7月作，载1962年8月《北京文艺》第8期，初收1963年10月作家出版社版《山区收购站》短篇小说与报告文学集。

165. "东北"号江轮上——大兴安岭散记之二 （散文）

1962 年 8 月 10 日作，初收 1982 年 10 月江西人民出版社版《初春集》。

166. 一九六二年秋天在苇河 （报告文学）

1962 年作，载 1963 年 1 月 12 日《人民文学》第 1 期，初收 1982 年 10 月江西人民出版社版《初春集》。

167. 春天的报告 （报告文学）

1963 年 3 月作，载 1963 年 4 月 24 日《人民日报》，初收 1963 年人民日报出版社版《春天的报告》报告文学选集。

168. 《山区收购站》后记 （序跋）

1963 年 5 月 1 日作，载 1963 年 6 月 4 日《北京文艺》第 6 期，初收 1963 年 10 月作家出版社版《山区收购站》短篇小说与报告文学集。

169. 山区收购站 （短篇小说与报告文学集）

1963 年 10 月作家出版社初版。

170. 东北的冬天 （散文）

1963 年作，1979 年 11 月再订正，载 1964 年 2 月《人民画报》第 2 期，初收 1982 年 10 月江西人民出版社版《初春集》。

171. 结婚之前 （话剧剧本）

1963 年至 1964 年作，载 1964 年 11 月 20 日《剧本》第 11 期。

172. 悼冯雪峰同志　（散文）

1976年1月作，载1979年10月《鸭绿江》第10期，初收1982年10月江西人民出版社版《初春集》。

173. 《过去的年代》后记　（序跋）

1978年10月31日作，收于1979年6月黑龙江人民出版社版《过去的年代》。

174. 过去的年代——关于东北抗联四军的回忆　（传记体报告文学）

1960年10月15日完稿，1976年12月26日校订，1979年6月黑龙江人民出版社初版。

175. 诗二首　（诗）

1977年6月25日和7月22日作，载1978年12月《十月》第2期。

176. 六十自述　（传记）

1977年10月作，收于1980年5月人民文学出版社版《骆宾基短篇小说选》。

177. 关于我和鲁迅先生的两次通信——答复旦大学《鲁迅日记》注释组　（书简）

1978年1月29日作，初收1986年12月青海人民出版社版《书简·序跋·杂记》文集。

178. 《呼兰河传》后记　（序跋）

1978年7月作，见1979年12月黑龙江人民出版社版《呼兰河传》，初收 1982 年 10 月江西人民出版社版《初春集》。

179．金文新考二篇　（古金文研究）

1978 年 10 月 1 日作，载 1981 年 11 月 30 日《社会科学辑刊》第 6 期。

180．我的创作历程（代序）——为了悼念雪峰、荃麟和彭康等同志　（散文）

1977 年 12 月 28 日"文学工作者座谈会"上的发言，于 1978 年 1 月 24 日追忆、整理，1979 年 4 月 29 日再次删改、校订，初收 1980 年 5 月人民文学出版社版《骆宾基短篇小说选》。

181．生死场，艰辛路　（又名"萧红简传"，传记）

1979 年 7 月 20 日完稿，载 1980 年 1 月《十月》第 1 期，初收 1982 年 10 月江西人民出版社版《初春集》。

182．我们处在百花争妍的春天　（又名"我们如处春天"，诗）

1979 年 11 月作，1979 年 11 月 24 日再整理，载 1979 年 12 月 9 日《文汇报》香港版，初收 1982 年 10 月江西人民出版社版《初春集》。

183．古代典籍所载的亲称新解　（古金文研究）

1979 年 11 月 15 日作，载 1980 年 3 月《江城》第 3 期。

184．殷周"父""子"亲称新解　（古金文研究）

1979 年 12 月 18 日作，初收 1985 年 9 月山西人民出版社版《诗经新解与古史新论》文集。

185. 孔阙著《灯塔》前记　（又名"写在孔厥著《灯塔》初版之前",序跋）

1979年12月29日作,载1980年6月《文艺理论研究》创刊号,初收1982年10月江西人民出版社版《初春集》。

186. 作者自传　（传记）

1979年作,初收1982年10月江西人民出版社《初春集》。

187. "子"为古代姓氏,也是三族之一的亲称　（古金文研究）

1980年元旦作,载1981年6月《锦州文艺》第6期。

188. 珍贵的青铜彝器　（古金文研究）

1980年作,载1980年2月《紫禁城》第2期,初收1984年2月上海文化出版社版《故宫新语》文集。

189. 从《诗经》看殷周三世婚姻关系——读书笔记　（古金文研究）

1973年6月9日初稿,1980年1月7日定稿,载1980年6月《柳泉》创刊号。

190. 关于《金文新考》的报告　（报告）

1980年春作,载1980年11月15日《学习与探索》第6期。

191.《诗经·关雎》首句新解——读书随笔　（古金文研究）

1973年5月3日初稿,1980年3月26日修订,连载于1981年2月和4月《百花洲》第1期和第2期。

192.《诗·芄兰》篇新解　（又名"古诗新译——'萚兮'二章"，古金文研究）

1980年4月作，初收1985年9月山西人民出版社版《诗经新解与古史新论》文集。

193.《诗·莕兮》篇新解

1980年五一作，发表刊物不详。

194. 骆宾基短篇小说选　（短篇小说选）

1980年5月人民文学出版社初版。

195. 写在《萧红选集》出版之前　（序跋）

1980年作，载1980年7月《长春》第7期，初收1982年10月江西人民出版社版《初春集》。

196. 茅盾同志题签《金文新考》的附记　（散文）

1980年5月28日作，载1981年8月10日《北京文学》第8期。

197.《萧红小传》订订版前记　（又名"《萧红小传》修订版自序"，序跋）

1980年6月4日作，载1981年2月《新苑》第2期，初收1981年11月黑龙江人民出版社版《萧红小传》。

198. 关于上古之亲称新论——答某历史学"权威"　（古金文研究）

1980年6月18日作，初收1985年9月山西人民出版社版《诗经新解与古史新论》文集。

199. 中国新考古学发掘系统的辉煌贡献——读报札记 （评论）

1980年6月30日作，初收1982年10月江西人民出版社版《初春集》。

200. 紫禁城内有待重新开垦的古文化领域 （评论）

1980年7月1日前夕作，初收1982年10月江西人民出版社《初春集》。

201.《萧红小传》修订版编后记 （序跋）

1980年8月26日作，初收1981年11月黑龙江人民出版社版《萧红小传》（修订版）。

202. 美学家——吕荧之死 （又名"《美的殉道者吕荧传》代序"，序跋）

1980年9月5日作，以"美学家——吕荧之死"为题，载1980年10月4日《文汇报》香港版；初收1982年10月江西人民出版社版《初春集》；1985年11月1日修订后，收于1989年4月北京燕山出版社版《美的殉道者——吕荧》。

203. 关于我的报告文学及其他——《诗文自选集》编后记 （序跋）

1980年秋作，载1981年3月《文艺理论研究》第1期。

204. 镜泊湖畔 （电影文学剧本）

1980年10月作，载1981年12月6日《电影创作》第12期。

205. 初到哈尔滨的时候 （散文）

1980年11月1日作，载1981年2月15日《哈尔滨日报》，初收1982年10月江西人民出版社版《初春集》。

206. 关于夏禹婚宴礼器出土于殷墟的报告 （古金文研究）

1978年9月至1980年11月11日作，载1981年4月30日《湘潭大学社会科学学报》第2期。

207. 《初春集》编后语 （序跋）

1980年秋作，初收1982年10月江西人民出版社版《初春集》。

208. "淇奥"三章——古诗新译 （又名"《诗·淇奥》篇新解"；古金文研究）

1980年11月11日作，载1981年3月《北疆》创刊号。

209. 与友人蒋天佐同志谈"金文" （书简）

1980年12月28日作，载1981年5月15日《学习与探索》第3期。

210. "司母戊鼎"非殷商器 （古金文研究）

1981年1月21日作，初收1985年9月山西人民出版社版《诗经新解与古史新论》文集。

211. 太平洋战争爆发之后 （又名"《萧红简传》增订篇"，散文）

1981年1月22日校订，载1981年6月15日《北方文学》第6期，初收1982年10月江西人民出版社版《初春集》。

212. 古金文"羊角"是族称　（古金文研究）

1981年1月作，载1981年1月30日《北京晚报》。

213. 答香港作家彦火问——摘自彦火著《中国现代作家风貌》续篇　（书简）

1981年2月21日作，初收1986年12月青海人民出版社版《书简·序跋·杂记》。

214. "男"为古三族（伯、子、男）之一的亲称　（古金文研究）

1981年作，载1981年2月《安徽大学（学社版）》第2期。

215. 再谈"古金文'羊角'是族称"——读"关于古金文'羊角'"之后　（古金文研究）

1981年2月24日作，初收1985年9月山西人民出版社版《诗经新解与古史新论》文集。

216. 《诗·旄丘》篇新解　（古金文研究）

1981年春作，初收1985年9月山西人民出版社版《诗经新解与古史新论》文集。

217. 关于"层累建成的中国古史"说的破绽——读报札记　（古金文研究）

1981年3月12日作，初收1985年9月山西人民出版社版《诗经新解与古史新论》文集。

218. 复宫尾正树先生的信　（又名"关于《边陲线上》与古金文的考证"，书简）

1981年3月16日作，载1981年6月《江城》第6期。

219. 《幼年》重版自序——《姜步畏家史》第一部 （序跋）

1981年3月18日作，载1981年5月14日《文学报》，初收1982年3月文化艺术出版社版《幼年》。

220. 中国四千五百年前就有青铜器与文字说——答客问 （古金文研究）

1981年3月26日作，初收1985年9月山西人民出版社版《诗经新解与古史新论》文集。

221. 多读、多看、多写 （书简）

1981年3月26日作，载1981年11月26日《文学报》，初收1986年12月青海人民出版社版《书简·序跋·杂记》。

222. 风姿飘逸似崖松——悼茅盾先生 （诗）

1981年3月31日作，载1981年4月9日《中国青年报》。

223. 悼念茅盾先生 （散文）

1981年3月28日作，载1981年4月12日《北京日报》；以"痛念茅盾先生"为题，初收1986年12月青海人民出版社版《书简·序跋·杂记》。

224. 茅盾先生题签《金文新考》附记 （散文）

1981年3月作，载1981年7月《北京文学》。

225．悼茅公 （诗）

1981年4月5日作，载1981年4月6日《工人日报》。

226．与茅盾先生第一次见面的前后 （散文）

1981年春作，载1981年7月《中国建设》第30卷第7期。

227．读《何彼襛矣》三章 （又名"《诗·何彼襛矣》篇新解"，附录："有商孙子"与"商之孙子"新解——《诗·文王》第四章，古金文研究）

1981年6月作，载1985年5月1日《河南大学学报（社科版）》第2期，初收1985年9月山西人民出版社版《诗经新解与古史新论》文集。

228．关于刘岘木刻画展的几句话 （评论）

1981年7月11日作，载1983年6月2日《河南日报》，初收1985年9月山西人民出版社版《诗经新解与古史新论》文集。

229．关于《老女仆》在日本——致赖丹同志书稿 （书简）

1981年夏作，初收1986年12月青海人民出版社版《书简·序跋·杂记》。

230．《诗·绵》篇新解 （古金文研究）

1980年10月16日整理，1981年9月5日订正，载1982年9月20日《学术研究》第5期。

231．公元前四千年是"旅游者"传播文化的时代 （古金文研究）

1981年9月6日作，初收1985年9月山西人民出版社版《诗经新解与古史新论》文集。

232.《诗经》之"同父""同姓"新解 （古金文研究）

1979年12月12日初稿，1981年9月9日修订，初收1985年9月山西人民出版社版《诗经新解与古史新论》文集。

233.《诗经·斯干》篇新解（附：关于临潼姜家寨遗址出土青铜器的小论——读报随笔 （古金文研究）

1973年7月10日初稿，1981年9月修订，载1984年3月30日《河南师大学报（社科版）》第2期，初收1985年9月山西人民出版社版《诗经新解与古史新论》文集。

234.《记者和她的故事》序——由戈悟觉的作品而想到的 （序跋）

1981年10月9日至11日作，载1982年8月10日《奔流》第8期，初收1985年9月山西人民出版社版《诗经新解与古史新论》文集。

235.《萧红小传》（修订版） （传记）

1981年11月黑龙江人民出版社出版，1987年6月北方文艺出版社出版，1991年香港天地图书出版。

236. 辞书与金文 （又名"释'为'"，古金文研究）

1981年作，载1981年11月《辞书研究》第4期。

237.《诗·伯兮》篇新解 （古金文研究）

1981年作，载1981年12月《文汇月刊》第12期。

238.《骆宾基小说选》后记 （序跋）

1981年作，萧红逝世三十九周年之夕校订；以"略谈我的一些小说"为题，载1981年9月《文艺理论研究》第3期；初收1982年1月湖南人民出版社版《骆宾基小说选》。

239.《骆宾基小说选》 （小说集）

1982年1月湖南人民出版社初版。

240. 关于作者的话——柳溪长篇《功与罪》代序 （序跋）

1982年2月12日作，载1982年7月15日《天津日报》，初收1985年9月山西人民出版社版《诗经新解与古史新论》文集。

241. 关于《镜泊湖畔》的信 （书简）

1982年2月28日作，载1982年8月6日《电影创作》第8期。

242. 纪念老舍先生的几句话 （散文）

1982年3月26日作，初收1988年5月人民日报出版社版《瞭望时代的窗口》文集。

243.《幼年》 （长篇小说）

1982年3月文化艺术出版社出版。

244. 关于"金文两篇"的说明——致《辽宁文物》编者 （书简）

1982年4月2日作，初收1985年9月山西人民出版社版《诗经新解与古史新论》文集。

245.《诗经新解与古史新论》编后记 （序跋）

1982年4月17日作,初收1985年9月山西人民出版社版《诗经新解与古史新论》文集。

246.《春秋左传》解诗之误——读书随笔 （古金文研究）

1973年5月13日初稿,1982年5月2日修订,初收1985年9月山西人民出版社版《诗经新解与古史新论》文集。

247. 关于今绍兴"大禹后裔姒氏世系表"与司马公《越王勾践世家》的年代差异考 （古金文研究）

1982年5月16日作,载1983年1月《龙岩师专学报（社科版）》第1卷第1期。

248. 杞伯姬与杞叔姬为隔世之婆媳非同辈之姊妹说——以《春秋左传》证《史记·陈杞世家》之误 （古金文研究）

1982年5月作,载1982年8月1日《中小学语文教学》（青海师院中文系编）第8期。

249. 僖公五年经载"杞伯姬来朝其子"新解 （古金文研究）

1982年5月28日作,载1982年9月1日《中小学语文教学》（青海师院中文系编）第9期。

250. 致《湘潭大学学报》编者书稿——关于《夏禹（阜夷氏）婚宴青铜礼器出土于殷墟的报告》的论辩问题 （书简）

1982年6月5日作,初收1985年9月山西人民出版社版《诗经新解与古史新论》文集。

251．三月书怀（外一首）　（诗）

1982年7月作，载1982年7月13日《北京日报》。

252．重读《边陲线上》有感（重版自序）　（序跋）

1982年7月4日（茅公八十六诞辰）作，载1982年10月25日《丑小鸭》第10期，初收1986年12月青海人民出版社版《书简·序跋·杂记》。

253．庐山行——仙人洞外　（诗）

1982年8月9日作，载1982年11月《百花洲》第6期。

254．庐山行——盘山道上　（诗）

1982年8月9日作，载1982年11月《百花洲》第6期。

255．晋与周非兄弟之族说——以《史记》所载"文公之命"证《春秋左传》已为伪笔所篡改　（古金文研究）

1982年作，连载于1982年11月1日和1982年12月15日《中小学语文教学》（青海师院中文系编）第11期和第12期。

256．《萧红评传》序　（序跋）

1982年9月12日作，载1983年1月《长春》第1期，初收1985年9月山西人民出版社版《诗经新解与古史新论》文集。

257．鲁季孙氏之始祖"公子友"非"文姜所生"说——以《史记·鲁世家》证《左传》载"史墨"之言为误　（古金文研究）

1982年作，载1983年1月《青海师范学院学报（哲社版）》第1期。

258. 八十年代一座农业里程碑——北京郊区窦店纪行 （报告文学）

1982年10月1日作，载1983年7月《百花洲》1983年第4期。

259. 略论《东夷杂考》——致著者夫人刘朱樱女士书稿 （书简）

1982年10月6日作，初收1985年9月山西人民出版社版《诗经新解与古史新论》文集。

260. 答纽约读者论中国古史书 （古金文研究）

1982年10月11日作，初收1985年9月山西人民出版社版《〈诗经〉新解与古史新论》文集。

261. 答美国友人G博士论中国古史书稿 （书简）

1982年10月25日作，初收1985年9月山西人民出版社版《诗经新解与古史新论》文集。

262. 《初春集》 （文集）

1982年10月江西人民出版社初版。

263. 以《春秋左传》证《史记·陈杞世家》之误——杞桓公称子称伯及辈次考 （古金文研究）

1972年初稿，1982年5月20日整理、11月28日订正，载1983年4月2日《龙岩师专学报（社科版）》第1期。

264. 释"亚"及"亚旅"——"公元前两千二三百年之间中国人到达美洲"之说的铁证 （古金文研究）

1982年6月12日脱稿、8月2日校、11月28日补充订正，载

1983年10月28日《青海社会科学》第5期，初收1991年9月华文出版社版《中国上古社会新论》。

265. 略论"杞"与"曩"——答青岛王国华先生书稿 （书简）

1982年11月29日作，初收1985年9月山西人民出版社版《诗经新解与古史新论》文集。

266. 怀念郭沫若 师承其创新精神 （评论）

1982年11月16日至12月8日作，载1983年3月15日《社会科学》第3期。

267. 孟孙氏始祖"公子庆父"与"仲孙湫来省难"新解——关于鲁之"三桓"说 （古金文新考）

1982年5月29日初稿、12月19日定稿，载1985年4月2日《龙岩师专学报（社科版）》第3卷第1期。

268. 初访"神坛"（第一夜）——回忆乡居的冯雪峰同志 （散文）

1983年2月9日作，连载于1983年5月22日和8月22日《新文学史料》第2期和第3期，初收1986年12月青海人民出版社版《书简·序跋·杂记》。

269. 关于我的笔名——答上海文学研究所及广西八步师专等同志问 （书简）

1983年2月18日作，初收1986年12月青海人民出版社版《书简·序跋·杂记》。

270．关于抗战时期的作品评论问题——致秦兆基同志书稿 （书简）

1983年1月20日作、3月27日订正，载1983年7月21日《柳泉》第4期，初收1986年12月青海人民出版社版《书简·序跋·杂记》。

271．释"鸠" （古金文研究）

1983年作，载1983年8月29日《辞书研究》第4期。

272．《〈诗经〉新解与古史新论》编后记 （序跋）

1983年作，载1983年12月15日《社会科学》第12期。

273．从叔孙氏始祖"僖叔"的亲称看齐鲁三世属于古昭穆制的婚姻关系——读书随笔 （古金文研究）

1983年6月至10月9日作，载1984年2月《克山师专学报（哲社版）》第2期。

274．叔孙氏始祖公子牙又名"僖叔"之亲称考 （古金文研究）

1983年10月9日作，载1984年2月《语文园地》第2期。

275．读书札记二则——郕盛之族属帝颛顼系说／再译"成" （古金文研究）

1975年5月22日初稿，1983年10月24日修订，载1984年3月20日《延边大学学报（社科版）》第1期。

276．一九三九年冬去绍兴 （散文）

1983年10月作，载1984年7月《北方文学》第7期，初收1986年12月青海人民出版社版《书简·序跋·杂记》。

277. 一九四〇年初春的回忆 （散文）

1983年秋作，载1984年9月1日《作家》第9期，初收1986年12月青海人民出版社版《书简·序跋·杂记》。

278. 简评萧红的《手》 （评论）

1963年10月8日广播稿，1984年1月修订，载1984年1月1日《小说林》第1期。

279. 生活是文学艺术之源 （评论）

1984年作，载1984年3月5日《人民日报》，初收1988年5月人民日报出版社版《瞭望时代的窗口》文集。

280. 一曲优美的赞歌——《"修氏理论"和它的女主人》读后 （评论）

1984年作，载1984年4月26日《文学报》。

281. 传记文学随想 （散文）

载1984年5月1日《传记文学》创刊号，初收1988年5月人民日报出版社版《瞭望时代的窗口》文集。

282. 珲春小志（又名"我的故乡——珲春小志"） （散文）

1984年作，载1984年5月《百花洲》第3期，初收1986年12月青海人民出版社版《书简·序跋·杂记》。

283. 抗战初期到浙东 （回忆提纲） （散文）

1981年10月初稿，1984年1月订正，初收1986年12月青海人民出版社版《书简·序跋·杂记》。

284. 郑之"七穆"考 （古金文研究）

1972年3月29日初稿，1984年3月2日修订，载1984年6月《文献》第21辑。

285. "的士"与"巴士"——谈谈出租汽车 （评论）

1984年春作，初收1988年5月人民日报出版社版《瞭望时代的窗口》文集。

286. 《左传》解经开卷之误三例 （古金文研究）

1972年5月初稿，1984年5月24日修订，载1984年6月《牡丹江师院学报（哲社报）》第3期。

287. 《左传》同声假借文字例 （古金文研究）

1984年作，载1984年9月15日《社会科学》第9期。

288. 希望寄托在这一代 （散文）

1984年5月28日作，初收1988年5月人民日报出版社版《瞭望时代的窗口》文集。

289. 《骆宾基》自序 （序跋）

1984年7月28日作，初收1994年12月三联书店版《骆宾基》文集。

290. 题外有关的话——在厦门大学"丁玲创作讨论会"上的致辞 （致辞）

1984年7月31日作，初收1988年5月人民日报出版社版《瞭望时代的窗口》文集。

291. 我看到的"工农兵"——为了纪念国庆三十五周年　（又名"'工农兵'的概念要更新"，评论）

1984年9月2日作，载1984年10月北京市委《支部生活》，初收1988年5月人民日报出版社版《瞭望时代的窗口》文集。

292. 两个农民朋友　（又名"两个时期的农民朋友"，评论）

1984年10月1日作，载1985年1月《中国》（文学双月刊）创刊号，初收1988年5月人民日报出版社版《瞭望时代的窗口》文集。

293. 白各庄小记——北京郊区纪实　（散文）

1984年作，初收1988年5月人民日报出版社版《瞭望时代的窗口》文集。

294. "孟穆伯"与"子叔姬"考——关于鲁之"三恒"说（之二）　（古金文新考）

1985年作，载1985年2月《龙岩师专学报（社科版）》第3卷第1期。

295. 关于上古历史的几个需要再认识的问题——由"司母辛墓"出土的夏禹青铜礼器而引起的论辩　（又名"金文新考拾零"，古金文研究）

1984年12月9日初稿，1985年3月18日定稿；以"金文新考拾零"为题，载1986年10月28日《河南大学学报（哲学社科版）》第5期；1985年9月20日订正后，以"关于上古历史的几个需要再认识的问题"为题，载1986年3月《龙岩师专学报（社科版）》第4卷第1期；初收1991年9月华文出版社版《中国上古社会新论》。

296.《左传》为伪笔所篡改的例证——读书随笔 （古金文研究）

载 1985 年 4 月 2 日《延边大学学报（社科版）》第 1 期。

297. 释"日" （古金文研究）

1985 年 4 月 27 日作，载 1986 年 3 月《辞书研究》第 2 期。

298. 关于环境 （散文）

1985 年 4 月作，初收 1988 年 5 月人民日报出版社版《瞭望时代的窗口》文集。

299. 说龙 （古金文研究）

1985 年作，载 1985 年 5 月 23 日至 25 日《中报》（纽约版），初收 1991 年 9 月华文出版社版《中国上古社会新论》。由日本汉学家伊藤敬一教授译为日文，收于 1988 年秋中日友好协会东方学会版《中国季刊》第 14 期。

300. 七星岩下怀故人 （散文）

1985 年 9 月 13 日作，初收 1988 年 5 月人民日报出版社版《瞭望时代的窗口》文集。

301. 诗经新解与古史新论 （古金文研究集）

1985 年 9 月山西人民出版社初版。

302. 再说龙觚 （古金文研究）

1985 年作，载 1985 年 10 月 2 日《中报》（纽约版），初收 1991 年 9 月华文出版社版《中国上古社会新论》。

303．二十八宿源于中国（室宿篇） （古金文研究）

1985年10月1日至11月8日作，载1989年5月1日《河南大学学报（哲学社科版）》第2期。

304．三说伏羲与夏禹 （古金文研究）

1985年作，载1985年12月24日《中报》（纽约版）；以"人首龙尾的伏羲氏夏禹考——《金文新考·外集·神话篇》之一"为题，载1986年5月《上海社会科学院学术季刊》第2期；初收1991年9月华文出版社版《中国上古社会新论》。

305．我在嵊县抗日救亡活动片段 （散文）

1985年12月作，载1986年3月嵊县政协文史资料委员会编《嵊县文史资料》第3辑。

306．瞭望时代的窗口——读《经济和人》想到的 （评论）

1985年12月28日作，载1986年4月3日《文学报》，初收1988年5月人民日报出版社版《瞭望时代的窗口》文集。

307．二十八宿源于中国（参商篇）——兼评李约瑟博士《中国科学技术史·天学》 （评论）

1985年初稿，1986年1月12日定稿，载1987年12月27日《东北师大学报》第6期，初收1991年9月华文出版社版《中国上古社会新论》。

308．怀念胡风先生 （又名"纪念胡风先生——为胡风追悼会的召开而作"，散文）

1986年1月15日作，载1986年1月15日《人民日报》。

309. 谈"挂历" （评论）

1986年1月作，载1986年2月5日《人民日报》，初收1988年5月人民日报出版社版《瞭望时代的窗口》文集。

310. 释"嚳" （古金文研究）

1986年1月30日作，载1987年3月2日《辞书研究》第1期，初收1991年9月华文出版社版《中国上古社会新论》。

311. 悼念丁玲同志 （散文）

1986年3月8日作，初收1988年5月人民日报出版社版《瞭望时代的窗口》文集。

312. 《泰山诗联集墨》序一 （序跋）

1986年4月6日作，见1987年7月紫禁城出版社《泰山诗联集墨》，初收1988年5月人民日报出版社版《瞭望时代的窗口》文集。

313. 丁玲·冯雪峰和他的朋友们——三月十二日开幕式上未及发言的发言提纲整理 （又名"冯雪峰和他的朋友们"，散文）

1986年4月17日作，载1987年5月《百花洲》第3期。

314. 政治与文学——《中国现代作家作品在日本》代序 （序跋）

1986年7月7日作，载1987年1月《芙蓉》第1期，初收1988年5月人民日报出版社版《瞭望时代的窗口》文集。

315. 宓羲氏夏禹称帝后更命改制的例证 （古金文研究）

1986年7月7日作，载1987年11月《龙岩师专学报（社科版）》

第 5 卷第 3 期，初收 1991 年 9 月华文出版社版《中国上古社会新论》。

316．中华五千年文明史的问题——与卢阴慈先生往来书简 （书简）

1986 年 8 月 8 日、8 月 9 日、8 月 30 日作，分别载 1986 年 9 月 30 日、11 月 8 日、12 月 23 日《人民政协报》，初收 1991 年 9 月华文出版社版《中国上古社会新论》。

317．八六年书怀——纪念金剑啸殉国五十周年 （诗）

载 1986 年 8 月 15 日《哈尔滨日报》。

318．"龙王庙"两尊主体相背的塑像考——《金文新考·外集·风俗篇》 （古金文研究）

1986 年作，载 1986 年 11 月《民间文学论坛》第 6 期，初收 1991 年 9 月华文出版社版《中国上古社会新论》。

319．"七次量衣一次裁"——致《井旁琐记》作者信 （书简）

1986 年 9 月 3 日作，初收 1988 年 5 月人民日报出版社版《瞭望时代的窗口》文集。

320．"窦店纪行"附记——关于《八十年代中国农业一座里程碑》的话 （散文）

1986 年 9 月 25 日作，初收 1988 年 5 月人民日报出版社版《瞭望时代的窗口》文集。

321．《李延禄将军的回忆》改版说明 （序跋）

1986 年 8 月 23 日作，初收 1988 年 12 月湖南人民出版社版《李延禄将军的回忆》。

322.《李延禄将军的回忆》校后语　（序跋）

1986年9月29日作,初收1988年12月湖南人民出版社版《李延禄将军的回忆》。

323. 纪念巴人同志——在宁波"巴人学术研讨会"上的书面致辞　（致辞）

1986年10月4日作,初收1988年5月人民日报出版社版《瞭望时代的窗口》文集。

324. 谈谈"武梁祠"　（古金文研究）

1986年10月29日作,初收1991年9月华文出版社版《中国上古社会新论》。

325. 文艺理论的危机,也谈"方法论"　（评论）

1986年秋作,载1987年2月《北方文学》第2期。

326. 许行著《第四片枫叶》序　（序跋）

1986年11月20日作,初收1987年5月群众出版社版《第四片枫叶》。

327.《李起超小说集》序　（序跋）

1986年12月21日作,初收1988年5月人民日报出版社版《瞭望时代的窗口》文集。

328. 我的启蒙老师和他的私塾——珲春县人物小志　（散文）

1986年12月作,初收1988年5月人民日报出版社版《瞭望时代的窗口》文集。

329．父子情——珲春县人物小志　（散文）

1986年12月作，初收1988年5月人民日报出版社版《瞭望时代的窗口》文集。

330．《蓝色图们江》编后新记　（序跋）

1986年作，初收1988年5月人民日报出版社版《瞭望时代的窗口》文集。

331．"欸溪美展"前言　（散文）

初收1986年12月青海人民出版社版《书简·序跋·杂记》。

332．难忘的往事　（散文）

初收1986年12月青海人民出版社版《书简·序跋·杂记》。

333．关于"海军大将"

初收1986年12月青海人民出版社版《书简·序跋·杂记》。

334．书简·序跋·杂记　（文集）

1986年12月青海人民出版社初版。

335．一篇反映古老历史的神话——关于女娲以石补天的史实
（又名"《二十八宿源于中国》代序"，古金文研究）

1987年完稿，载1987年7月2日《上海社会科学院学术季刊》第2期，初收1991年9月华文出版社版《中国上古社会新论》。

336．《金文新考（上、下）》　（古金文研究）

1987年3月山西人民出版社初版。

337. "黄帝骑龙登天"非神话而为"妄言"议　（古金文研究）

载 1987 年 4 月 30 日《人民日报（海外版）》，初收 1991 年 9 月华文出版社版《中国上古社会新论》。

338. 致刘铁华"图腾"即"族徽"说　（书简）

1987 年 5 月 12 日作，载 1988 年 10 月 3 日《人民日报》。

339. 抗日战争爆发那一天　（散文）

1987 年 6 月 6 日作，载 1987 年 7 月 25 日《新观察》第 14 期。

340. 又是一年春草绿——忆秦似怀绀弩　（散文）

1987 年 6 月作，载 1987 年 11 月 22 日《新文学史料》第 4 期，初收 1988 年 5 月人民日报出版社版《瞭望时代的窗口》文集。

341.《大洋彼岸的龙雾》读后随笔　（评论）

1987 年 7 月 15 日作，载 1987 年 9 月 19 日《青年文学》第 9 期。

342.《瞭望时代的窗口》自序　（序跋）

1987 年 8 月 1 日作，收于 1988 年 5 月人民日报出版社版《瞭望时代的窗口》文集。

343. 往事堪回首——为了纪念韩侍桁先生而想起来的　（散文）

1987 年 8 月 24 日作，载 1987 年 11 月《文艺界通讯》第 12 期。

344. 丁卯之秋　（诗）

1987 年秋作，未发表。

345. 说"笔""壁""碑"——伏羲氏夏禹更命改制的例证 （古金文研究）

1987年作，载1988年3月《辞书研究》第2期。

346. 回忆诗人伍禾——读诗集《行列》有感 （散文）

初收1988年5月人民日报出版社版《瞭望时代的窗口》文集。

347. 《诗经·绸缪》篇新解新论——读书札记 （古金文研究）

初收1988年5月人民日报出版社版《瞭望时代的窗口》文集。

348. 瞭望时代的窗口 （文集）

1988年5月人民日报出版社初版。

349. 对祖国上古史应更新认识——在宁波大学的讲演 （评论）

1988年作，载1988年6月15日《宁波大学学报（人文社科版）》；1989年删减后，载1989年5月25日《学术交流》第3期。

350. 忆萧军先生 （散文）

载1988年7月12日《人民日报（海外版）》。

351. 关于铁在中国出现的年代——书简外篇 （古金文研究）

1988年作，载1988年7月《上海社会科学院季刊》第3期。

352. 古文字出自炎帝神农氏说——释"申" （古金文研究）

1987年9月25日至26日初稿，1988年5月誊清订正，载1988年11月15日《中国书法》第4期，初收1991年9月华文出版社版《中国上古社会新论》。

353. 点点滴滴忆犹新——为了悼念萧军先生　（散文）

1988 年 6 月 25 日作，载 1988 年 8 月 15 日《文艺界通讯》第 8 期。

354. 相隔十八年的两次会面——《点点滴滴忆犹新》之二　（散文）

1988 年 7 月 26 日作，载 1988 年 11 月《百花洲》第 6 期。

355.《李延禄将军的回忆》——关于东北抗日联军第四军的报告　（又名"过去的年代"，传记体报告文学）

1960 年 10 月 15 日完稿，1976 年 12 月 26 日由高云青、张书新、张书泰校订，1986 年 8 月作者补充校订，1988 年 12 月湖南人民出版社初版。

356. 三十年代左翼女作家葛琴——香港版《葛琴选集》后序　（序跋）

1989 年 5 月 1 日作，载 1989 年 8 月 12 日《文艺报》。

357.《艺窗琐记》序　（序跋）

五四运动七十周年纪念日完稿，载 1989 年 8 月 18 日《人民日报（海外版）》。

358. 为了继承和发扬——"左联"六十年纪念语　（评论）

1989 年 7 月 1 日作，载 1989 年 8 月 15 日《文学界通讯》第 8 期。

359. 关于古代中朝文化交流的若干问题　（书简）

1990 年春节作，载 1990 年 10 月 1 日《延边大学学报（社科版）》第 3 期。

360．大后方 （短篇小说集）

1990年5月作家出版社初版。

361．关于"围棋"的话 （评论）

载1990年7月28日《文艺报》。

362．《萧红小传》前言 （序跋）

1991年5月作，初收1991年香港天地图书版《萧红小传》。

363．龙年与黄帝——附一"得睹天姿岂恨晚——半坡遗址识陶文"
（古金文研究）

初收1991年9月华文出版社版《中国上古社会新论》。

364．关于秦公一号大墓出土"石文"的解释——读报札记 （古金文研究）

初收1991年9月华文出版社版《中国上古社会新论》。

365．《中国上古社会新论》自序 （序跋）

初收1991年9月华文出版社版《中国上古社会新论》。

366．《中国上古社会新论》后记 （序跋）

初收1991年9月华文出版社版《中国上古社会新论》。

367．中国上古社会新论——《金文新考》外编 （古金文研究集）

1991年9月华文出版社初版。

368. 老问题与新认识——纪念《金文新考》出版　（评论）

载 1991 年 9 月 25 日《学术交流》第 5 期。

369. 拨开五帝时代的迷雾——与古斯范的往来书信　（书简）

1991 年 12 月 25 日，1992 年 2 月 20 日、7 月 9 日作，载 1997 年 2 月 22 日《新文学史料》第 1 期。

370. 三星堆出土的古蜀"龙护柱"族标考　（古金文研究）

载 1992 年 12 月 31 日《四川文物》三星堆古蜀文化研究特辑。

371. "淝水之战"应辩证地再认识——读史札记　（古金文研究）

载 1992 年《中流》。

372. 角宿篇——"二十八宿源于中国"考论　（古金文研究）

载 1993 年 4 月 2 日《许昌师专学报（社科版）》第 12 卷第 1 期。

373.《混沌初开》后记　（序跋）

1993 年 7 月 3 日作，初收 1994 年 8 月北京十月文艺出版社版《混沌初开》。

374. 韩文版《金文新考》序　（序跋）

1993 年作，载 1993 年《香港文学》。

375. 混沌初开　（长篇小说）

1994 年 8 月北京十月文艺出版社初版，1998 年 1 月北京出版社和北京十月文艺出版社联合出版。

376. 骆宾基 （中国现代作家选集）

1994年12月三联书店初版。

377. 乡情小说 （小说集）

1997年8月上海文艺出版社初版。

378. 骆宾基卷 （小说集）

2010年7月上海文艺出版社版《海上文学百家文库》。

379. 幼年 （长篇小说）

2017年7月中信出版集团出版。

张书泰　整理

骆宾基著作版本目录

一、1938—2020 年版本目录

1.《大上海的一日》 （署名骆滨基[1]，报告文学集）

文化生活出版社，1938 年 5 月出版。

2.《夏忙》 （署名骆滨基，报告文学集）

文化生活出版社，1939 年 9 月出版。

3.《边陲线上》 （署名骆滨基，长篇小说）

文化生活出版社，1939 年 11 月出版。

文化生活出版社（桂林），1942 年 4 月出版（桂一版）。

文化生活出版社，1947 年 3 月出版（沪二版）。

文化生活出版社，1950 年 1 月出版（沪三版）。

吉林人民出版社，1984 年 10 月出版。

北方联合出版传媒（集团）、春风文艺出版社，2020 年 5 月联合出版。

4.《东战场别动队》 （署名骆滨基，中篇报告文学）

上海大路出版公司，1940 年 5 月初版。

---

[1] 以下作品凡未注明署名者，均为骆宾基。

5. 《吴非有》 （署名骆滨基，中篇小说）

文化供应社，1942 年 1 月初版。

文化供应社，1948 年 8 月新一版。

6. 《播种者》 （短篇小说集）

桂林创作出版社、大地图书公司，1943 年 5 月分别出版。

7. 《姜步畏家史——第一部：幼年》 （长篇小说）

桂林三户书店，1944 年 5 月初版。

8. 《一个倔强的人》 （中篇小说）

福建永安东南出版社，1944 年 6 月初版。

益智出版社，1947 年 8 月出版。

9. 《罪证》 （中篇小说）

上海民声书店，1946 年 8 月初版。

10. 《混沌》 （长篇小说，即《姜步畏家史》第一、二部）

新群出版社，1947 年 1 月初版。

新群出版社，1950 年 2 月再版。

新群出版社，1952 年 2 月三版。

作家出版社，1954 年 7 月出版。

11. 《萧红小传》 （传记文学）

建文书店，1947 年 7 月初版。

建文书店，1947 年 9 月再版。

建文书店，1949 年 5 月三版。

黑龙江人民出版社，1981 年 11 月出版。

北方文艺出版社，1987 年 6 月出版。

香港天地图书，1991 年出版。

12.《北望园的春天》 （短篇小说集）

星群出版社，1947 年初版，8 月再版。

13.《蓝色的图们江》 （中篇神话）

上海新丰出版公司，1947 年 8 月初版。

14.《五月丁香》 （话剧文学剧本）

建文书店，1947 年 8 月初版。

15.《张保洛的回忆》 （短篇小说）

山东人民出版社，1951 年 3 月初版。

16.《北望园的春天》 （短篇小说集）

新文艺出版社，1953 年 6 月初版。

17.《王妈妈》 （短篇小说）

人民文学出版社，1953 年 12 月初版。

18.《年假》 （短篇小说集）

作家出版社，1956 年 11 月初版。

19.《老魏俊与芳芳》 （短篇小说集）

作家出版社，1958 年 8 月初版。

20. 《山区收购站》 （短篇小说与报告文学集）

作家出版社，1963 年 10 月初版。

21. 《过去的年代》 （传记体报告文学）

黑龙江人民出版社，1979 年 6 月初版。

22. 《骆宾基短篇小说选》

人民文学出版社，1980 年 5 月出版。

23. 《骆宾基小说选》 （中、短篇小说集）

湖南人民出版社，1982 年 1 月初版。

24. 《幼年》 （长篇小说，即《混沌》）

文化艺术出版社，1982 年 5 月出版。

中信出版集团，2017 年 7 月出版。

25. 《初春集》 （报告文学、散文、杂文等合集）

江西人民出版社，1982 年 10 月初版。

26. 《诗经新解与古史新论》 （古金文、上古史研究文集）

山西人民出版社，1985 年 9 月初版。

27. 《书简·序跋·杂记》 （杂文集）

青海人民出版社，1986 年 12 月初版。

28. 《金文新考（上、下册）》 （古金文研究）

山西人民出版社，1987 年 3 月初版。

29. 《瞭望时代的窗口》 （百家丛书）

人民日报出版社，1988年5月初版。

30. 《李延禄将军的回忆——关于东北抗日联军第四军的报告》（传记体报告文学）

湖南人民出版社，1988年12月初版。

31. 《大后方》 （短篇小说集）

作家出版社，1990年5月初版。

32. 《中国上古社会新论——〈金文新考〉外编》 （古金文、古史研究文集）

华文出版社，1991年9月初版。

33. 《混沌初开》 （长篇小说）

北京十月文艺出版社，1994年8月初版。

北京出版社、北京十月文艺出版社，1998年1月联合再版。

34. 《乡情小说》 （小说集）

上海文艺出版社，1997年8月初版。

二、香港版本目录

1. 《萧红小传》（修订版）

香港天地图书，1991年出版。

2. 《骆宾基》 （中国现代作家选集）

香港三联书店，1994年12月初版。

三、外文版本目录

1.《北望园の春》　（短篇小说集《北望园的春天》日文版，小野忍、饭塚朗合译）

东京岩波书店，1955年3月20日初版。

2.《老女中》　（短篇小说《老女仆》日文版，小野忍译）

平凡社，1963年4月版《中国现代文学选集》第8卷《抗战期文学集》。

3.《萧红小传》　（传记文学《萧红小传》日文版，市川宏译）

河出书房新社，1971年版《现代中国文学》第12集。

4.《说龙》　（中国上古史研究文章，伊藤敬一译）

中日友好协会东方学会，1988年《中国季刊》第14期。

5. Father and Daughter　（短篇小说《父女俩》英文版）

《中国文学》杂志社，1984年版 Chinese Stories From the Fifties（五十年代小说集）。

四、收入骆宾基作品的合集目录

1.《雪山集》　（收录《邻居小记》，又名"乡居小记"）

桂林华华书店，1942年11月出版。

2.《八年》　（收录《三月书简》）

上海万叶书店，1945年出版。

3. 《后方集》 （收录《冬天》）

上海天下图书公司，1946 年出版。

4. 《一天的工作》 （收录《千人塔下的声音》）

东北书店，1947 年出版。

5. 《二十九人自选集》 （收录《庄户人家的孩子》）

桂林远方书店，1948 年 9 月出版。

6. 《不能走那条路》 （收录《王妈妈》）

中央人民政府人民革命军事委员会总政治部文化部编印，1954 年 5 月出版。

7. 《春天的风》 （收录《老魏俊和芳芳》《黄昏以后》）

北京出版社，1957 年 12 月初版。

8. 《春天的报告》 （收录《春天的报告》）

人民日报出版社，1963 年 7 月出版。

9. 《黑龙江短篇小说选（1949—1979）》 （收录《山区收购站》）

黑龙江人民出版社，1980 年 10 月出版。

10. 《故宫新语》 （收录《珍贵的青铜彝器》）

《紫禁城》杂志社编，上海文化出版社，1984 年 2 月出版。

11. "童年文库"《作家的童年》 （收录《我的启蒙老师和他

的私塾——珲春（我的故乡）小志之一》）

新蕾出版社，1984年7月出版。

12. "海上文学百家文库"《萧军·罗烽·骆宾基卷》

上海文艺出版社，2010年7月出版。

张书泰　整理

《骆宾基全集》编后语

一

《骆宾基全集》终于要和读者见面了。

二〇一七年六月,中国作家协会在中国文学馆举办了"骆宾基百年诞辰纪念座谈会",全国人大常委会原副委员长何鲁丽、中国文联主席、中国作协主席铁凝等中国文联和作协的领导,我父亲家乡——吉林省珲春市的领导,以及来自全国各地的作家、文学家和出版界朋友等一百多人出席了活动。

在百忙中出席座谈会的何鲁丽副委员长亲切地接见了我们家属。何副委员长曾长期在北京工作,与父亲相识已久,她对父亲的正直人品和政治觉悟给予了很高的评价。会上,铁凝主席也做了致辞,她说:"骆宾基是一位执着的革命者,尽管他的革命之路崎岖艰险,却从没有沉沦和幻灭。一番风雨一重新,他的根始终深深地扎在黑土地上,深深地扎在他的时代和人民中间。"

也正是在这次座谈会上,很多父亲的老朋友语重心长地对我们姐弟说:"你父亲是位伟大的作家,他写的很多优秀作品以前没有得到应有的重视和评价,你们一定要把他的作品整理出来。"这些嘱托一直深深印在我的脑海里,也是《骆宾基全集》能够面世的动力来源。

非常幸运的是,在座谈会上我见到了时任山西人民出版社总编辑的姚军先生。说来也巧,姚总初到出版社工作之际,曾参与父亲的古金文研究巨著《金文新考》的出版工作。也是缘分,姚总当即表示,希望把出版骆老全集的任务交给山西人民出版社。这使在场的人们都非常感动，因为大家都知道，在如今这个快节奏的互联网时代，网络新媒体挤压传统媒体的生存空间，而出版社也要为企业生存考虑追求经济效益。父亲的作品虽然横跨文学创作和古史金文研究两大领域，但后者受众面很小，出版他的全集，从创造利润的角度讲，显然不如出版一些热门图书。由此可见，姚总和山西人民出版社对出版老作家作品的社会责任意识和担当精神实在令人赞叹。

所以我在这里要特别感谢姚军社长和山西人民出版社，如果没有他们，《骆宾基全集》或许还要等很长时间才能与大家见面。

二

父亲从一九三七年发表第一篇文章，到突发脑溢血昏迷的当天，除了新中国成立前两次被国民党逮捕入狱，以及二十世纪五十年代受胡风事件牵连和"文化大革命"中无法执笔以外，他没有一天放下过手中的笔，没有一天停止过素材的收集和对文章的构思。尽管父亲晚年因多次患脑血栓导致半身不遂，最后甚至无法执笔，但他仍然以口述请人书录的方式"笔耕不辍"。父亲的作品不仅涉及小说、报告文学、传记文学、话剧和电影剧本、散文、神话、诗词、序跋、杂文、评论、书简等多种文学形式，更有关于中国上古史、古金文的突破性研究文章。

《骆宾基全集》分为文学著作、古金文和上古史研究两大部分，按文章类别分类，以写作时间排序，共十四卷。

第一卷《大上海的一日》收集了父亲创作的报告文学作品。虽然父亲的作品以短篇小说见长，而他创作的第一部作品又是长篇小说《边陲线上》，但真正让他在文学界一鸣惊人的，无疑是他一九三七年结合参加上海淞沪保卫战的亲身经历，从火线陆续发回的那些带着硝烟味的战地报告文学系列。如《大上海的一日》《救护车里的血》《"我有右胳膊就行"》《拿枪去》《在夜的交通线上》等等，这些短小精悍的文章富有强烈的真实的画面感，一经发表，就引起极大的社会反响，起到了很好的抗日宣传作用。

可以说，这些战地报告文学作品为父亲的文学创作生涯明确了方向，同时，他的文采和文章题材得到了茅盾先生的肯定和鼓励。茅盾先生还为父亲的第一本文集——报告文学集《大上海的一日》的出版专门写文章作了推荐。

三

虽然父亲所创作的文学作品体裁广泛，但最具代表性的，应该说还是他的短篇小说，因之他被他的朋友称为短篇小说的"圣手缪斯"。无论是早期反映抗战题材的短篇小说《千人塔下的声音》《生与死》，反映新中国成立前农村生活的《庄户人家的孩子》《乡亲——康天刚》，还是反映新中国成立后社会面貌的《父女俩》《山区收购站》等，一个个鲜活的人物跃然纸上。父亲的大部分作品都充满着浓郁的来自东北黑土地的生活气息，与同时代好友、著名作家萧军和萧红等人一起，被称为"东北作家群"。

令人惋惜的是，自一九六二年以后，父亲再没有创作任何新的短篇小说。

一九七八年，当父亲听到朋友来访时讲述有关"文化大革命"后第一次全国高考的趣闻时，他非常兴奋，立刻敏锐地捕捉到这是一个很好的小说素材。

当时，张洁经常来我家。她父亲和我父亲是青年时的好友，可以说我父亲是看着她长大的。她那时刚刚开始在工作之余尝试写作，并把她创作的文稿拿给我父亲审阅。当父亲听到这个高考故事后，马上叫她来家里，告诉她赶紧集中精力就这个故事创作一篇短篇小说，并和她一起构思了小说结构和重点情节，这就是后来引起轰动的《森林里来的孩子》。那时我已是一名高中生，坐在旁边听着他俩兴奋的讨论，第一次了解到原来小说就是这样创作出来的。后来父亲又帮助她反复修改文稿，雕琢细节。最终，张洁因这篇文章获奖，从此走上了文学大家之路。

事后我曾不解地问过父亲：这么好的题材，也是您的构思，为什么不自己写？他笑着回答道："张洁是很有文学功底的，她需要这么一篇好的文章来做突破口，树立自信心。以前我也是这样得到过茅盾先生、冯雪峰及萧红等人的帮助和指点的。"

四

父亲一生创作了三部长篇小说，其中第一部长篇小说《边陲线上》虽然公开发表于一九三九年，但实际上书稿完稿于一九三七年十月，是父亲真正的文学处女作。

如果说父亲第一部长篇小说《边陲线上》的出版之路历经两年磨难，十分坎坷，但终成正果的话，那么他的第二部长篇小说《人与土地》的结局则令人惋惜。

长篇小说《人与土地》动笔于一九四〇年底，完稿于一九四一年春，主要素材来源于父亲青少年时在老家务农期间所感受到的贫苦农民挣扎在水深火热之中的亲身经历，全书共三十余万字。

父亲一九四一年九月抵达香港后，便把这部长篇小说前十多万字的手稿交《时代文学》连载。萧红当时看过手稿后非常高兴，特意用钢笔画了"题头画"。

但小说仅仅连载了三期，太平洋战争就爆发了。父亲因为当天去看望萧红，后来又不得不留下来只身照顾在病床上的她，所以一直没有机会回住所拿手稿。直到四十多天后，当他终于有机会回去取他惦念已久的长篇小说《人与土地》和中篇小说《仇恨》的手稿时，却发现原来的住所已在混乱中被洗劫一空，所有的家具、衣物、书籍、手稿，寸草未留。至此，世人再也没有机会阅读和欣赏这部描写东北农民生活的巨著全貌。

而他的第三部长篇小说《姜步畏家史》，则是写作时间跨度长达半个世纪。

按父亲的原计划，是准备效仿托尔斯泰的著名自传体小说，按照《幼年》《少年》《青年》三部曲来完成整部《姜步畏家史》的。

一九四一年，二十二岁的父亲开始写作并完成了《幼年》中的一个独立章节，作为短篇小说《庄户人家的孩子》发表，得到了很好的反响。于是在随后的两年时间里，父亲在创作其他作品的同时，也在陆续创作《幼年》的其余章节。一九四四年五月，《姜步畏家史》第一部《幼年》由桂林三户图书社初版，受到读者好评，父亲紧接着开始创作第二部《少年》，并陆续在报刊上连载。一九四七年一月，由《姜步畏家史》第一部《幼年》和已完成的第二部《少年》的上半部分文章汇编而成的长篇小说《混沌——姜步畏家史》由新群出版社出版。

正当父亲踌躇满志地准备继续完成《少年》的下半部，并已开始酝酿构思第三部《青年》的小说构架时，不料一九四七年三月他在东北被国民党逮捕，并作为重刑犯关押两年，受尽酷刑，差点丢了性命。

谁能想到，《少年》后半部分的创作竟从此一下子搁置了四十多年。直到一九八五年，父亲才又用了三年时间，重新续写完成了《少年》的下半部分。而整部《少年》的问世更是几经周折，直到一九九三年，北京十月文艺出版社决定将《幼年》与《少年》合并，并以"混沌初开"为名出版。实际出版的时候，已是一九九四年八月，而父亲已经于两个月前因突发脑溢血逝世，未能见到他的这部完整的《少年》面世。而那部四十年前构思的《青年》也随之而去。

这样，父亲的第三部长篇小说，也是他倾心构思，希望能作为一部文学巨著留给世人的《姜步畏家史》三部曲只能遗憾地缺失一角，以另一种"断臂维纳斯"之美，留存世间。

五

父亲虽然创作了几百篇作品,但被世人所熟知的,《萧红小传》绝对是名列前茅的作品之一。同时,对于萧红作品的文学爱好者和研究者来说,《萧红小传》也因其真实性和权威性,成为被参考引用最多的第一手研究资料。

一九四一年在日军攻打香港之际,父亲出于朋友和同乡之情,答应留下来独自照顾在病榻上的萧红四十四天,为此他付出了被视为生命的两部中长篇小说手稿的代价。四年后,为了更好地纪念萧红,父亲根据陪护萧红期间她所倾诉的谈话内容,写出了这部传记体《萧红小传》。因为文章感情真挚、内容详尽、信息可靠,所以一经出版就立即引起极大的轰动。

《萧红小传》于一九四六年秋公开发表,之后多次再版和重印,其影响力一直延续至今。几十年来,书中涉及的所有当事人,没有一人公开表示过对文章内容的真实性和客观性有所质疑,只是有的朋友对书中所述地名等个别细节处提出意见,父亲核实后也都在重版时予以更正。

令人诧异的是,当书中的几位主要当事人(包括萧军和我父亲等人)都陆续过世多年之后,突然冒出个别所谓"萧红研究专家",一方面以小人之心诬蔑父亲照顾萧红是为了"出名";另一方面,更匪夷所思地杜撰出父亲"听到爆炸声就躲起来了"的"画面",可能造谣者以为现在无人对证,就可以伪造历史,谎话重复一千遍就会成真。

六

提到传记体文章,就会想到父亲的另一部影响力较大的传记体作品《李延禄将军的回忆》。一九五九年,父亲接到采访东北抗日联军第四军创始人李延禄将军,并把东北抗日联军第四军的事迹整理出来的任务。

父亲先后六次采访李延禄将军,并由李老陪同实地考察宁安抗日联军第四军作战遗址,访问抗联老战士和村民,又多次到方正、依兰等地搜集有关抗联活动的资料,最后终于完稿。在征得组织同意后,将其中部分章节整理成李延禄将军的传记体回忆录,一九六〇年以"疾风知劲草"为题连载于《北方文学》等期刊;后又于一九七九年,以"过去的年代"为名由黑龙江人民出版社出版。一九八八年经和李老商议,做了补充修订后,由湖南人民出版社以"李延禄将军的回忆"为题改版发行,本卷收录的就是这一版本。

七

一九六二年夏,父亲的最后两篇短篇小说《白桦树下》和《暴雨之后》,分别刊载于《人民文学》第七期和《北京文艺》第八期。后因各种原因,父亲开始把大部分时间花在古金文和上古史的系统研究上。同时,父亲也写了大量的散文,特别是回忆朋友的文章。

父亲身上既有祖籍山东的耿直基因,又有养育他的东北的豪爽之情,所以他也结交了很多真心朋友。

父亲十三岁读高小时,就受到地下党员、班主任兼国文教员白泉泰老师的革命启蒙教育。十八岁在哈尔滨结识了地下党员金剑啸,对鲁迅等进步作家有了更深的了解。特别是到了上海之后,一直在茅盾先生,以及冯雪峰、邵荃麟等文艺界地下党领导人的直接关怀和指导下工作。直到父亲二十一岁在浙东嵊县茶场做抗日救亡宣传时,正式加入了中国共产党,并在同年担任第一任嵊县县委宣传部部长,从此一生追随共产党,把一切献给党。父亲是这样说的,也是这样做的。无论是一九三八年在嵊县县委工作时,拿出自己的所有积蓄,带头为开办地下党组织秘密联络点"群力书店"募捐;还是在一九六五年,为响应党的割"小资产阶级意识尾巴"的号召,把自己花光全部积蓄购买的位于北京市中心的独门大宅院无偿捐给国家。父亲始终心甘情愿，从不后悔。

从父亲晚年发表的大量回忆散文里，不但能感受到他和茅盾、冯雪峰、邵荃麟、聂绀弩、萧军、萧红等众多好友的纯洁友谊，也能感受到他对在共产党领导下的国家建设的信心和期望。

八

父亲从二十世纪六十年代起，开始系统研究古金文和中国上古史。他从钟鼎铭文上的金文文字着手，另辟蹊径，冲破了原有的"甲骨文为中国文字之始"的传统考古学禁锢，根据古籍记载的文字图像演变过程，不仅把中国文字起源推前了一千五百年以上，更研究证明了中国上古文明应与古埃及、古希腊文明起源于同一时代。他的这些关于古文字起源的研究论断，后来也陆续被考古挖掘新发现和高科技手段用于考古断代研究新发现所佐证。我想，父亲要是得知今日如三星堆这样的考古新发现，一定会为他的研究得到更有力的佐证而兴奋不已，也一定会写出更多的研究文章。

可以说，父亲的前半生献给了文学事业，创作出了很多广为人知且留存长久的文学珍品；而父亲的后半生则是献给了中国古文字和上古史的研究，父亲在这方面的研究成果或许更为伟大，只是尚待后人发现和评价。

九

由于我不是搞文学专业的，又长年在外，加之这套全集在资料收集阶段正逢新冠肺炎疫情，查阅资料也很困难，所以父亲的作品未能全部收录，特别是他的那些有关古金文和上古史的尚未发表的研究文章，以及大量的书简等。我想这些也只能留作遗憾了，人生往往就是与遗憾相伴。期待着以后有机会能够再版时，再加以补充。

在这里还要特别感谢山西人民出版社编辑耐心、认真、负责的工作，同时也感谢闫萌萌协助收集整理资料。

张书泰
二〇二二年三月十九日于北京